GROOVY

Das Buch

Monika ist zwölf und wächst Ende der 70er Jahre in einer typischen Westberliner Spießerfamilie auf: Schrankwand und Wagenradlampe, Tagesschau um 20 Uhr, mit den Eltern im Ford auf der Transitstrecke … Als ihr großer Bruder in eine Landkommune nach Westdeutschland zieht – zu den »Hottentotten«, wie ihr Vater sagt – und Monika kurz darauf ihre Sommerferien dort verbringen darf, ändert sich ihr Leben schlagartig.

Die Autorin

Manuela Golz wurde 1965 geboren, wuchs ebenfalls in einer Westberliner Familie auf und machte auch Ferien bei den »Hottentotten«. Heute lebt sie mit ihrem Mann in Berlin und arbeitet in der Erwachsenenbildung.

Manuela Golz

Ferien bei den Hottentotten

Ullstein

Besuchen Sie uns im Internet:
www.ullstein-taschenbuch.de

Umwelthinweis:
Dieses Buch wurde auf chlor- und säurefreiem Papier gedruckt.

Originalausgabe im Ullstein Taschenbuch
1. Auflage Juli 2006

Umschlaggestaltung: Sabine Wimmer, Berlin
Titelabbildung: © plainpicture – Retro (Mädchen)
Getty Images/Taxi/Chip Simons (Bus)
Gesetzt aus der Excelsior bei LVD GmbH, Berlin
Druck und Bindearbeiten: Ebner & Spiegel, Ulm
Printed in Germany
ISBN-13: 978-3-548-26416-5
ISBN-10: 3-548-26416-6

Herzlichst Gisela Schwarz zugeeignet

1

Mein Bruder zieht aus

Die Sommerferien standen unmittelbar bevor. Als ich an einem der letzten Schultage nach Hause kam, parkte ein roter VW-Bus vor der Tür. Auf der Beifahrerseite prangte ein Button in Gelb und Rot. Ich las im Kreis: Atomkraft, nein danke. Ich erschrak. Menschen, die gegen Atomkraft sind, waren nach Meinung meines Vaters Leute, die bei Kerzenschein zusammensaßen, sich nicht wuschen und »von drüben« gesteuert waren. Mit »von drüben« meinte mein Vater die DDR. In der DDR wohnten auch Deutsche. Die hatten aber nicht das Riesenglück, in Freiheit zu leben, sondern wurden von der UdSSR gefangen gehalten. Mein Vater konnte fuchsteufelswild werden, wenn man etwas gegen die Amerikaner sagte. Denn sie hatten schon einmal verhindert, dass die Russen in unser schönes Westberlin einmarschierten. Meinem Vater wurde bei dem Begriff Westberlin speiübel. »Das heißt nicht Westberlin, sondern Berlin, Klammer auf, West, Klammer zu. Wir sind kein eigenes Land, sondern das freie Berlin!« An vorderster Front bei der Verteidigung des freien Berlin stand John F. Kennedy. Wenn meine Mutter von ihm sprach, hatte ich immer den Eindruck, dass sie viel lieber Herrn Kennedy geheiratet hätte als meinen

Vater. Aber das Schicksal hatte anderes mit ihr vor.

Kennedy lebte nicht mehr, »weil er vom sowjetischen Geheimdienst, dem KGB, erschossen worden ist«. Richtig beweisen konnte mein Vater seine Behauptung nicht, es war »so ein Gefühl«. Damit die Russen nicht wieder versuchten einzumarschieren, waren die Amerikaner nach dem Krieg gleich in Berlin geblieben. Gemeinsam mit den Franzosen und den Briten beschützten sie uns vor der roten Macht. So hatte es mir mein Vater erklärt.

Wenn Atomkraftgegner demonstrierten, pflegte mein Vater immer zu sagen: »Die ganzen Chaoten sollen doch rübergehen, wenn es ihnen hier nicht gefällt.« Da wir keine Verwandten in der DDR hatten, blieb »drüben« für mich lediglich eine Richtungsanzeige, wie oben, unten, rechts oder links. Und jetzt stand der Bus eines dieser Chaoten, die lieber »nach drüben« gehen sollten, direkt vor unserer Haustür.

Plötzlich hörte ich meine Mutter rufen: »Hallo, mein Sonnenschein!« Ich hasste es, wenn sie mich in aller Öffentlichkeit so nannte. »Hilf mir doch bitte mal.« Zwischen Einkaufstaschen balancierte meine Mutter ein Kuchenpaket. Ich nahm ihr die Taschen ab. Sie rissen mir fast die Arme ab. »Sind da Steine drin?«

»Warum, glaubst du, bin ich so kräftig, Kind? Natürlich sind da Steine drin.« Meine Mutter hatte eine sehr eigene Art von Humor.

Ich wollte gerade die Wohnungstür aufschließen, als mein Vater von innen öffnete. Gemeinsam mit meinem Bruder trug er eine Matratze aus dem Haus. Meine Mutter zwängte sich an den beiden vorbei. Sie kämpfte mit den Tränen und murmelte vor sich hin: »Wir haben früher auch Flausen im Kopf gehabt.«

»Wer ist wir?«, fragte ich.

»Na, euer Vater und ich, wir hatten auch Flausen im Kopf, früher.« Ich glaubte ihr kein Wort. Wenn ich die Lage richtig einschätzte, war mein Bruder gerade dabei, auszuziehen. Ich fand das großartig, versprach mir sein Auszug doch endlich ein eigenes Zimmer. Anschließend gab es Kaffee und Kuchen. Meine Mutter hatte schon ganz rote Augen und erklärte zum zehnten Mal, dass sie früher »auch Flausen im Kopf« gehabt hätten. Mein Vater schwieg und stopfte Berge von Kuchen in sich hinein. Als mein Bruder Mutter zum Abschied umarmte, hatte ich das Gefühl, sie würde ihn erdrücken. Schließlich zwängte sich mein Vater zwischen die beiden. »Eva, der Junge ist doch nicht aus der Welt.«

»Aber in einer Landkommune«, erwiderte sie schluchzend. »Ohne fließendes Wasser, ohne Telefon, ohne Kühlschrank, ohne Waschmaschine!«

»Wir haben doch auch keine Waschmaschine«, mischte ich mich ein. »Das ist doch etwas völlig anderes!«, herrschte mich mein Vater an. Ich verstand die ganze Aufregung nicht. Mein Vater hatte doch immer von seinem eigenen Leben auf dem Land geschwärmt, früher. Da gab es nur fröhliche Kinder, saubere Luft und wahrscheinlich glückliche Kühe. Und mein Bruder tat jetzt nichts anderes, er zog aufs Land. Was das Wort Kommune bedeutete, war mir nicht klar.

Mein Vater drückte meinem Bruder Werkzeug in die Hand. Er war der felsenfesten Überzeugung,

»dass dieses Fahrzeug dort« – er zeigte mit spitzem Finger angewidert auf den roten VW-Bus – die Fahrt nicht ohne Panne überstehen würde. Diese Handlung war eine Auszeichnung der besonderen Art. Normalerweise durften wir das Werkzeug meines Vaters nicht mal ansehen, wir könnten es ja durch unsere Blicke beschädigen. Außerdem gab mein Vater Michael 50 DM fürs Benzin.

Am Abend schien alles wie immer zu sein, und doch spürte ich, dass mit dem Auszug meines Bruders etwas geschehen war, was nicht in die Welt meiner Eltern passte. Mein Vater sah die Tagesschau, meine Mutter saß am Tisch und puzzelte. Ich setzte mich zu ihr und versuchte mich zu beteiligen, was nicht so leicht war. Meine Mutter führte auf ihrem Puzzlebrett ein eisernes Regiment. Unzählige Schälchen standen dort. Die Teile mit drei Auswuchtungen kamen in die Schüssel ganz links, die mit zwei Löchern daneben, die mit einer Auswuchtung zurück in den Karton. Die Teile mit einem Fitzelchen Grün ins große Glas, die Teile in Blau kamen in ein weiteres Glas. Damit wurde vermieden, dass immer wieder an der gleichen Stelle mit demselben Teil probiert wurde. Ich habe ihr System nie ganz begriffen, aber ich sah, dass es half. Tausend Teile waren für meine Mutter keine Herausforderung mehr. Die setzte sie locker an einem Abend zusammen. Eine grüne Wiese, dahinter ein kleines Schloss mit vielen bunten Blumen, darüber strahlend blauer Himmel. Oder: eine grüne Wiese, dahinter ein Berg mit Schneekrone, darüber strahlend blauer Himmel. Ein Blumenfeld, dahinter eine grüne Wiese, darüber strahlend blauer Himmel.

»Warum ist der Himmel immer blau?«, fragte ich. Meine Mutter arbeitete schweigend ihre blauen Himmelstücke ab. »Auf allen deinen Puzzlespielen ist der Himmel blau. Warum?« Keine Antwort. Ich setzte nach. »Ich meine, es regnet doch auch mal. Es gibt viel öfter Wolken, als man denkt.« Meine Mutter schien im Laufe des Nachmittages ihr Hörvermögen verloren zu haben. Immer wenn gar nichts mehr ging, ließ ich ein Liedchen einfließen, das thematisch irgendwie mit meinem Reden verbunden war. »Ich kann das auch musikalisch untermalen«, sagte ich dann und sang los. »Über den Wolken muss die Freiheit wohl grenzenlos sein, alle Ängste, alle Sorgen, sagt man, blieben dahinter verborgen, und dann würde, was uns groß und wichtig erscheint, plötzlich nichtig und klein …«

»Und wenn du nicht sofort deinen Schnabel hältst, wirst *du* gleich nichtig und klein!«, donnerte mein Vater los. Meine Mutter erwachte aus ihrer Trance. »Jetzt sei endlich mal still!«, zischte sie. Ich wusste, dass jedes weitere Wort meine Situation verschlechtern würde. Wie konnte ich es wagen, während der Tagesschau ein Gespräch zu beginnen? Das hatte es einfach nicht zu geben. Eine Minute vor 20 Uhr wurde am Gerät ein riesiger Knopf gedrückt, damit Punkt 20 Uhr das Bild von Herrn Köpke erschien. Der Ton kam etwas früher. Nur mein Vater war autorisiert, diesen Knopf zu drücken. In Ausnahmefällen auch meine Mutter. Als mein Vater zur Kur fuhr, erklärte er meiner Mutter minutenlang, wie sie den Knopf niederzudrücken hatte, dass sie ihn nicht festhalten, sondern vorsichtig wieder loslassen musste. »Sieh her, Eva, so und dann gleich wieder loslassen, nicht festhalten. Versuch es mal.« Außerdem sollte sie bei einem Gewitter den Stecker ziehen. Es schien, als habe meine Mutter eine geistige Behinderung der besonderen Art, deren Erforschung noch Jahre dauern würde.

Am Ende der Tagesschau stand mein Vater auf, machte den Fernseher aus und teilte mir quasi offiziell mit, dass mein Bruder ausgezogen war. Das hatte ich mitbekommen. »Wenn du unbedingt willst«, fuhr er fort, »kannst du die Ferien bei seinen Hottentotten verbringen.«

Der Gedanke, ohne meine Eltern zu verreisen, war verlockend. Nicht dass mir unsere letzte gemeinsame Reise nicht gefallen hätte. Immerhin waren wir in Spanien gewesen. Allerdings hatten mein Bruder und ich vorher einige Vokabeln Spanisch lernen und ein Referat über Teneriffa halten müssen.

»Teneriffa ist eine Kanarische Insel.«

»Kommen da die Kanarienvögel her?«, unterbrach uns meine Mutter gleich im ersten Satz. Wir schwiegen. Schließlich wendete sie sich direkt an meinen Vater. »Nun sag doch mal, Dieter, kommen da die Kanarienvögel her?« Wir waren gespannt auf Vaters Antwort. »Das ist doch jetzt vollkommen unwichtig. Lass die Kinder mal machen.« Ich fuhr fort: »In der Mitte der Insel ist ein Berg, der Pico de Teide. Da liegt Schnee.«

»Ach Gott, da müssen wir ja auch richtig warme Sachen mitnehmen«, sagte meine Mutter. Mein Vater ermahnte sie, mich nicht dauernd zu unterbrechen.

»Die Hauptstadt ist Santa Cruz. Da wohnen ungefähr zweihunderttausend Leute. Das ist ungefähr so viel wie in Reinickendorf.« Ich wusste zwar nicht, ob das stimmte, aber mein Bruder fand, dass das gut klang, also sagte ich es. »Wir fahren nach Bajamar. Das liegt auf der Insel oben rechts.« Mein Vater runzelte die Stirn. »Monika, bitte, wie heißt das genau?« Ich überlegte kurz. »Nordöstlich.«

»Na also, es geht doch. Weiter ...«

»Man kann da baden und angeln. Das Wetter ist schön. Eine andere Stadt auf Teneriffa ist Puerto de la Cruz. Da wohnen aber nur vierzigtausend Menschen. Das sind so viele wie im Märkischen Viertel. In Puerto de la Cruz ist es auch ganz schön. Es gibt aber keinen richtigen Strand.«

»Sehr schön«, sagte mein Vater. »Kommen wir zu den Vokabeln. Was heißt: Wie komme ich zum Hotel del bien sol?«

»Por donde se va al hotel del bien sol«, sagten mein Bruder und ich im Chor.

»Sehr schön. Nächster Satz: Ich habe mich verlaufen.«

»Me he perdido.« Man konnte unschwer erahnen, welche Ängste meinen Vater plagten. Der letzte Satz hieß: »Llame en seguida una ambulancia!« Rufen Sie sofort einen Krankenwagen.

Zur Feier unserer Ankunft in Spanien gingen wir am Abend essen. Auf einer kleinen Anhöhe hatte mein Vater ein Restaurant ausgemacht. Wegen der blauweißen Fahne vermutete er ein griechisches Restaurant. »Das wollte ich schon immer mal probieren«, sagte meine Mutter entzückt. Als wir näher kamen, verwandelte sich die griechische Fahne in eine Fahne des Berliner Fußballclubs Hertha BSC. Der Restaurantbesitzer war Berliner. Er war vor zehn Jahren ausgewandert. Die Küche war, wie konnte es anders sein, deutsch. Bei zweimal Rinderrouladen, Kassler und Königsberger Klopsen genossen wir einen herrlichen Blick aufs Meer.

Als wir abends in unser Appartement zurückkehrten, hingen an allen Türen Plastikbeutel mit Peseten. Mein Vater entschloss sich, in der Frage der Brötchen kein Risiko einzugehen. Er und meine Mutter standen kurz vor sechs Uhr auf. Mein Vater ging zur Tür und starrte durch den Spion. Plötzlich sagte er mit entschlossenem Unterton: »Jetzt!« Meine Mutter reichte ihm eine Plastiktüte mit Peseten, mein Vater öffnete geschwind die Tür, hängte die Tüte von außen an die Klinke, schloss die Tür wieder und starrte erneut durch den Spion. Einige Sekunden später öffnete er erneut die Tür und nahm eine Tüte mit duftenden Brötchen von der Klinke. Er legte sie in die Küche und meine Eltern gingen wieder ins Bett. Dieses Schauspiel wiederholte sich jeden Tag. Außer am Sonntag. Da gab es keine Brötchen.

Am nächsten Morgen ging es zu den Meeresbecken. Mein Vater hatte sich sein modisches schwarzes Kunstledertäschchen ums Handgelenk gewickelt und bewachte unsere Badelaken.

Während Mutter, Michael und ich im Wasser rumtobten, sahen wir einen Mann auf unseren Vater einreden. Dahinter eine Frau und ein Kind. »Das darf doch nicht wahr sein, das sind Lettmanns«, sagte meine Mutter. Frau Lettmann war unsere Hauswartsfrau. Lettmanns waren gerade angekommen und besichtigten nun den Ort. Meine Mutter hievte sich missmutig aus dem Wasser und gesellte sich zu Familie Lettmann und meinem Vater hinzu. »Na, das ist ja ein Zufall, Sie hier«, wurde sie von Herrn Lettmann begrüßt.

»Und wie gefällt es Ihnen?«, fragte seine Frau.

»Ach danke, sehr schön«, sagte meine Mutter.

»Ja und das Wetter, wunderbar«, ergänzte mein Vater.

»Hier soll ja auch alles so unkompliziert sein«, sagte Frau Lettmann mit der Betonung auf *hier*.

»Ja genau. Am Abend hängen Sie einfach Ihre Tüte mit dem Geld raus und am nächsten Tag hängen da frische Brötchen. Ist das nicht toll?«, sagte meine Mutter mit übertriebener Begeisterung in der Stimme.

»Ach, Sie haben nur ein Appartement«, sagte Frau Lettmann abschätzig. »Wir haben Hotel gebucht.«

»Mit Vollpension«, ergänzte ihr Mann.

»Ach nein, da ist man immer an die Zeiten gebunden. Wir sind lieber frei und unabhängig«, konterte meine Mutter geschickt.

»Richtig«, bestätigte mein Vater mit Nachdruck. »Wir sind lieber frei von Verpflichtungen.«

»Na ja, jeder, wie er mag«, kam es etwas unterkühlt zurück. Schließlich setzte Familie Lettmann ihren Weg fort. Aber sie blieben Gesprächsthema bis zum Abend.

»Wie können die sich eine solche Reise leisten?«, fragte meine Mutter in den Raum.

»Das würde ich auch gerne wissen. Hast du gehört, die wohnen im Hotel. Mit Vollpension«, nahm mein Vater den Faden auf.

»Wahrscheinlich putzt sie nebenbei schwarz«, sagte meine Mutter schnippisch.

»Was ist das, schwarzputzen?«, fragte ich.

»Wer schwarzarbeitet, betrügt praktisch den Staat. Jeder Bürger muss dem Staat etwas von seinem Verdienst abgeben. Das nennt man Steuern. Damit macht der Staat etwas für alle. Zum Beispiel baut er Autobahnen und Kindergärten.« Mein Bruder fand die Verknüpfung von Autobahnen und Kindergärten seltsam.

»Und der Staat baut Krankenhäuser, damit die Kinder, die auf der Autobahn überfahren worden sind, wieder gesund werden«, sagte er. Mein Vater sah ihn verstimmt an. »So ein Unsinn ... Du glaubst ja auch, der Strom käme aus der Steckdose«, gab mein Vater gequält zurück.

»Kommt er doch auch«, sagte ich lachend. Mein Vater lachte nicht. Energieversorgung war ein ernstes Thema. Besonders brisant war das Wort Atomkraftwerk. Es gab in jener Zeit magische Sätze, die sofort zum Streit zwischen ihm und meinem Bruder führten. Einer dieser magischen Sätze war: »Atomkraft ist gefährlich.« Dann wurde mein Vater schnell böse. »Was heißt hier gefährlich? Gefährlich ist das ganze Leben. Du kannst auf der Autobahn einen Lastwagen überholen, der Fahrer träumt vor sich hin, zieht links rüber und peng, schon ist es passiert. Die träumen doch alle. Immer wieder, ohne Blinker, zack, einfach rüber.«

»Vielleicht sollte man einfach keine Autobahnen mehr bauen«, schlug mein Bruder vor.

»Ach ja, und wie willst du dann irgendwo hinkommen? Zu Fuß?«

»Mit dem Rad.«

»Mit dem Rad?«

»Ja, warum nicht?«

Mein Vater schüttelte nur den Kopf. Es hatte

keinen Sinn, mit ihm über umweltpolitische Themen zu diskutieren, und so hatte sich mein Bruder mit aufklärerischer Basisarbeit zurückgehalten. Er musste erst mal in diese Landkommune ziehen und agitieren lernen. Nun war er endlich da und ich durfte ihn besuchen.

»Aber eines sage ich dir gleich«, drohte mein Vater, »wir kommen dich bei deinem Bruder besuchen. Wenn du Läuse kriegst, nehmen wir dich sofort wieder mit. Dann ist Schluss mit lustig.« Ich hatte noch nie Läuse, warum sollte ich die ausgerechnet bei meinem Bruder bekommen? »Von wem sprichst du eigentlich die ganze Zeit?«, fragte ich in die Runde. »Von den Leuten in der Landkommune. Die glauben, man könnte nur von Luft und Liebe leben und man müsste nicht arbeiten«, sagte meine Mutter. »Wäre das nicht schön, wenn du nie wieder arbeiten müsstest?«, fragte ich meinen Vater. »Nein. Denn jeder muss seinen Beitrag zur Gesellschaft leisten. Wer nicht arbeitet, zahlt keine Steuern. Und wer keine Steuern zahlt, trägt nicht zur Gemeinschaft bei. Stell dir vor, niemand würde mehr arbeiten. Wovon soll der Staat deine Schulbücher bezahlen, Schwimmhallen unterhalten, Straßen instand setzen, Radwege bauen?« Ich war beeindruckt. So ging es wirklich nicht. Arbeit musste sein. Das leuchtete auch mir ein. Dennoch freute ich mich auf den Besuch bei den Hottentotten. Ich hoffte, so meinen ersten großen Liebeskummer vergessen zu können.

2

Erste Liebe

Ich war fast zwölf Jahre alt gewesen und hatte sofort gewusst: Dieser Lehrer ist der Mann meines Lebens. Ich träumte nur noch von Herrn Berger. Ingo Berger. In der Schule leitete er eine Arbeitsgemeinschaft Handball, kurz AG genannt. Ich trat sofort in einen Handballverein ein und wurde in der AG schnell zur besten Spielerin. Wenn schon nicht durch meine noch verborgene Schönheit, wollte ich ihn wenigstens durch meine sportliche Leistung beeindrucken. Nach einem Training legte er mir die Hand auf die Schulter. Ich war der Ohnmacht nahe. Dann hauchte er, ich solle die Bälle einsammeln. Am Abend schmuggelte ich das schweißnasse Shirt an meiner wachsamen Mutter vorbei, drückte im Bett meine Nase hinein und sprach wie ein Mantra vor mich hin: Bälle einsammeln. In dem Moment ließ ich alle Konventionen fallen und aus Herrn Berger wurde für mich Ingo.

Seit mir eine Klassenkameradin gesagt hatte, dass Ingo am Steinbergpark wohnte, radelte ich in jeder freien Minute durch den Park. Wenn ich allein radelte, rief ich gelegentlich: »Ingo, nicht so schnell!« Oder: »Da vorne rechts, Schatz!« Eines Tages rief ich übermütig: »Ich liebe dich! Ich liebe dich! Ich liebe dich!«

Völlig unvermittelt fragte eine Stimme hinter mir, wen ich denn liebte. In letzter Sekunde bekam ich die Kurve und konnte den Zusammenstoß mit einer Trauerweide verhindern.

»Wen liebst du?«, fragte drängend die Stimme. Ich stieg vom Rad, drehte mich um und sah in das abgehetzte Gesicht meiner Mutter. Sie wollte wissen, wen ich liebte. Eine einfache Frage. Aber ich konnte ihr unmöglich die Wahrheit sagen. Sie würde es nicht gut finden, ihre Tochter in den Händen eines so alten Knaben zu sehen. »Ich liebe die Trauerweide«, sagte ich betont lässig.

»Kind«, sagte meine Mutter streng, »du liebst eine Trauerweide? Seit wann?«

»Nun, äh … schon länger.«

»Du liebst schon länger eine Trauerweide?«

»Jawohl. Ich liebe schon länger eine Trauerweide.«

Mit einem besorgten »Aha« beendete meine Mutter ihre Fragestunde. Schweigend standen wir im Steinbergpark und starrten einander an. Wenn nicht plötzlich Regen eingesetzt hätte, würden wir wahrscheinlich noch heute dort stehen. Wir retteten uns unter eine Kastanie und plauderten über schulische Belanglosigkeiten.

Im letzten Sommer hatte ich beobachtet, wie Ingo Erdbeereis gegessen hatte. Also kaufte ich eines Tages zwei Kugeln Erdbeereis. Eine für mich und eine für ihn. Ich setzte mich auf eine Bank und hielt ab und zu die Eistüte nach links zum imaginierten Ingo ins Nichts und ließ ihn, zumindest in Gedanken, an meiner Eiswaffel knabbern.

Die Handball-AG fand nur einmal pro Woche statt. Die Tage dazwischen waren öde und leer. Es gab nur einen kurzen Moment der Aufheiterung. Dienstagmorgens um kurz vor acht. Da ging Herr Berger über den Flur zu einem Klassenzimmer. Was hätte ich darum gegeben, in seiner Klasse sein zu dürfen! Aber das ging nicht. Ich musste zu anderen Mitteln greifen, um Ingo nahe zu sein. Ich nannte dieses Mittel »meinen Lauf«. Mein Lauf sah folgendermaßen aus: Vom dritten Stock eines gegenüber der Schule liegenden Mietshauses konnte ich die Tür des Lehrerzimmers einsehen. Jeden Dienstagmorgen stand ich im dritten Stock am Flurfenster und ließ die Tür des Lehrerzimmers nicht aus den Augen. Wenn ich dann Herrn Berger auftauchen sah, rannte ich die drei Stockwerke runter, über die Straße ins Schulgebäude, zum Hinterausgang in den Hof, über den Hof durch die Seitentür in den Trakt des Altbaus und flog die Stufen in den vierten Stock hinauf. Wenn ich schnell genug war, konnte ich Herrn Berger atemlos die gläserne Zwischentür aufhalten. Er lächelte und sagte: »Danke.«

Nachdem Ingos Klassentür ins Schloss gefallen war, starrte ich selig lächelnd ins Nichts. Nach einigen Minuten der Andacht, verbunden mit dem Lauschen an seiner Tür, rannte ich die vier Stockwerke wieder hinunter über den Hof, sprang über den Zaun des Schulgartens, hastete über die Beete und riss im dahinter liegenden Pavillon die Tür zu meinem Klassenzimmer auf. Ich taumelte in den Raum und nahm erschöpft unter dem missbilligendem Blick von Frau Harocziwic Platz. Frau Harocziwic war eigentlich ganz nett und unterrichtete Deutsch. Um mein regelmäßiges Zuspätkommen auszugleichen und sie von einem blauen

Brief an meine Eltern abzuhalten, lernte i
eine Verrückte. Ich kannte die Geburtstage
deutschen Schriftsteller von 1840 bis 1970. W
rend der blöde Jens »Othello« für ein Würfelsp
hielt, konnte ich die traurigste Liebesgeschicht
der Welt fehlerfrei nacherzählen. Ich wusste, dass Shakespeare kein Rasierapparat war, und konnte mühelos ellenlange Gedichte rezitieren.

Eines Tages nahm mein Lauf ein jähes Ende. Ich war, aus dem dritten Stock des Mietshauses kommend, direkt in einen fahrenden Pkw gerannt. Meine entsetzten Eltern versuchten, erst mit guten Worten, dann mit Drohungen, herauszufinden, warum ich wie eine Wahnsinnige aus diesem Haus gerannt war. Aber ich schwieg eisern und trug die Verletzungen mit Fassung. Meine Klassenkameraden beneideten mich um den gegipsten rechten Arm, entband er mich doch von einer ängstlich erwarteten Mathematikarbeit.

Dummerweise schloss mein Gips mich vorerst von der Handball-AG aus. Meinen »Lauf« konnte ich auch vergessen. Nächtelang wälzte ich mich hin und her. Schließlich hatte ich die Idee. Auf der Suche nach einem auffälligen Buch stieß ich im Regal meines Vaters auf Tolstois *Krieg und Frieden*. Was das Buch für mich so attraktiv machte, war neben seiner Größe die Tatsache, dass es einen knallroten Schutzumschlag hatte, auf dem ein riesiges schwarzes Kreuz prangte. Ich war sicher, Ingo damit beeindrucken zu können. Welches Kind in meinem Alter las schon solche dicken Wälzer? Ich schleppte das Buch zur Schule und schummelte mich auf die Seite des Schulhofes, wo die Oberschüler Pause machten. Hier hatte mein zu-

Als ich zum vierten Mal unauffällig an dem Haus vorbeifuhr, konnte ich aus dem Augenwinkel das Klingelschild orten. Hinterhaus. Keine Chance, einen Blick auf seine Wohnung zu erhaschen. Enttäuscht fuhr ich wieder nach Hause, wo mich bereits meine Mutter an der Tür erwartete. Sie riss mir das Fahrrad aus der Hand und begrüßte mich mit der Feststellung, man habe mich wohl »mit dem Klammerbeutel gepudert«. Ich wusste nicht, was sie damit sagen wollte, aber es verhieß nichts Gutes. In der Nacht erwachte ich mit brüllenden Schmerzen in meinem Arm. Am nächsten Morgen musste der Gips erneuert werden. Diesmal kam ich um die Englischarbeit herum. Mein Fahrrad wurde weggesperrt, und meine Eltern fingen an, sich ernste Sorgen um mich zu machen.

Täglich wählte ich die Nummer von Ingo Berger. Er meldete sich immer gleich. »Hallo, hier ist Ingo Berger …« Das machte mich stutzig. Eines Tages harrte ich aus und musste feststellen, dass es ein Anrufbeantworter war. Zur damaligen Zeit kannte ich Anrufbeantworter nur aus dem Fernsehen. »Hallo, hier ist Ingo Berger, ich bin zurzeit telefonisch nicht zu erreichen, Sie können aber nach dem Signalton eine Nachricht hinterlassen. Danke.« Piep. Ich war entzückt. Immer wieder hörte ich das Band ab. 20-, 30-, manchmal 40-mal am Tag. »Hallo, hier ist Ingo Berger, ich bin zurzeit telefonisch nicht zu erreichen, Sie können aber nach dem Signalton eine Nachricht hinterlassen. Danke.« Piep.

Als die Telefonrechnung kam, gab ich sofort zu, in den vergangenen Tagen öfter telefoniert zu haben. Ich bekannte mich in allen Punkten schuldig.

»So ein Quatsch«, sagte meine Mutter. »So viel kann einer alleine gar nicht telefonieren.« Ich widersprach ihr nicht und ließ die Sache auf sich beruhen. Eines Tages geschah das Unfassbare. Als ich nachmittags den zehnten Banddurchlauf hörte, riss jemand den Hörer hoch und schrie: »Ist jetzt langsam mal gut?« Wäre es anatomisch möglich gewesen, wäre mein Kinn vor Schreck auf die Vorderfüße gefallen. Die Stimme kreischte hysterisch, ich müsse völlig meschugge sein! Ich wusste nicht, was meschugge heißt, aber ich wusste, am anderen Ende hing meine Deutschlehrerin, Frau Harocziwic. Sie schmiss den Hörer auf die Gabel und ließ mich mit einer bösen Ahnung zurück. Ich griff mir das Telefonbuch. Harocziwic gab es nur einmal. Straße am Steinbergpark 4. Frau Harocziwic und Herr Berger waren ein Paar! Es war, als hätte mich das Auto zum zweiten Mal überfahren.

Ich entwickelte eine anarchistische Art der Zeichensetzung, die Frau Harocziwic in den Wahnsinn trieb. Hausaufgaben machte ich überhaupt nicht mehr, und es gelang mir innerhalb von drei Monaten, die Deutschnote völlig zu versauen. »Was ist nur los mit dir, du warst doch immer so fleißig?« Die Welt konnte mich mal, und ich beschloss, mich nie wieder zu verlieben. Außerdem beschloss ich, Schule vollkommen doof zu finden und von nun an immer über den Dingen zu stehen.

Ich war froh über den bevorstehenden Schulwechsel, dann würde ich von dieser unglücklichen Liebe befreit sein. Ich hatte schon mit dem Gedanken gespielt, mit Ingo über uns zu sprechen; ihn zu fragen, wie er sich unsere Zukunft vorstelle. Ich wäre bereit gewesen, meine Arbeit aufzugeben und wegen der Kinder zu Hause zu bleiben. Gott sei Dank hatte sich keine Möglichkeit zum Gespräch ergeben. Dafür hatte ich es geschafft, im gesamten Unterricht so weit über den Dingen zu stehen, dass ich meine schon sicher geglaubte Gymnasialempfehlung verlor.

3

Meine erste Bande

Ich wollte nichts mehr wissen von Männern, die sich mit blondierten Deutschlehrerinnen einließen. Also ließ ich mich rein kameradschaftlich mit meinem Klassenkameraden Paul Borchert ein. Durch ihn lernte ich Peter Schulz kennen, den alle nur Schulle nannten. Schulle war Pauls Freund, 16 Jahre alt, und stammte, wie meine Mutter immer sagte, aus schlechten Verhältnissen. Paul und Peter bildeten zusammen eine, wenn auch kleine, gefürchtete Bande. Ich weiß nicht, wovor sich die anderen alle fürchteten, ich fand die beiden ganz nett. Mit ihnen kam Schwung in mein ödes Leben. Ich schloss mich der Bande an, und schon nach wenigen Tagen hörte ich die ersten mahnenden Worte meiner Mutter: »Man hat dich mit dem Schulz und Paul gesehen, stimmt das?«

Schulle nannte sie nie beim Vornamen, er war immer nur »der Schulz«, wohingegen Paul irgendein unsichtbares Privileg besaß. Es hieß immer, Paul könne ja nichts dafür. Ich fragte mich immer, wofür er nichts konnte. Für das schlechte Wetter? Die Erhöhung der Beförderungsentgelte der BVG? Ich wusste es nicht. Schulle dagegen war immer an allem schuld. Als ich später mal mit meinem Fahrrad eine alte Frau über den Haufen fuhr, war das auch die Schuld von dem Schulz. Schulle war zwar nicht dabei gewesen, aber irgendwie musste er magische Kräfte haben, was ihn noch interessanter machte.

»Also noch mal. Stimmt das?«, fragte meine Mutter.

»Was?«

»Stell dich nicht dümmer, als du bist«, tobte meine Mutter los, »und treib es nicht zu weit!«

»Welcher Schulz?«, fragte ich mit Unschuldsblick. Mutter wendete sich von mir ab und machte im Weggehen eine abfällige Handbewegung.

Ich traf mich täglich mit Schulle und Paul. Wir dachten uns Mutproben aus und überlebten sie auch. Besonders gern streunten wir durch eine stillgelegte Fabrik. Draußen stand ein Schild »Betreten verboten«. Seit ich Schulle kannte, gab es für mich keine Verbote mehr, und mit dem Satz »Eltern haften für ihre Kinder« wusste ich auch nichts anzufangen.

In der Fabrikhalle hing, an einer Schiene befestigt, ein riesiger Eisenhaken von der Decke herab. Über eine Kurbel konnte man den Haken dicht an ein Geländer bringen. In schwindelerregender Höhe warf sich Schulle von dort aus an den Haken und schwang wie Tarzan durch die Halle. Paul und ich waren beeindruckt. Als Schulle, mit dem Haken in der Hand, wieder am Geländer stand, applaudierten wir. »Ihr auch mal?« Paul ergriff den Haken und schwang ebenfalls wie Tarzan durch die Halle. Mit leuchtenden Augen hielt er anschließend mir den Haken hin. Ich traute mich nicht. »Ich habe es gleich gewusst, ein Mädchen gehört nicht in unsere Bande«, sagte Paul genervt.

»Traust dich nicht alleine?«, fragte Schulle sanft. Ich war hin- und hergerissen. Der Abstand zwischen Haken und Hallenboden war sehr beeindruckend. Alle hielten Schulle für grob. Aber das war er überhaupt nicht. Und so fragte er mich, ob ich denn überhaupt wolle. Ich nickte. Das Schicksal nahm seinen Lauf.

»Willst du lieber zu zweit schwingen?« Ja, das würde ich mich trauen. Irgendwie wähnte ich mich in Sicherheit, wenn noch einer am Haken hängen würde. Ein fataler Irrtum, wie sich schnell herausstellen sollte.

Ich nickte also wieder und Schulle hielt mir großmütig den Haken hin. »Na gut. Du hältst dich vorne fest, ich hinten. Fertig?« Ich war total glücklich, lächelte Schulle an, der kniff ein Auge zu, Paul half uns über das Geländer und los ging es. Der erste Schwung war der schönste. Aber schon beim zweiten merkten wir, dass etwas nicht stimmte. In der Schiene bewegten sich die Ketten, an denen der Haken hing, in Richtung Deckenmitte. Wir verloren schnell an Fahrt und schafften es nicht mehr, zu dem Geländer zurückzuschwingen. Nach kurzer Zeit hingen Schulle und ich mittig, mit bloßen Händen an einem Haken, ungefähr zehn Meter über dem Betonboden.

Paul war nicht zu sehen. Ich spürte Schulle dicht hinter mir, er keuchte. »Wir müssen nach Hilfe rufen.« Ich konnte nicht. Ich hatte das Gefühl: Wenn ich jetzt rufe, verlässt mich sofort die Kraft und ich stürze ab. Schulle schrie aus Leibeskräften um Hilfe. Neunundneunzig Prozent seines Schreis landeten in meinem Ohr. Ich wurde schlagartig taub. »Wir schaffen das«, sagte Schulle. Ich wusste zwar nicht, wie, aber ich glaubte ihm. Und tatsächlich, Schulles magische Kräfte wirkten. Vor der Fabrik war ein Kontaktbereichsbeamter vorbeigelaufen und hatte Schulles Schreie gehört. Als er uns an dem Haken sah, griff er sein Funkgerät und holte die Feuerwehr. Während Schulle, schwer keuchend, zu mir sagte, ich solle ja durchhalten, fragte der Beamte von unten, wie wir nur da hochgekommen seien. Für ihn sicherlich eine berechtigte Frage. Unsere Luft reichte aber nicht mehr, um ihm ausführlich zu antworten. Schulle zischte: »Dummschwätzer!«, was ich unter den gegebenen Umständen nicht missbilligen konnte. Nach einer weiteren Minute begann ich mich mit dem Gedanken abzufinden, loslassen zu müssen. Es hatte keinen Sinn mehr, mir schwanden die Kräfte. Ich wisperte nach hinten, ich könne nicht mehr. Schulle herrschte mich an: »Du kannst noch!« Dann glaubte ich die Feuerwehr zu hören. Sicher war ich nicht, denn von Schulles Schreien war ich noch immer taub. Aber er hatte offensichtlich auch die Feuerwehr gehört und flüsterte: »Sie kommen, gleich ist alles gut.« Und so war es dann auch. Die Feuerwehr konnte mit dem Leiterwagen direkt in die Halle fahren und uns in ihren Fangkorb setzen. Erst mich, dann Schulle. Ich sah ihn an. Uns beiden liefen still die Tränen. Tarzan und Jane gerettet. In letzter Sekunde.

Für meine Mutter war natürlich wieder alles die Schuld von »dem Schulz«. Für mich aber war er der erste wirkliche Held meiner Jugend. Wohingegen Paul der erste wirkliche Feigling meiner Jugend war. Er hatte sich vor Schreck einfach verdrückt.

An jenem Nachmittag brachte mich die Polizei nach Hause. Ich genoss die ungeteilte Aufmerksamkeit sämtlicher Nachbarn, sehr zum Leidwesen meiner Eltern. In den siebziger Jahren war es noch eine ungute Sensation, wenn einen die Polizei nach Hause brachte, und wurde dementsprechend geahndet.

Vier Wochen Stubenarrest, und damals bedeutete Stubenarrest tatsächlich, dass ich mich nur in meinem Zimmer aufzuhalten hatte. Lediglich zu den Mahlzeiten und wenn mich ein menschliches Bedürfnis überkam, durfte ich raus.

Vom Stubenarrest ausgenommen war natürlich auch der Schulbesuch, wobei strengstens überwacht wurde, wann ich zu Hause eintraf. Mein Vater sagte immer: »Und du kommst auf direktem Weg nach Hause. Hast du mich verstanden?« Ja, ich war ja nicht mehr taub.

Als ich Paul am nächsten Tag in der Schule sah, hatte er ein riesiges »Veilchen« am Auge. Er hatte es, quasi für umsonst, bei Schulle erworben. Und noch heute kann ich meine Freude darüber nicht verhehlen.

Nach zwei Wochen Stubenarrest hegte ich die Hoffnung auf Straferlass. Meine Eltern waren wieder guter Laune, und am Telefon hatte meine Mutter zu irgendeiner Tante gesagt, sie sei froh, dass ich noch lebe. Eines Abends ließ mich mein Vater ins Wohnzimmer bestellen. Freudig erwartete ich meine Entlassung. Mein Vater saß in seinem braunen Sessel und hielt ein Stück Papier in der Hand. Es war ein Stoffsessel, dessen breite Armlehnen mit einem Stück Leder bezogen waren. Ton in Ton. Am vorderen Ende der Armlehne schon abgewetzt, aber noch gut. Das Licht war gedämpft, und ich hatte den Impuls, ihm zu sagen, er solle sich mal nicht die Augen verderben bei dem schlechten Licht. Aber ich ließ es. Ich ließ es, weil meine Mutter nicht auf der Couch saß, sondern im Hintergrund auf einem Stuhl. Diese Sitzkonstellation bedeutete nichts Gutes. Sie bedeutete, dass gleich mein Vater das Wort an mich richten würde, um mir etwas mitzuteilen, an das ich noch lange denken würde.

»Wir haben Post bekommen«, sagte mein Vater. Das sah ich. »Von der Feuerwehr.« Mir schwante Schreckliches. Ich spürte, wie mein Herz pochte, ich hätte mich gerne hingesetzt, aber wie gesagt, allein die Sitzkonstellation machte mir den Ernst der Lage deutlich. »Weißt du, wie lange deine Mutter und ich für 120 DM arbeiten müssen?« Nein, das wusste ich nicht, aber ich ahnte am Ton meines Vaters, dass es lange war. Meine Mutter nickte im Hintergrund immer wieder mit dem Kopf, als sei sie ein Huhn auf der Suche nach ein paar Körnern. »Wir müssen den Einsatz der Feuerwehr von neulich bezahlen«, fuhr er fort. Nun wusste auch ich, was »Eltern haften für ihre Kinder« bedeutete. »Deine Mutter und ich haben lange überlegt, was wir mit dir machen.« Ich wusste, dass er log. Meine Mutter hat solche Dinge nie überlegt. Nicht dass meine Mutter nicht dazu in der Lage war, aber Strafen fielen eindeutig in sein Ressort. Meine Mutter war nur für das tagtägliche Meckern und den Satz »Wenn das dein Vater erfährt« zuständig. Aber mit Strafen hatte sie nichts zu tun. Mein Vater verkündete, dass ich bis zu den großen Ferien nicht mehr an der Handball-AG teilnehmen durfte.

Wenige Wochen zuvor hätte ich mich mit einem Heulkrampf auf den Boden geworfen, hätte jede Fassung verloren, ihn beschimpft, mich hilfesuchend an meine Großmutter gewandt und wäre in den Hungerstreik getreten. Genau damit hatte mein Vater auch gerechnet. Er wusste, was mir der Sport bedeutete. Aber inzwischen sah die Welt ganz anders aus. Ich blieb ungerührt stehen. Sichtlich irritiert wiederholte mein Vater das Strafmaß. »Du darfst bis zu den Sommerferien nicht zum Handball in der Schule. Hast du mich verstanden?« Ich hatte verstanden. Ich drückte mir ein paar Tränen ins Gesicht und stammelte, Verzweiflung heuchelnd: »Habe ich immer noch Stubenarrest?« Mein Vater schwieg. Ich drückte weiter auf die Tränendrüse und schluchzte auf. Mein Vater wurde langsam weich. »Aber ist es nicht schön, dass ich noch am Leben bin?«

»Natürlich ist das schön, Kind. Aber Monika, ich mache das auch nicht gerne, also hör bitte auf zu weinen. Du musst die Verantwortung für dein Handeln tragen.« Ich blieb dran. »Ich meine, wenn ich schon nicht mehr zum Handball darf, kann ich dann wenigstens wieder raus?« Ich sah meiner Mutter an, dass sie hoffte, er würde ja sagen. Aber ganz so leicht ging es nicht. Schließlich sprach mein Vater ein salomonisches Urteil: »Noch drei Tage, dann ist es gut.« Ich hätte ihn am liebsten umarmt, schlich aber, meiner Rolle folgend, mit tief gesenktem Kopf aus dem Wohnzimmer. Vor der Tür lächelte ich entspannt.

Die letzten Monate auf der Grundschule schleppten sich dahin. Herr Berger fragte mich, warum ich nicht mehr zum Handball kam. »Ich darf nicht mehr. Mein Vater hat es verboten.« Herr Berger wollte meinen Vater anrufen und mit ihm reden. Ich hielt ihn mit einer kleinen Lüge davon ab. »Tun Sie das bloß nicht, sonst schlägt er mich wieder zusammen.« Ich sah das Entsetzen in Herrn Bergers Augen und setzte noch einen drauf. Ich wollte, dass er vor Sorge um mich in den Nächten neben Frau Harocziwic kein Auge mehr zutun würde. »Keine Angst, mein großer Bruder wirft sich immer dazwischen, dann prügeln die beiden sich so lange, bis … na ja.«

Ich setzte meine traurigste Miene auf, nestelte an meinem grasgrünen Acrylpullover herum und beschwor ihn, niemandem etwas davon zu erzählen. Am liebsten hätte ich noch gesagt: Sonst bin ich morgen tot. Aber ich wusste, das wäre zu viel gewesen. »Wenn du Hilfe brauchst, kannst du dich jederzeit an mich wenden. Wirklich zu jeder Zeit.« Er schrieb mir die Telefonnummer von Frau Harocziwic auf. Ein kleiner Stich durchfuhr mich. Wortlos nahm ich den Zettel und warf ihn in den nächsten Mülleimer. Nein, ich wollte mich nicht mehr an ihn wenden. Das war vorbei.

Vermutlich war es einer besorgten Rede Ingo Bergers auf der Schulkonferenz über die arme geschlagene Monika zu verdanken, dass ich keine Hauptschulempfehlung bekam, sondern man mich trotz eines katastrophalen Leistungsabfalls noch für die Realschule empfahl. Die Realschule wollte mich aber nicht aufnehmen und so kam ich schließlich auf eine Gesamtschule. Das war damals ein Makel.

Auf der Gesamtschule landeten nur die sozial Schwachen, die geistig Minderbemittelten, die

Schüler, die keiner mehr haben wollte, kurzum: die Verlierer des Lebens. Glaubte man den allgemeinen Aussagen der Nachbarn, herrschten auf Gesamtschulen Mord und Totschlag, Drogenkonsum und Sex im Freien. Die Lehrer waren alles langhaarige Linke, die nicht auf dem Boden unserer freiheitlich-demokratischen Grundordnung standen. Es war mir ein Rätsel, warum meine Eltern mich einem solchen Moloch aussetzen wollten. »Die klauen da wie die Raben«, sagte meine Mutter, »pass bloß auf deine Sachen auf.« Mein Vater kehrte wieder den Moralischen raus: »Du bist selber schuld daran. Hättest du in der Schule besser aufgepasst, könntest du jetzt auf ein ordentliches Gymnasium gehen.«

Nun, ich hatte meinen ersten große Liebeskummer und eine waghalsige Mutprobe überlebt. Ich würde auch die Gesamtschule überstehen. Aber vorher kamen die lang ersehnten Ferien.

4

Dreilinden

Endlich waren Ferien. Ich konnte es kaum erwarten, auf die Hottentotten zu treffen. Ich saß als Erste im Auto, bewachte die Straßenkarten im Handschuhfach und wartete auf die Abfahrt. Am Tag zuvor hatte mein Vater den Wagen gewaschen, die Chromteile blank geputzt und mit Cockpitspray das Armaturenbrett gewienert. Das machte er immer, wenn wir nach Westdeutschland fuhren. Vermutlich wollte er auch dort »einen guten Eindruck« hinterlassen. Jedes Mal wenn ich in den mit viel Liebe vorbereiteten Wagen stieg – es war ein zweitüriger Ford 17M, rot mit schwarzem Dach –, bekam ich das Gefühl, ein neuer Lebensabschnitt würde beginnen.

Zuerst schleppte mein Vater die Koffer runter. Dann kam meine Mutter mit ihrer Korbtasche, in der sich eine Thermoskanne, Butterbrote, Saft und geviertelte Äpfel befanden. Wobei meine Mutter darauf bestand, dass die Äpfel »geviertelt« waren. Ich war sicher, gelegentlich hätte meine Mutter auch mich gerne gevierteilt … Über alles war ein sauberes, rot kariertes Geschirrhandtuch gebreitet.

Wir fuhren um fünf Uhr in der Früh los, um nicht so lange an der Grenze zu stehen. Es gab jedoch viele Berliner, die so dachten wie mein Vater, zu viele. »Müssen die alle immer so früh losfahren«, sagte er. Nachdem wir zwei Stunden im Stauraum Dreilinden gewartet hatten, war die Stimmung schlecht. In der Folge entwickelten meine Eltern die Idee, beim nächsten Mal um drei Uhr loszufahren. Allein bei dem Gedanken daran fielen mir die Augen endgültig zu.

Der Weg nach Westdeutschland führte durch die Sowjetische Besatzungszone. Zuerst musste man den Grenzkontrollpunkt Dreilinden passieren, was beklemmend war. Ich wurde wachgerüttelt und musste kerzengerade sitzen. Mein Vater stellte das Radio ab und wir warteten voller Anspannung auf den Grenzer. »Haben Se Feuerwawen oder Funggeräde bei?«, sächselte es ins Auto. »Nein.« Ein Handzeichen und wir durften uns wieder in die Schlange der Wartenden einreihen. Besonders aufregend war immer das Heranfahren an die kleinen Häuschen. Da saßen finstere Gestalten drin, denen man die Ausweise reichte. Auf ihr Handzeichen durfte mein Vater weiterfahren. Auf kleinen Bändern liefen die Ausweise dann zum nächsten Glashäuschen, und die, die darin saßen, waren am allerfinstersten. Mein Vater presste seinen Hinterkopf immer auf die Kopfstütze, damit der Typ im Glashäuschen meine Mutter auf dem Beifahrersitz voll zu Gesicht bekam. Meine Mutter ihrerseits neigte sich immer ein Stück nach vorne und starrte bewegungslos nach links. Meine Aufgabe war es, den Mund zu halten. Schließlich wurden die Ausweise ins Auto gereicht, mein Vater bedankte sich (vermutlich dafür, dass sie ihn nicht erschossen hatten) und fuhr los, ganz langsam. Nur nicht auffallen! Etwa alle 20 Kilometer überprüfte meine Mutter, ob die Ausweise und die Passierscheine noch da waren. Wir hielten niemals an in der Zone, sondern fuhren wie auf Schienen gezogen mit 100 Stundenkilometern Richtung Westdeutschland. Meine Mutter musste aufpassen, ob irgendwo »Blitzer« standen. Mit denen besserte die DDR ihre maroden Staatsfinanzen auf. »Die brauchen unsere harte D-Mark«, sagte meine Mutter. Ich habe lange geglaubt, damit sei tatsächlich die Stärke der Münzen gemeint.

Jedes Mal wenn wir einen »Blitzer« passiert hatten, fragte meine Mutter meinen Vater, ob er zu schnell gewesen sei. Er fuhr nie zu schnell. Das hätte seiner Natur widersprochen. Aber die Angst, möglicherweise zu schnell gewesen sein zu können, fuhr immer mit. Manchmal bremste mein Vater abrupt ab, was die hinter uns Fahrenden nicht immer erfreute. »Da, wieder ein ›Blitzer‹! Eva, pass doch auf!«

»Mein Gott, Dieter, deswegen musst du doch nicht auf 60 Stundenkilometer runterbremsen!«

»Ach ja, aber wenn sie uns abkassieren, dann war ich wieder schuld. Dieser Honecker stellt seine ›Blitzer‹ aber auch wirklich hinterhältig hin.« Ich war überrascht, dass Honecker persönlich die Blitzer hinstellte. Nun, wir wurden in all den Jahren nicht einmal geblitzt.

Das erste Ziel der Urlaubsträume von uns Berlinern, Klammer auf, West, Klammer zu, war Helmstedt. Wenn wir es bis Helmstedt geschafft hatten, war die Stimmung immer gut, egal wie. Der Urlaub begann mit »ordentlichem Benzin«. Es gab natürlich auch Tankstellen in der Zone. Aber mein Vater tankte dort nie. »Die Oktanzahl ist viel zu niedrig, da macht man sich den Motor kaputt.« Ich wusste nicht, was Oktanzahlen waren, vertraute aber meinem Vater, schließlich hatte er einen Führerschein.

Vor Helmstedt aber hatten die Russen Marienborn gesetzt. Marienborn war sozusagen der Ausgang aus der DDR. Man kam nur wieder raus, wenn man in Marienborn mit genauso vielen Personen ausfuhr, wie man in Dreilinden eingefahren war, und man die Passierscheine noch hatte. Nun, wir waren immer noch vollzählig, hatten keinen Nachwuchs bekommen und warteten bei »Transit Westberlin«. Es gab einen Kontrolleur, der stand ein paar hundert Meter vor dem Kontrollpunkt. Man hielt an, zeigte kurz die Papiere und fuhr zum Glashäuschen. Dort wiederum wurden die Passierscheine aus den Ausweisen genommen. Mein Vater und meine Mutter wurden sehr gründlich angestarrt und dann konnte man auf ein Handzeichen hin rausfahren. Manchmal wünschte der Mensch im Glashäuschen uns eine gute Fahrt. Für meine Eltern war es immer wieder ein Ereignis, wenn mal einer »gute Fahrt« sagte. »Hast du gehört, er hat ›gute Fahrt‹ gesagt. Die können auch anders.« Ich verstand lange nicht, warum diese Grenzkontrollen meinen Eltern immer so viel Pein bereiteten. Das sollte sich ändern. Einmal kam einer der Passierscheine abhanden. Wir verbrachten zwölf Stunden in den Grenzkontrollanlagen der DDR. Ausgerechnet der Passierschein meines Vaters fehlte. Er wurde stundenlang verhört und meine Mutter sah ihn schon in Haft. Noch heute fragen sich meine Eltern, wo der Passierschein geblieben sein könnte.

Nun saßen wir auf dem Rastplatz bei Helmstedt, aßen Brote und »geviertelte« Apfelstücke. In Helmstedt machte mein Vater ein paar lustige Kniebeugen neben dem Auto. Dann klatschte er in die Hände und sagte, es könne jetzt losgehen, so als hätten wir gerade unsere Wohnungstür abgeschlossen. Mein Vater fuhr fröhlich weiter.

Meine Mutter hatte hinten Platz genommen. Sie musste sich von der anstrengenden Zone-Beifahrer-Blitzer-Ansag-Arbeit erholen. Ich war inzwischen zwölf Jahre alt und endlich berechtigt, vorne zu sitzen. Das war für mich das Größte. Mein Vater erklärte mir die »Idioten« auf der Straße und wollte immer allen den Führerschein wegnehmen. Manchmal durfte ich das Lenkrad für einige Sekunden halten, was meine Mutter an den Rand eines »Herzkaspers« trieb. »Dieter, nein, bitte nicht! Das ist bestimmt verboten. Dieter!« Aber Dieter hatte seinen eigenen Kopf und schließlich war ich, dank des Auszuges meines Bruders, die Älteste. Ich kam jetzt in der Rangfolge gleich nach meinem Vater, ließ man meine Mutter mal außen vor.

5

Bei den Hottentotten

Die restliche Fahrtzeit verging im Flug, und plötzlich waren wir in Wonkel, einem winzig kleinen Dorf mit acht Bauernhöfen, die sich um einen Dorfanger herum gruppierten. Das war alles. Kein Briefkasten, keine Bushaltestelle, keine Laternen, keine Ampel – nichts. »Gibt es hier keinen Bolle-Markt oder Reichelt?«, fragte meine Mutter fassungslos. Mein praktisch veranlagter Vater wollte nur wissen: »Wo ist Nummer fünf?« Beide Fragen blieben zunächst unbeantwortet. Wir fuhren dreimal um den Dorfanger. Dafür benötigten wir insgesamt dreißig Sekunden. Die Häuser hatten keine Nummern. »Wo gibt es denn so was?«, fragte mein Vater empört. »Sieh mal nach, Eva, ob da irgendwo ein Name draußen dransteht.« Ich war schon im Begriff auszusteigen, damit meine Mutter von hinten herauskriechen konnte. Da hob mein Vater plötzlich die Hand. »Halt, ich stehe noch nicht gerade.« Er fuhr an dem menschenleeren Dorfanger einige Meter vor, einige Meter zurück, fuhr noch ein bisschen weiter rechts heran und war am Ende mit seiner Parkposition immer noch nicht zufrieden. »Beeile dich, Eva, ich stehe nicht gut hier.« Eva sprang aus dem Auto und hetzte zu den Toren. Am fünften Haus von rechts winkte sie uns zu sich. Mein Bruder kam heraus und machte meinem Vater ein Zeichen. Er bedeutete ihm, er könne direkt vor dem Tor parken. Mein Vater blieb aber an der Straße stehen und begrüßte meinen Bruder. »Auch hier gilt die Straßenverkehrsordnung, mein Sohn, das ist eine Einfahrt, da darf man sich nicht hinstellen.«

Wir betraten die Küche, auf deren Boden zahllose Menschen auf mehreren Laken knieten und mit Pinseln und Farbe Stoff bemalten. Mein Vater griff sich fachmännisch eine Farbtube und sagte zu einer vor ihm knienden Frau: »Das ist Wandfarbe. Die ist nicht für Leinen geeignet.« Die Frau sah an meinem Vater hoch und antwortete: »Na, du bist ja ein ganz Schlauer.« Mein Vater stellte die Farbtube beleidigt zurück. »Ich wollte ja nur helfen.«

»Prima«, sagte die Frau, »dann deck doch drüben schon mal den Tisch, Kuchen kommt gleich. – Uwe, machst du mal Kaffee?« Das war Sibylle Herbst. Alle nannten sie nur Bylle. Uwe war ihr Freund. Meine Mutter hatte entsetzt zugehört und schob meinen Vater ein Zimmer weiter. »Ich mach das schon, Dieter, setz du dich mal hin.« An den Wänden hingen bunte Tücher, auf dem Boden lag eine lange Holzplatte und, darum gruppiert, Kissen. Die Holzplatte wurde gedeckt, Kuchen kam und alle setzten sich auf den Boden. Mein Vater fragte stehend, ob man hier noch in der Höhle wohnen würde. Die Gespräche verstummten, alle starrten meinen Vater an. »Gibt es hier keinen Stuhl?«, wandte er sich an meinen Bruder.

Mein Bruder brachte ihm aus der Küche einen Hocker. Die Gespräche wurden wieder aufgenommen. Meine Mutter kniete neben meinem Bruder. »Erzähl doch mal, Michael, wie geht es dir? Isst du auch genug?« Er nickte. »Hast du schon ein nettes Mädchen kennen gelernt?« Wieder verstummten alle Gespräche. Langsam bekam ich das Gefühl, meine Eltern waren hier eine Attraktion.

Mein Bruder klopfte an einen Bierkrug, in dem sich Kaffee befand. »Liebe Mitbewohner, darf ich euch vorstellen, das sind meine Eltern, Dieter und Eva, und das hier ist meine Schwester, Monika. Sie verbringt die Ferien bei uns.« Er stellte meinen Eltern die einzelnen Leute vor. Jeder sagte »Hallo« oder »He« zu ihnen. Mein Vater erhob sich von seinem Hocker und ging um die Holzplatte herum. Er gab jedem die Hand. »Guten Tag, Kleewe, Dieter Kleewe.« Als er um ein Haar auch meiner Mutter die Hand gegeben hätte, mussten Uwe und ich schmunzeln.

»Hallo, Wichser«, krächzte es plötzlich durch den Raum. Alle lachten los. »Und das ist Käpt'n Cook«, erklärte Uwe und deutete in die Ecke des Raumes, wo ein Papagei saß.

Meine Eltern taten so, als hätten sie nichts gehört. Als meine Mutter nervös mit dem Tortenheber auf die Kuchenstücke zeigte und meinen Vater fragte, was er für Kuchen wolle, sagte Käptn Cook: »Blas mir einen.«

Mein Vater starrte Käpt'n Cook an und fragte meine Mutter: »Eva, was sagt der Vogel?«

»Er sagt: Lass es sein.«

»Ach so.« Uwe machte eine Handbewegung in Richtung Käpt'n Cook. Der Vogel schwieg. Mein Vater kaute schweigend seinen Kuchen.

Nach dem Essen nahm Bylle mich zur Seite.

»Komm, wir holen deine Sachen aus dem Auto.« Mein Vater stand mit auf. »Bleiben Sie mal sitzen, wir schaffen das schon«, winkte Bylle ab. – »Der Wagen ist aber verschlossen«, sagte mein Vater. – »Dann geben Sie mir mal den Schlüssel.« Mein Vater fremdelte in seiner ganz eigenen Art. Einer wildfremden Frau seinen Autoschlüssel anzuvertrauen war einfach zu viel verlangt. Er kam mit. »Warum parken Sie nicht oben?«, fragte Bylle erstaunt.

»Weil das eine Einfahrt ist.«

»Ja schon, aber es ist doch unsere Einfahrt.«

»Nein, gute Frau, da täuschen Sie sich aber gewaltig. Die Einfahrt gehört Ihnen nicht. Das ist öffentliches Straßenland. Von meinen Steuergeldern bezahlt.«

Bylle war irritiert. »Wie bitte?«

Mein Vater legte nach. »Und was, wenn die Polizei hier schnell reinmuss? Dann steht da einer und blockiert die Einfahrt.«

»Das fehlte noch, Polizei auf unserem Hof!« Bylle griff nach meiner Tasche.

»Oder von mir aus die Feuerwehr!«, rief mein Vater ihr nach. Bylle schüttelte nur den Kopf und ging weg. Die Verabschiedung zwischen meinen Eltern und meinem Bruder war kurz und knapp. Dann war ich mit den Hottentotten allein.

Auf dem Hof herrschte ein undurchsichtiges Kommen und Gehen. Jeder kannte jeden und alle liebten sich. Zumindest hatte ich den Eindruck. Die Männer spülten das Geschirr genauso oft ab wie die Frauen. Es war jedem erlaubt, den Einschaltknopf an einem winzig kleinen Fernseher zu betätigen, wann immer er es wollte. Und nicht nur das. Er konnte es sogar tun, wo immer er es wollte, sofern die Antenne ein Bild hergab und Strom da war. Jeder konnte sich den Fernseher einfach so nehmen und in sein Zimmer, auf die Terrasse, in die Küche oder in die Scheune tragen. In den ersten Tagen war ich mit nichts anderem beschäftigt, als andauernd einen neuen Platz für den Fernseher zu finden.

Eines Abends fragte Horst, wo die »Glotze« sei. Ich fühlte mich sofort schuldig. »Im Gewächshaus, ich hol sie dir schnell.« Horst legte mir seine Hand auf die Schulter und sagte: »Bleib cool, Mädel, ich weiß, wo das Gewächshaus ist, ich wohne hier.« Ich war sprachlos. Niemand meckerte, obwohl der Fernseher an einem völlig anderen Ort gelandet war. Ich stellte mir den Dialog zu Hause vor. Mein Vater fragt, womöglich eine Minute vor 20 Uhr, wo der Fernseher sei, und meine Mutter sagt: »Auf dem Balkon.« Oder: »Im Keller.« Ich war mir sicher, das wäre die Scheidung gewesen.

Ich gewöhnte mich rasch an den lockeren Umgangston und die unkonventionellen Verhaltensweisen der einzelnen Bewohner. Besonders beeindruckte mich Horst. Er war so etwas wie der Oberirre. Ich hatte ihn beobachtet, wie er aus Leibeskräften die Schafe anbrüllte: »Ich will ficken!« Manchmal verwickelte er mich in ein Gespräch. »Du musst deine Wut rauslassen, schrei sie raus«, sagte er zu mir.

»Aber ich bin nicht wütend. Es geht mir gut«, sagte ich verwundert.

»So ein Quatsch! In diesem Staat kann es einem nicht gut gehen. Er beutet uns aus, nimmt einem das Recht, so zu sein, wie man ist. Freiheit gibt es nicht. Alles wird reglementiert.« Ich verstand sein Problem nicht und schwieg. »Kannst du dir in der Schule aussuchen, was du lernen willst?«, fragte Horst mich.

»Nein, kann ich nicht«, sagte ich kleinlaut.

»Na also. Nur ein Beispiel: Warum musst du Mathematik lernen, wenn du doch viel lieber Schriftstellerin werden willst? Warum musst du rechnen können, wenn deine Bestimmung ein Bleistift ist, mit dem du Worte zu Papier bringen willst?« Ich schwieg. Horst kam richtig in Fahrt: »Warum darf ein Mann keinen Mann lieben?« Darauf wusste ich eine Antwort. »Weil Männer keine Kinder kriegen können. Und man darf sich nur lieben, wenn man Kinder will.« Horst sah mich überrascht an. »Was erzählst du denn da für eine gequirlte Scheiße? Denk doch mal nach! Lieben deine Eltern sich?« Das war eine knifflige Frage, die ich so einfach nicht beantworten konnte. »Sie haben zwei Kinder. Zumindest dafür müssen sie sich ein bisschen geliebt haben«, sagte ich. Triumphierend stellte sich Horst in die Mitte der Wiese. »Ein bisschen Liebe! Hör sich das einer an.« Dann schrie er in Richtung Schafe: »Liebe ist das Einzige, was zählt! Scheiß aufs Kapital! Lebt die Liebe!« Die Schafe fraßen ungerührt ihr Gras. Ich ging zurück zum Haus und dachte zum ersten Mal darüber nach, ob meine Eltern sich liebten. Ob Liebe was mit Sex zu tun hatte, war mir nicht klar. Ich wusste nur, dass meine Eltern Sex miteinander hatten, und das fand ich ziemlich merkwürdig. Von meinem Vater wusste ich, dass er ein Geschlechtsteil hatte. Dass er in der Lage war, es lustbringend zu nutzen, konnte ich mir nicht vorstellen.

Wenn meine Mutter mich abends mit sanfter Stimme fragte, ob ich noch was aus der Küche wolle, wusste ich, gleich geht die Schlafzimmertür zu. Nach kurzer Zeit ging sie wieder auf, man hörte zweimal die Spülung vom Klo, Wasser floss und am nächsten Morgen lag ein Handtuch mehr in der Wäsche. Es gefiel mir nicht, dass meine Eltern Sex hatten, aber ich konnte es auch nicht verhindern.

Bei den gemeinsamen Essen in der riesigen Küche des Hofes war ich die Einzige, die nicht hemmungslos rülpste und den Darmwinden freien Lauf ließ. Es hätte mich nicht gewundert, wenn wir eines Tages alle in die Luft geflogen wären, nur weil sich jemand zum falschen Zeitpunkt eine Zigarette anzündete.

Jetzt wollte ich es genau wissen. »Sag mal, Bylle, wovon lebst du eigentlich? Ich meine, zahlt dir irgendwer Taschengeld?« Bylle grinste. »Das wäre ja Klasse, wenn mir einer Taschengeld bezahlen würde. Ich lebe vom Verkauf der Brote. Wieso fragst du?«

»Weil mein Vater gesagt hat, ihr würdet hier alle nur von Luft und Liebe leben.«

»Wir brauchen nicht viel zum Leben. Wir haben kein Telefon, kaufen fast nichts ein und stellen alles Mögliche selber her. Ansonsten haben wir viel Spaß am Leben.« Bylle backte den halben Tag Brote. Ich half ihr beim Beladen des Wagens, und wir fuhren ins wenige Kilometer entfernte Klonkeberg, um die Brote an eine Bäckerei zu verkaufen.

Am Abend saß ich mit Bylle und den anderen vor dem Haus. Bylle rauchte eine riesige Zigarette, an der alle einmal zogen. Außer Tom, Torsten und mir. Torsten war der Sohn von Uwe. Wir nannten ihn alle nur Totti. Mit Tom war Totti früher zur Schule gegangen. Nachdem er mit seinem Vater auf den Hof gezogen war, konnten sie sich nur noch in den Ferien sehen.

Nachdem die Zigarette zum zweiten Mal Bylle passiert hatte, begann sie vor sich hin zu summen. Es dauerte nicht lange und Uwe schlug zwei Löffel aufeinander, und mein Bruder rief alle paar Sekunden: »Yeah, yeah!« Dann begann Horst sich langsam zu entkleiden. Der erste Striptease, den ich in meinem Leben gesehen habe, war der Strip eines kleinen, übergewichtigen und tierisch behaarten Mannes, der eine gewisse Affinität zu den Schafen des Hofes zu haben schien und zu dem Zeitpunkt mehr Brust als ich hatte.

Ich fragte mich, wie die Krankheit hieß, unter der er litt. Horst verschwand kurz und tauchte kurze Zeit später, bewaffnet mit einem Gartenschlauch, wieder auf. Sofort stoben alle auseinander, schrien und juchzten vor Vergnügen. Horst rief: »Ich mach euch alle nass!« Anscheinend war es die Parole, die das Spiel erst so richtig in Gang brachte. Die anderen rissen sich die Klamotten von den Leibern und kämpften um die Vorherrschaft am Gartenschlauch. Ich mochte mich nicht ausziehen. Das ging für mein Empfinden zu weit. Zumal ich nicht vergessen hatte, was Horst den Schafen zugerufen hatte. Unter all den nackten Menschen kam ich mir fehl am Platz vor. Also versteckte ich mich im hintersten Winkel der Küche und sah dem wilden Treiben draußen zu. Ich musste an meinen Vater denken. Ich wusste, dass ihm irgendetwas auf dem Hof nicht gefiel. Ich dachte immer, es wäre die Unordnung. Vielleicht aber hatte er vom ersten Moment an erkannt, wie schwer krank Horst war, und machte sich nur ernste Sorgen um mich.

Plötzlich riss Horst, mit dem Gartenschlauch in der Hand, die Küchentür auf. »Ist hier jemand?« Trainiert, Fragen stets knapp und wahrheitsgemäß zu beantworten, sagte ich: »Ja.« Zwei Sekunden später war ich nass. Ich hatte Angst um die Kücheneinrichtung. »Vorsicht, die Küche!« Es half nichts. Die Küche wurde geflutet. Ich versuchte, Horst den Schlauch zu entreißen. Ich spürte andere Leiber auf und neben mir, die ebenfalls den Schlauch haben wollten. Alles lachte, und Horst schrie: »Ich mache alles nass, einfach alles!!!« Wir stürzten über Küchenmöbel. Ich blieb mit dem Shirt hängen. Meine Klamotten behinderten mich im Kampf. Ich riss sie mir vom Leib, griff einen Kochtopf, fing das Wasser aus dem Gartenschlauch auf und schüttete es Horst ins Gesicht. Alles jubelte. Sofort wurden weitere Gefäße mit Wasser gefüllt und die Schlacht erreichte ihren Höhepunkt.

»Ergib dich!« Horst rief: »Keine Macht für niemand!« Ich schrie: »Nieder mit der Mathematik!« Mein Bruder rief: »Nieder mit dem Coitus interruptus!« Ich hatte keine Ahnung, was das hieß, aber ich merkte mir den Spruch, er klang lustig. Jeder rief irgendetwas.

»Freiheit für Mahler!«

»Nieder mit Paragraph 218!«

»Nieder mit der amerikanischen Regierung!« Dem konnte ich mich nicht anschließen. Immerhin beschützte sie mich seit Jahren vor den Russen.

Und so rief ich: »Nieder mit den Russen!« Eine Stimme vom Nachbargrundstück schrie: »Ruhe!!!« Dann versiegte das Wasser.

Wir lagen kichernd vor dem Haus. Nach einigen Minuten sagte Uwe: »Gut, dann kommen wir jetzt zum gemütlichen Teil des Abends. Herr Brandmeister, walten Sie Ihres Amtes.« Horst sprang auf und machte ein Lagerfeuer. Andere brachten Decken, Essen und Trinken. Am Lagerfeuer erklärte uns Siegfried, den alle Frieda nannten, Sternbilder. Ich war glücklich.

Meine Nacktheit wurde mir erst bewusst, als ich spürte, wie Tom mich ansah. Er zwinkerte mir zu, und ich glaubte, ohnmächtig zu werden. Tom kam zu mir und legte sich unter meine Decke. Ich starrte hilfesuchend zu meinem Bruder, der aber hatte alle Hände voll mit Sabines Nacktheit zu tun. Sabine war seine Freundin.

Tom rückte ganz nah an mich heran. Ich sagte kein Wort und überlegte, ob mir sein erigiertes Glied mehr sagen sollte.

»Im August sieht man immer besonders viele Sternschnuppen. Wünsch dir was«, sagte er. Ich starrte in den Himmel. Bei der ersten Sternschnuppe wünschte ich mir, dass Tom ginge. Bei der zweiten, dass er bliebe. Bei der dritten, dass er mich küsste, und bei der vierten, dass er mich heiratete. Wir plauderten bis zum Sonnenaufgang über alles Mögliche, und schließlich fand ich den Mut, meinen Kopf auf seine Schulter zu legen. Das war alles. Am nächsten Abend fuhr er nach Hause. Seine Ferien waren zu Ende. Beim Abschied gab er mir einen Zettel mit seiner Adresse. Auf der Rückseite stand, er wünsche sich, dass ich ihm schreibe. Darunter ein kleines Herz. Ich taumelte vor Glück. Dann ging ich zu den Schafen und erzählte ihnen von meiner neuen Liebe.

Auf dem Hof lernte ich viele Dinge: Schafwolle spinnen, Plakate malen, Vogelhäuschen bauen, laute Musik hören und Trecker fahren. Letzteres tat ich besonders gern. Ich pflügte den Acker um und durfte zu meinem Geburtstag mit Uwe an meiner Seite auch außerhalb des Feldes fahren. Als wir von unserer Fahrt zurückkehrten, stand der Wagen meiner Eltern vor der Einfahrt. Ordentlich geparkt. Ich wollte nicht weiterfahren. Es wäre mir lieber gewesen, wenn Uwe weitergefahren wäre. Aber er bestand darauf, dass ich selber auf den Hof fuhr. »Ist doch toll, wenn deine Eltern sehen, was du alles kannst.« Ich wusste instinktiv, dass es keine gute Idee war, aber das Schicksal nahm bereits seinen Lauf. Uwe öffnete das Tor und ich fuhr direkt an meinen Eltern vorbei. Meine Mutter schlug die Hand vor den Mund. Mein Vater traute seinen Augen nicht. Er sah mich an, als hätte er eine Erscheinung. Ich parkte den Trecker ein und harrte der Dinge, die jetzt kommen würden. »Was machst du da?!« Am liebsten hätte ich gesagt: Trecker fahren. Aber ich wusste: ein falsches Wort und mein Aufenthalt in der Landkommune war sofort beendet. Im Zweifelsfall war es günstiger, zu schweigen und meinen Vater nicht direkt anzusehen. Ich stieg vom Trecker, stellte mich ihm gegenüber und schwieg. »Michael!«, rief er über den Hof. Mein Bruder kam herangeschlendert. »Was macht deine Schwester auf dem Trecker?«

»Sie fährt ihn.« Ich blickte auf den Boden und wurde immer unruhiger.

»Hat deine Schwester einen Führerschein?!«

»Nein.«

»Warum fährt sie dann dieses landwirtschaftliche Fahrzeug?!«

»Sie fährt nicht allein, Uwe ist immer dabei.«

An Uwe gewandt, fragte mein Vater: »Welche Qualifikation berechtigt Sie dazu, mit meiner Tochter Trecker zu fahren?« Ich sah Uwe sofort an, dass er die Frage lustig fand. Ich stahl mich hinter dem Rücken meines Vaters in die Küche. Dort hatte meine Mutter das Regiment übernommen und spülte Berge von Geschirr ab. »Ein Dreck ist das hier – unglaublich! Da ist das Handtuch, hilf mal mit, Monika.«

Eigentlich gab es einen Küchendienst, aber mit dem war es so eine Sache. Jede Woche wurde ein Plan erstellt, wer wann kocht, abwäscht, ausfegt und so weiter. Dann wurde diskutiert, warum jemand schon wieder Donnerstag abwaschen musste und der andere unbedingt Dienstag Tofu in Fenchelsalat machen wollte. Das konnte lange dauern, und am Ende hing ein Plan an der Küchentür, an den sich niemand hielt. Die einzige Ausnahme bildete ich. Wenn ich eingeteilt war, machte ich meine Arbeit. Ich machte sie immer gleich, das hatte ich zu Hause so gelernt. Was du heute kannst besorgen, das verschiebe nicht auf morgen. Die anderen hielten mich deswegen für ein »seltsames Wesen«.

»Hast du nichts Besseres vor?«

»Eigentlich schon.«

»Dann spül doch später ab.«

»Wenn ich es jetzt mache, ist es weg«, sagte ich brav.

»Wenn du es später machst, ist es auch weg.«

»Aber ich steh doch mit ›Mittags abwaschen‹ auf dem Plan.«

»Na und?«

Solche Gespräche konnte man andauernd führen, wenn man wollte. Nach vier Wochen hatte ich die revolutionäre Antiabwaschhaltung übernommen. Eines Tages stellte ich mich mit verschränkten Armen an den Tisch und verkündete, ich würde nicht mehr abwaschen, wenn sich keiner an den Plan hielte. Niemand wunderte sich. Sabine sah kurz von ihrer Makramee-Arbeit auf und sagte: »Na und?« So langsam begann ich zu begreifen, was der Zettel über der Spüle »Lebe jetzt, spül später« tatsächlich bedeutete.

Aber jetzt half ich meiner Mutter beim Abwasch. »Musste das sein, Monika? Direkt vor deinem Vater! Ich möchte wirklich mal wissen, ob andere Kinder auch so schwierig sind!«

»Ich konnte doch nicht wissen, dass ihr kommt«, sagte ich entschuldigend.

»Aber du hast doch heute Geburtstag. Wir wollten dich überraschen.« Die Überraschung war ihnen gelungen. Inzwischen war mein Vater bei rechtlichen Fragen angekommen. »Nehmen wir mal an, es passiert etwas. Zunächst mag ja Ihre Versicherung zahlen …« Uwe fiel meinem Vater ins Wort. »Nein.«

»Wie, nein?«

»Die Versicherung zahlt nicht«, sagte Uwe seelenruhig.

»Unsinn. Nach dem Versicherungsrecht muss die Versicherung zunächst den Schaden des Unfallgegners zahlen, sofern er schuldhaft verursacht wurde. Wir sind seit ich denken kann, bei der Allianz. Wir hatten noch nie einen Schadensfall. Aber wenn wir einen gehabt hätten, wären die für uns in die Bresche gesprungen, das kann ich Ihnen versichern, junger Mann! Wo sind Sie versichert?«

»Nirgends.«

Mein Vater wurde blass, rot und wieder blass, um anschließend ein zartes Grün auf seine Wangen zu zaubern. Seine Stimme überschlug sich fast. »Sie lassen meine Tochter mit einem nicht versicherten Fahrzeug über öffentliche Straßen fahren?« Mein Vater musste sich setzen, bevor er weitere Fragen stellen konnte.

»Im Berufsverkehr?« Der Berufsverkehr in Wonkel bestand zumeist aus zwei anderen Treckern, die von den minderjährigen Kindern der Bauern gefahren wurden. Aber das konnte mein Vater ja nicht wissen. »Das geht ja hier zu wie bei den Hottentotten.« Mein Vater rang um Fassung und ging kopfschüttelnd in die Küche. Ich hatte das Gefühl, er fiele gleich meiner Mutter weinend um den Hals. Stattdessen fragte er, ob hier eigentlich alle wahnsinnig seien. Dann gab es Kuchen.

Diesmal bekam mein Vater gleich einen richtigen Stuhl. Am späten Nachmittag hatte er sich von dem Schock erholt und war bemüht, ein Gespräch anzufangen. »Diese vielen kleinen Pflanzen hier, wirklich hübsch. Und dieses kräftige Grün. Und die Form der Blätter, so fein und ordentlich gezackt. Könnte glatt von mir stammen. Ich liebe nämlich Ordnung und klare Formen.« Mein Vater lachte und fand seinen Witz gelungen. Alle sahen meinen lachenden Vater an. Es war Bylle, die prustend einstimmte. Minutenlang hielten sich alle vor

Lachen den Bauch. Mein Vater war zunächst irritiert, schließlich freute er sich aber, einen Witz gemacht zu haben, über den herzhaft gelacht wurde. Horsts Angebot, »so ein ordentliches Pflänzchen« mitzunehmen, lehnte er dann aber doch dankend ab.

Als meine Eltern das nächste Mal kamen, um mich abzuholen, begrüßte ich meine Mutter vom Dach der Scheune aus. »Huhu!«, rief ich, einen Strohhut schwenkend, nach unten. Sie antwortete mit einem kurzen spitzen Schrei. Mein Vater war diesmal auf die Einfahrt gefahren, damit mein Bruder die Taschen nicht so weit schleppen musste. Er wagte sich aber nicht auf den Hof: »Falls jemand kommt und hier reinfahren will.«

Uwe und Horst seilten mich über die Dachrinne ab. Als ich unten ankam, fächelte Bylle meiner Mutter frische Luft zu und mein Bruder flößte ihr ein Glas Wasser ein. »Hallo, Muttilein!«, rief ich. Meine Mutter zerrte mich an sich und drückte mich halb tot.

»Was hast du da gemacht?«, fragte sie mit zitternder Stimme.

»Wir haben das Dach gedeckt.« Sie verdrehte die Augen und rutschte vom Stuhl. Mein Bruder hielt ihr die Beine hoch und Bylle legte ihr einen nassen Lappen auf die Stirn. Als sie wieder zu sich kam, fragte sie nur, ob hier alle »ein Ding an der Waffel« hätten. Wir fuhren ab, und ich überlegte, ob andere Mütter auch so schwierig waren.

6

Rückkehr in die Welt der Wagenradlampe und der Mustertapete

Während meines Aufenthaltes in der Landkommune war mir eines klar geworden: Wagenradlampe und Mustertapete können katastrophale seelische Folgen haben. Ich hatte gelernt, dass »traumatisiert« nichts mit träumen, sondern mit schweren Schäden zu tun hatte. Ich war davon überzeugt, dass mir das Ambiente meines Zimmers schweren seelischen Schaden zufügen würde. Um das zu verhindern, wollte ich weiße Wände, einen weißen Papierballon als Lampe und einen weißen Flokati.

Meine Mutter fand die Idee nicht gut. »Alles weiß? Aber Kind, wir sind doch hier nicht im Krankenhaus. Was ist denn an der Tapete plötzlich so schlimm?«

»Sie macht mich krank.«

»Die Tapete macht deine Tochter krank«, wandte sich Mutter hilfesuchend an meinen Vater. Der erwachte aus seinem Autofahrerdasein. »Die Tapete macht sie krank? Was ist denn das schon wieder für ein Unsinn?« Die Frage galt mir. »Na ja, vielleicht macht mich die Tapete selber nicht unbedingt so krank … was ich sagen will, ist, dass die Tapete und die Wagenradlampe nicht so zu mir passen wie zu euch. Ihr seid gefühlsmäßig näher an diesen Dingen. Mir sagt die Wagenradlampe zum Beispiel gar nichts.« Mein Vater lachte auf. »Tröste dich, Kind, mit uns spricht die Wagenradlampe auch eher selten.« Ich musste selber schmunzeln. »Ich meine nur, dass die Dinge eher was für alte Leute sind …« Mein Vater sah mich drohend über den Rückspiegel an. »Also ich meine, für ältere Leute.« Ich fing erneut seinen finsteren Blick über den Spiegel auf. »Also eigentlich will ich sagen, es ist mehr was für Leute, die noch jünger sind als alte Leute … deutlich jünger.« Meine Mutter schaltete sich wieder ein. »Aber mein Sonnenscheinchen, die Wagenradlampe passt doch sehr gut zur Tapete.«

»Aber die Tapete ist doch genau mein Problem!«

»Wie kann man denn Probleme mit einer Tapete haben? Das ist doch wirklich Unsinn. Man kann Probleme mit Nachbarn haben, aber mit der Tapete? Dieter, jetzt sag du doch auch mal was.« Dieter schwieg.

»Was hat dir die Tapete denn getan?«

»Nichts.«

»Und warum willst du sie dann nicht mehr?«

Ich mochte nicht mehr antworten. Da erlöste mich mein Vater. »Unser Kind möchte uns mitteilen, dass es sein Zimmer anders gestalten will.«

»Ach, sie will renovieren.«

»Ihr habt es erfasst«, sagte ich.

»Kind, dann sag das doch einfach. Dann müssen wir uns keine Gedanken um deine Pysche machen.«

»Mama, das heißt Psyche.«

»Von mir aus auch darum.«

Es fiel meinem Vater schwer, aber er erfüllte mir die weiße Wand, den Flokati und den Papierballon. Die Wagenradlampe kam in den Keller, für später, wenn ich auszog. Meine Mutter war felsenfest davon überzeugt, dass ich bis dahin »diese wunderschöne Lampe schätzen lernen« würde.

Meine Eltern taten alles, um mir mein erstes eigenes Zimmer so angenehm wie möglich zu gestalten. Der Hit war ein halbautomatischer Plattenspieler. Am Ende der Platten stellte er sich mit einem Knacken, das selbst Tote hätte erwecken können, selber ab. Er war sozusagen fast autonom, dafür bewunderte ich meinen Plattenspieler.

Nicht durchsetzen konnte ich mich jedoch bei der Frage des Aufbewahrungsmöbels. Unsere Meinungen gingen hier auseinander. »Monika, ich bitte dich, ein offenes Regal ... da staubt doch alles drin ein, wie sieht das aus ... ich glaub, mein Hamster bohnert.«

»Aber ihr könnt mir doch keine fette dunkle Schrankwand reinstellen«, protestierte ich.

»Sie geht doch nicht über die ganze Wand. Hier hinten kannst du noch einen Stuhl dazwischenstellen.«

»Aber das ist doch dann die ganze Wand.«

»Minus dem Stuhl. Außerdem können wir ja auch was Helles nehmen, sofern du mit deinen unegalen Griffeln nicht alles einsaust.«

»Mit diesen unegalen Griffeln habe ich es aber immerhin bis in die erste Mannschaft beim Handball geschafft.«

»Nun reg dich nicht gleich wieder künstlich auf, Kind. Wie wäre es mit Fichte?«

Ich unternahm einen letzten Versuch. »Ich will nicht, dass wegen mir so viele Bäume sterben.«

»Das ist doch Pressspan, und die Fichte ist aus

Plastik, nur draufgeklebt. Schließlich sind wir nicht Rockefellers.« Ich kapitulierte.

Rockefellers schienen auch an der Idee meiner Mutter beteiligt zu sein, »das Ding selber aufzubauen«. Mein Vater gab zu bedenken, dass er so etwas noch nie aufgebaut hätte. »Ach, was der Schubert kann, kannst du schon lange.«

»Aber Eva, Herr Schubert ist Zimmermann, ich bin Maler.«

»Ist doch auch was Handwerkliches.«

Der Verkäufer fragte skeptisch nach. »Und Sie wollen das alleine aufbauen? Ist es Ihnen zu teuer mit Aufbau? Nicht jeder hat das Geld, aber es bedarf schon einigen handwerklichen Geschicks.« Dann machte er eine lange Pause, musterte meinen Vater von oben bis unten, lächelte breitmäulig meine Mutter an, legte seine Hand auf ihre Schulter und sagte: »Handwerkliches Geschick ist nicht jedem Mann gegeben, nur weil er mit einer bezaubernden Frau sein Leben teilt.« War das widerlich! Mein Vater kam mir plötzlich einsam vor. Meine Mutter tätschelte auch noch die Hand des Verkäufers, lächelte ihn an, sagte dann aber mit der lieblichsten Stimme: »Es bedarf auch gewisser finanzieller Mittel, die man als Frau eines Möbelverkäufers wohl eher nicht hat.« Dann befreite sie sich von seiner schleimigen Hand, ging zu meinem Vater, zirkelte geschickt seinen Arm um ihre eigene Schulter und sagte: »Aber als Frau eines Malermeisters bleiben da keine Wünsche offen.« Dann küsste sie meinen Vater. Der eigentliche Kauf der Schrankwand, inklusive Aufbau, ging nun sehr schnell vonstatten. Und aus einem einfachen Maler war im Nu ein Malermeister geworden.

Als die Schrankwand endlich zu Hause stand, verzierte ich sie, zum Entsetzen meiner Eltern, mit Aufklebern *Gorleben soll leben* und *Atomkraft, nein danke*.

Und weil ich gerade dabei war, meine Individualität im Zimmer zu implementieren, malte ich über meinen Schreibtisch einen fünfzackigen Stern von gut einem Meter Durchmesser mit schwarzer Tusche. Mein Bruder hatte einen solchen Stern über seinem Bett. Ich hatte keine Ahnung, was er bedeutete, aber er brachte mir eine Woche Stubenarrest ein. Durch die kleinen Veränderungen in meinem Zimmer war ich sofort wieder das »schwierige Kind«.

In Wonkel hätte man erst mal eine Diskussion geführt. Dann hätte man demokratisch abgestimmt, um anschließend irgendwie auch noch die Wünsche der in der Abstimmung Unterlegenen zu berücksichtigen. Mir blieb keine andere Wahl. Ich musste endlich anfangen, meinen Eltern fortschrittliche Erziehungsmethoden anzugewöhnen.

Bei einem Sonntagsessen ließ ich die Katze aus dem Sack. »Ich finde, unsere Wohngemeinschaft könnte mehr Mitbestimmung vertragen.« Mein Vater sah mich mit geöffnetem Mund über seinen gefüllten Löffel hinweg an. Meine Mutter tupfte sich nervös mit der Serviette den Mund ab. Mein Vater legte seinen Löffel in den Teller. »An was hast du da konkret gedacht?« Die Augen meiner Mutter sprangen hektisch zwischen mir und meinem Vater hin und her, so als würden wir Tennis spielen. Ich überlegte. An was hatte ich nur gedacht? Eigentlich an nichts Konkretes. Ein Küchenplan ließ sich nicht durchsetzen, das war mir vollkommen klar.

Mein Vater würde selbst unter Gewaltandrohung nicht abwaschen. Er war für die technischen Dinge im Haushalt, einschließlich unseres Autos, und meine Mutter für den Haushalt an sich zuständig. Wenn meine Mutter mal krank war, kam Oma, um den Haushalt zu schmeißen. Wenn Oma da war, brach für mich ein haushälterisches Paradies an. Oma war der Inbegriff eines idealen Menschen. Neben ihren haushälterischen Fähigkeiten war sie lange Zeit das stabilste lebende Klettergerüst, das ich je kennen gelernt habe.

Mehr Taschengeld war auch nicht drin. Schließlich waren wir nicht Rockefellers. Mir fiel nichts ein. Ich hatte meinen Vorstoß schlecht geplant, kein Thesenpapier, nichts. Schließlich sagte Mutter, wir könnten doch abwechselnd bestimmen, was Sonntag gegessen wird. Mein Vater griff den Gedanken auf, und schließlich kam heraus, dass wir uns abwechselnd jeden dritten Sonntag im Monat etwas zu essen wünschen konnten. Das hatte zur Folge, dass wir alle drei Sonntage Königsberger Klopse mit Kartoffelpüree aßen, mein Lieblingsgericht. Wenn unsere Eltern mit Wunschessen dran waren, musste ich auf das Schlimmste gefasst sein. Aal, Eisbein, Leber oder Rinderrouladen trieben mich an den Rand der Verzweiflung. Aber immerhin, auch ich konnte alle drei Sonntage mitbestimmen. Ich fand das für den Anfang ganz gut und schrieb an die Landkommune meines Bruders eine Postkarte.

Ich habe heute einen großen Sieg errungen. Nach einer harten Diskussionsrunde wurde Vater weich. Ich kann jeden dritten Sonntag bestimmen, was gegessen wird. Mutter muss dann kochen, was ich will. Ist das nicht schön?! Außerdem habe ich ein eigenes Zimmer, in dem ich (meistens) selber entscheide. Viele Grüße, Monika.

Der nächste Sonntag gehörte von der Essenswahl her eigentlich meiner Mutter. Zum Glück aber feierte ihre Schwester Elsbeth den fünfzigsten Geburtstag. Sie lud uns alle zum Essen beim Jugoslawen ein. Da wir sonst nie in ein Restaurant gingen, war die Aufregung groß. Ich musste mich »schön anziehen und endlich ordentlich benehmen«.

Als alle ihr Essen hatten, wurde außer »köstlich« und »Mann, sind das Portionen!« kein Wort mehr gewechselt. Jeder war damit beschäftigt, seine Fleisch- und Pommesberge zu bewältigen. Mittendrin im großen Fressen drohte Oma, sich »die Reste einpacken« zu lassen. Mutter zuckte zusammen. Als offensichtlich wurde, dass Oma ihre Portion nicht schaffte, versuchte Mutter, die Reste auf die Teller der anderen zu verteilen. Mein Vater verdrehte die Augen, gab aber sein Bestes. »Na gut, ein Stück Fleisch schaffe ich noch.« Die Pommes blieben an mir hängen. Am Ende bekamen die Erwachsenen einen Schnaps und ich einen blöden Lutscher.

Nachdem sich alle gegenseitig in die Jacken geholfen hatten, verließen wir satt und kugelrund das Restaurant. Jeder hatte sich bei jedem eingehakt, Oma lief in der Mitte und sagte immer nur: »Gott, Kinder, ist das schön!« Meinen Bruder nannte sie »Mädchen«, was an seiner beachtlichen Haarpracht lag. »Die langen Loden müssen ab«, sagte sie zu Michael und deutete mit einer Hand am Nacken seine zukünftige Haarlänge an. Alle wussten, auch Oma, dass er sich die Haare nicht abschneiden würde, aber letztendlich war das auch egal. »Hauptsache glücklich«, pflegte Oma immer zu sagen.

7

Die neue Schule

Zum ersten Tag in der neuen Schule begleitete mich meine Mutter, was mir entsetzlich peinlich war. Schließlich war ich nicht diesem Kindergarten von Grundschule entkommen, damit Mutter mich weiterhin an die Hand nahm. Nein, nein, ich war jetzt eine Siebtklässlerin. Man erkannte den Aufstieg eines Schulkindes an der Länge des Anfahrtsweges zur Schule. Mir standen zahlreiche Wege offen. Erst den Bus nehmen, dann umsteigen in die U-Bahn und schließlich noch eine Station mit dem Bus fahren. Ich hätte auch direkt mit einem Bus fahren können, aber das fand ich uncool. Je länger der Weg, desto größer der Aufstieg, glaubte ich. Deswegen nahm ich mir vor, in Zukunft den umständlicheren, dafür aber auch bedeutenderen Weg zur Schule zu wählen. Meine Mutter verstand derlei Dinge nicht und so saßen wir im Bus, Direktverbindung. Dort trafen wir Marina Kern. Mit ihr war ich zusammen auf der Grundschule gewesen. Wir waren in einer Jahrgangsstufe, aber nicht in einer Klasse. Daher kannte ich sie eigentlich überhaupt nicht. Wir hatten ein paarmal Sport zusammen gehabt. Bei Ballspielen war Marina die meiste Zeit damit befasst, dem Spielgerät tief gebückt hinterherzurennen.

Hundertmeterläufe führten bei ihr zum Kreislaufkollaps. Beim Völkerball war sie die Erste, die getroffen wurde, weswegen sie bei der Bildung von Mannschaften immer bis zum Schluss zur Auswahl stand. Als Marina einmal auf den Bock sprang anstatt über ihn hinüber und heulend oben sitzen blieb, war mir klar: Marina wird es schwer haben im Leben.

»Wohin fährst du?«, fragte sie mich.

»Ich fahre zu meiner neuen Schule.«

»Ich auch. Auf welche Schule gehst du denn jetzt?« Ich wusste um den Ruf der Schule und sagte möglichst cool, als hätte ich eine Rolle in Mario Puzis *Der Pate* übernommen: »Auf die Neunte.« Sie hieß offiziell neunte Gesamtoberschule Berlin. Halb aus Verachtung, halb aus Faulheit nannten wir sie nur »die Neunte«.

»Ich auch«, sagte Marina. Dann wandte sie sich an meine Mutter, deren Anwesenheit ich fast schon verdrängt hatte. »Kommen Sie mit in die Schule?« Ich zerfloss vor Pein.

»Ja, ich muss mir das genau ansehen. Man hört ja so einiges. Wo ist denn deine Mutti?« Mir standen die Haare zu Berge. Wie konnte sie es wagen, Marinas Mutter als Mutti zu bezeichnen? Wir waren keine kleinen Kinder mehr. Wir gingen jetzt auf die Oberschule und da waren Muttis out. Marina und meine Mutter unterhielten sich angeregt über den Ernst des Lebens, und ich hatte für einen Moment die Hoffnung, dass man Marina und meine Mutter für ein Paar halten könnte, wohingegen ich, nichts und niemanden fürchtend, alleine daherkam. Diese Hoffnung zerstob, als Frau Kern, fröhlich winkend, in der Aula auf ihre Tochter zukam. Für alle Umstehenden gut hörbar, begrüßte sie ihre Tochter mit: »Hallo, mein Mäuseschwänzchen!« Für einen Moment herrschte betretenes Schweigen. Alle starrten Mäuseschwänzchen an. Marina sank tief auf ihren Stuhl nieder. Ich setzte mich mit meiner Mutter daneben und starrte fassungslos Frau Kern an. Wie konnte sie das ihrem Kind nur antun?

Der Rektor begrüßte uns. In einer öden Prozedur wurden die Klassenlehrer vorgestellt. Die Lehrer wirkten alle ordentlich und ernst. Nur einer fiel heraus, Kurt Traum. Er hatte schulterlanges Haar, trug eine verwaschene Jeans und hatte Brillengläser, so dick wie das Bodenglas einer Colaflasche. Von weitem sah er aus, als ob er nicht gut riechen würde. Meine Mutter fiel fast in Ohnmacht, als ich ihm zugeteilt wurde. »Das darf doch nicht wahr sein, ausgerechnet der!« Frau Kern sprach meiner Mutter gerade ihr Beileid aus, als auch Marina zur Gruppe um Kurt Traum beordert wurde. Ich hörte, wie unsere Mütter gemeinsam »O mein Gott!« sagten. Da wusste ich, mit Kurt Traum würden wir viel Spaß haben. Da wir niemanden sonst kannten, setzten Mäuseschwänzchen und ich uns nebeneinander. Wir erfuhren, dass wir keine Klasse, sondern eine Kerngruppe waren und Kurt Traum nicht unser Klassenlehrer, sondern unser Kerngruppenleiter. Außerdem hätten wir noch eine Kerngruppenleiterin, Frau Krummberg-Bügel, die war aber krank. Mit *dem* Namen musste man krank sein, dachte ich. Zudem konnte es sich nur um eine Emanze handeln, wegen des Doppelnamens. Mein Vater nannte Frauen Emanzen, die »Gott weiß, warum, ihren Ölwechsel am Auto selber machen wollen«. Vermutlich wollte kein vernünftiger Mann diese Frauen haben und »vor lauter Einsamkeit nennen die sich dann emanzipiert. Wenn die dann doch mal durch irgendeinen Zufall einen Mann abkriegen, nehmen sie einen Doppelnamen, damit auch jeder sieht: Ich bin emanzipiert und mache den Ölwechsel selber.«

Kurt Traum führte uns durch das riesige Schulgebäude mitsamt seinen Nebengebäuden. Vorbei war es mit dem gemütlichen Grundschülerdasein. Nicht die Lehrer kamen zu uns, sondern wir gingen zu den Lehrern. Für jedes Fach gab es andere Räume. Es war mir ein Rätsel, wie Mäuseschwänzchen die langen Wege konditionell bewältigen sollte. Als wir wieder an unserem Ausgangsraum ankamen, fand Kurt Traum die Schlüssel nicht. Wir starteten den Marsch noch mal. Vor dem Mathematikpavillon fanden sich die Schlüssel. Mäuseschwänzchen schwitzte und keuchte. Wieder im Raum angekommen, stellte Herr Traum fest, dass er unsere Stundenpläne im Lehrerzimmer vergessen hatte. »Aber wo das Lehrerzimmer ist, wissen Sie noch?«, fragte eine vorlaute Stimme. »Ich hoffe«, antwortete Herr Traum blitzartig. Alles lachte. Damit war der erste Schultag auch schon beendet. Ich fand ihn alles in allem gelungen, wenn ich mir auch etwas mehr Anerkennung vom Rektor gewünscht hätte. Immerhin hatten wir uns in seine verrufene Schule begeben. Aber das schien für ihn nichts Außergewöhnliches zu sein. Er erwartete Disziplin und »einen schonenden Umgang« mit den Schulbüchern, die uns nicht übereignet wurden.

Meine Mutter wartete vor der Schule. Sie empfing uns mit Blicken, als hätten wir gerade eine Geiselnahme überstanden. »Und, wie ist er?«, fragte sie sorgenvoll. »Furchtbar«, jammerte Marina los. »Er hat mit uns einen elenden Marsch über das Schulgelände gemacht, und weil er seinen Schlüssel verloren hatte, mussten wir zweimal laufen.« Mit Blick auf Marinas beachtlichen Hüftspeck sagte meine Mutter: »Na ja, das kann dir ja nur nutzen.« Ich musste grinsen und freute mich, dass meine Mutter meine Mutter war.

Ich fühlte, mit dieser Schule begann ein neuer, aufregender Lebensabschnitt. Endlich hatte ich von den bornierten Schülerlotsen nichts mehr zu fürchten. Ich durfte die Straße überqueren, wo ich es für richtig hielt. Vorbei auch die Patenschaft für eine Grünpflanze im Schulflur. Der nächste Grundschulsklave musste sich ihrer annehmen und am Ende des Halbjahres der Biolehrerin über Wachstum und Blütenstand Auskunft geben. Ich war endlich befreit von derlei Kinderkram.

Aber die Freude über meine neue Freiheit hielt nicht lange an. Ich hatte nicht mit der Bösartigkeit von Achtklässlern gerechnet. Wir standen in der Hofpause am Schulbrunnen, als eine Horde von ihnen auf uns zukam. »Was macht ihr hier?«, fragte eine pickelige Bohnenstange. »Pause«, sagte ich gelassen. »Wenn am Brunnen einer Pause macht, dann wir«, sagte die Bohnenstange. »Wo steht das?«, fragte jemand aus unserer Gruppe nach. Die Horde Achtklässler scharrte sich bedenklich nah um uns. »Wir zählen jetzt bis drei, dann seid ihr hier verschwunden.« Die Situation war ernst genug, was Dirk Schulz nicht von der Frage: »Könnt ihr denn schon bis drei zählen?« abhielt. Die hätte er sich sparen sollen. Sofort kam eine Prügelei in Gang. Mäuseschwänzchen war zu lahm, um einem Schubser auszuweichen, und fiel in den knietiefen Brunnen. Werner Holzmann rief, er warne die anderen, sein Vater sei Zahnarzt. Es klang wie eine Aufforderung: Schlag mir ruhig die Zähne ein, mein Vater repariert das schon. Und so kam es dann auch. Am Ende waren zwei ausgeschlagene Vorderzähne, eine zerbrochene Brille und ein klatschnasses Mäuseschwänzchen zu beklagen. Noch auf dem Heimweg zitterten Marina die Beine. Ich versuchte, sie mit einem kleinen Scherz aufzuheitern: »Sei froh, dass wir nicht in Sizilien sind. Da hätten wir Pistolenkugeln ausweichen müssen.« Marina war nicht zum Lachen zumute.

»Man schlägt keine Mädchen«, sagte sie jammernd.

»Sie haben dich auch nicht geschlagen. Sie haben dich nur ein bisschen geschubst und du hast dich nicht abfangen können.«

Mit hysterisch quakender Stimme wiederholte Marina: »Nur ein bisschen geschubst? Sagtest du wirklich, nur ein bisschen geschubst?!« Ich spürte, dass unsere Freundschaft auf eine ernste Krise zusteuerte, und bemühte mich, die Lage zu entschärfen. »So habe ich das nicht gemeint. Sieh mal, sie hätten dich doch auch im Brunnen ertränken können.« Marina schwieg. Sie wollte wohl etwas Tröstlicheres hören. Dann fiel mir der Satz ein, der unsere Freundschaft retten sollte: »Wenn man es genau betrachtet, haben sie dich brutal in den Brunnen gestoßen.«

»Genau! Brutal in den Brunnen gestoßen, so war es«, wiederholte Marina zufrieden.

Ich fragte mich, warum der Sohn eines Zahnarztes nicht auf einem Gymnasium war. Bis ich Werner kennen lernte, war ich der festen Überzeugung, dass Kinder, die von studierten Menschen abstammten, niemals eine Schule besuchen würden, auf der Kinder wie ich waren. »Weißt du, warum Werner auf unserer Schule ist?« Mäuseschwänzchen verstand, was ich meinte, und ging sogar noch einen Schritt weiter. »Ich habe mich auch schon gefragt, was der auf unserer Schule macht. Wieso ist der nicht auf einer Privatschule, sein Vater ist schließlich Zahnarzt?« Unsere Fragen wurden noch drängender, als wir mitbekamen, dass der große Bruder von Werner auf eine Hauptschule ging. Da landeten nur Kinder von Arbeitslosen und allein erziehenden Frauen. So hatten es jedenfalls meine Eltern angedeutet. Irgendetwas stimmte mit der Familie Holzmann nicht. Was, das würden wir noch herausbekommen.

Betrübt über die Schäden an Mensch und Material, beschlossen Mäuseschwänzchen und ich, die Hofpause nicht mehr am Brunnen zu verbringen. Die Jungs aus unserer Klasse ließen es sich aber auch am nächsten Tag nicht nehmen, wieder den Platz am Brunnen zu besetzen. Wenigstens konnte Dirk nicht mehr seine Brille verlieren. Die war schon gestern zerstört worden. Das Gleiche traf auf Saschas und Werners Vorderzähne zu. So konnten sich die Jungs diesmal frei von Verlustängsten in die Schlacht werfen. Doch sie hatten gegen die körperlich überlegenen Achtklässler keine Chance. Nach dieser erneuten Niederlage hatten nun auch die Jungs aus unserer Klasse ihren Platz auf dem Hof gefunden. Wir saßen auf einer hüfthohen

Steinmauer. Links die Mädchen, rechts die Jungen. Die Schnittstelle zwischen den Geschlechtern bildeten Werner und ich.

»Wann repariert dein Vater deine Zähne?«, fragte ich ihn.

»Wie soll mein Vater das machen?«, fragte Werner lispelnd zurück.

»Aber ich denke, dein Vater ist Zahnarzt.«

»Quatsch. Mein Vater ist Maurer.«

Ich war sprachlos. Obwohl ein längeres Gespräch mit dem anderen Geschlecht schnell zu blöden Sprüchen führte, setzte ich nach. »Aber du hast doch gestern gesagt, dein Vater ist Zahnarzt.«

»Ich habe denen gesagt, mein Vater ist Zahnarzt, damit die wissen, sie verlieren.« Ich verstand nur Bahnhof. »Zahnärzte sind reich. Wer reich ist, hat einen guten Anwalt, und wer einen guten Anwalt hat, gewinnt.« Ich war erstaunt. Je mehr ich über Werners Ausführungen nachdachte, umso logischer erschienen sie mir. Schließlich sagten meine Eltern auch immer, einen guten Anwalt müsste man haben, dann wäre vieles leichter. Bis ich aber den Sinn von Werners Idee umfassend begriffen hatte, waren fünf Minuten vorbei. Zu viel Zeit, um den Kampf am Brunnen zum Positiven wenden zu können.

Ein weiterer aufgehender Stern am Männerhimmel war Hans Beier. Hans war einen Meter fünfzig groß, wog so gut wie nichts und hatte die Stimme eines Kastraten. Folglich nannten wir ihn Klacksi. Als der neue Geschichtslehrer nach unseren Namen fragte, wussten wir, warum Klacksi so eine helle Stimme hatte. »Mein Name ist Hans Beier, großes B und kleine Eier.« Ein Grölen erhob sich im Klassenraum. Manche wiederholten Klacksis Ausführung zu seinem Namen, weswegen es lange dauerte, bis wieder einigermaßen Ruhe eingekehrt war. Herr Reichert erhob sich von seinem Stuhl. Er stand kurz vor der Rente und galt in der Schule als streng. Außerdem sagte man ihm ungewöhnliche Unterrichtsmethoden nach. Er stellte sich direkt vor Hans und schlug ihn mit der flachen Hand auf den Kopf. Unter dem Knall des Schlages erstarb jedes Geräusch im Raum. Wir gingen alle davon aus, dass Klacksi nach diesem Schlag keinen Millimeter mehr wachsen würde.

»Wenn einer von Ihnen glaubt, er könne mich provozieren, dann hat er sich geirrt. Ich werde Ihnen Disziplin und Geschichte beibringen.« Herr Reichert war der einzige Lehrer, der uns siezte. Noch immer war es totenstill in der Klasse. Keiner wagte ein Wort zu sagen. »Beides ist eng miteinander verknüpft. Wahre Geschichte wurde von disziplinierten Menschen geschrieben. Von Menschen, die Ziele hatten und den unbedingten Willen, diese Ziele auch zu erreichen. Willenlose Menschen hingegen machen dumme Witze, mehr können sie nicht. Merken Sie sich das, Beier!«

Nachdem Herr Reichert unsere Namen in sein Notizbuch geschrieben hatte, begann er mit dem Unterricht.

»Zunächst werde ich Ihnen beweisen, dass Sie nichts wissen. Schulz, wann wurde das Deutsche Reich gegründet?« Dirk Schulz wusste vermutlich nicht einmal, dass es ein Deutsches Reich gegeben hatte. Er schwieg. Herr Reichert hob drohend seine Stimme. »Wenn Sie es nicht wissen, dann sagen Sie das, und zwar laut und deutlich.«

»Jawohl«, entfuhr es Dirk.

»Das Deutsche Reich wurde 1871 gegründet. Merken Sie sich das.« Dann fuhr Herr Reichert herum wie ein Blitz und wandte sich Werner zu. »Holzmann, wann war der Erste Weltkrieg?« Werner zuckte mit den Schultern. Nachdem Herr Reichert ihn scharf über seine Brille angesehen hatte, sagte er schnell, er wisse es nicht. So lief die erste Stunde Geschichte bei Herrn Reichert. Eine Frage von ihm und dann ein »Ich weiß es nicht« von einem verängstigten Schüler. Als der Pausengong ertönte, blieben alle sitzen. Jeder spürte, hier beenden nicht wir, sondern der Lehrer die Stunde.

»Sie sind dumme Heranwachsende. Alle, ohne Ausnahme. Aber ich verspreche Ihnen, am Ende meines Unterrichtes werden Sie sich besser fühlen, weil Sie etwas gelernt haben. Im Übrigen schreibe ich keine Klassenarbeiten.« Niemand wagte zu jubeln. Uns war klar, dass die Sache einen Haken haben musste. »Für jede richtige Antwort, die Sie geben, erhalten Sie einen Strich in meinem Buch. Für jede falsche Antwort ziehe ich Ihnen einen Strich ab. Wer keine Fünf am Ende haben will, muss 60 Striche haben. Für die Note Eins sind 310 Striche erforderlich.« Er klappte sein Buch zu. »Ich wünsche Ihnen allen noch einen lehrreichen Tag, auf Wiedersehen. – Beier, Sie bleiben hier.«

Still wie die Klosterschüler verließen wir den Raum und warteten im Hof auf Klacksi. Ich war sicher, dass sich Herr Reichert für den Schlag entschuldigen würde. Schließlich war die Prügelstrafe abgeschafft. Dann kam Klacksi mit gesenktem Kopf auf uns zu.

»Er hat mir schon mal vorneweg fünf Striche abgezogen, wegen schlechtem Benehmen.« Alle waren sprachlos, manche klopften Klacksi tröstend auf die Schulter.

Beim Abendbrot erzählte ich meinen Eltern von Herrn Reichert. »Stellt euch mal vor, der prügelt auf uns ein.«

»Prügelt?«, fragte meine Mutter ungläubig nach.

»Er schlägt uns mit der flachen Hand auf den Kopf.«

»Auf alle Köpfe?«

»Auf Hans seinen Kopf.«

Mein Vater sah mich missbilligend an. »Ich stelle klar: Ein Mitschüler namens Hans hat heute einen Schlag auf den Kopf bekommen. Was hat er denn getan, um euren Lehrer derart zu reizen?«

Das war typisch für meinen Vater. Zuerst waren immer die Schüler schuld. In mir stieg diese neue Wut hoch. »Ich möchte einmal erleben, dass du dich auf die Seite der Schüler stellst, einmal nur!« Meine Mutter spürte, dass unser Gespräch rasch eine ungute Wendung nehmen könnte. Sie hielt meinem Vater den Brotkorb direkt vors Gesicht und fragte betont fröhlich: »Schatz, noch ein Brot?« Es half nichts, Schatz ließ sich nicht mehr beschwichtigen. »Und ich möchte einmal erleben, dass du gleich die Wahrheit sagst, nur einmal. Du tust immer so, als sei euch schweres Unrecht widerfahren, und wenn man nachfragt, stellt sich nichts Dramatisches raus.« Er griff in den Brotkorb und knallte sich die Scheibe auf den Teller.

»Was heißt hier nichts Dramatisches? Ein Mitschüler ist von einem Lehrer geschlagen worden, das ist doch kriminell!« Mein Vater holte tief Luft, und dann sprach er ganz leise: »Pass mal gut auf, mein Fräulein. Das, was diese Terroristen treiben, ist kriminell.« Und dann hob er seine Stimme an: »Euch fehlt der Respekt vor Autoritäten, das ist alles.« Ich verstand nicht, warum er die Terroristen ins Spiel gebracht hatte, aber der bange Blick meiner Mutter verbot mir eine Nachfrage. Anfang September war der Arbeitgeberpräsident Hanns Martin Schleyer entführt worden. Mein Bruder hatte mir versichert, dass Schleyer ein wichtiger Mann war bei der Unterdrückung der Arbeiterklasse. Auf einem Bild von Schleyer, das die Entführer gemacht hatten, war im Hintergrund ein fünfzackiger schwarzer Stern zu sehen. Schleyer sah furchtbar mitgenommen aus. Bei der Entführung waren drei Polizisten und der Chauffeur getötet worden. Mir war unbehaglich mit meinem schwarzen fünfzackigen Stern über dem Schreibtisch. Obwohl ich für den Stern eine Woche Stubenarrest in Kauf genommen hatte, machte ich nun daraus sicherheitshalber einen runden Kreis, in dessen Mitte ein Atomkraft-nein-danke-Aufkleber seine Bestimmung fand.

Das ganze Jahr über herrschte politische Unruhe. Kurz nach meinem ersten Halbjahreszeugnis auf der neuen Schule waren der Generalbundesanwalt Siegfried Buback und im Sommer der Bankier Jürgen Ponto erschossen worden. Auch unter der Schleyer-Entführung litt unsere häusliche Stimmung. Mein Vater wirkte angespannt, besonders, wenn das Gespräch auf die Landkommune meines Bruders kam. Es hatte nun nicht nur um 20 Uhr zur Tagesschau absolute Ruhe zu herrschen, sondern auch zu jeder vollen Stunde, wenn

Nachrichten im Radio kamen. Es wurde immer das Gleiche gemeldet: Keine Spur von Schleyer. Nach einigen Tagen fieberte ich mit. Ganz wie die Großen lief ich, aus der Schule kommend, zum Radio und wartete auf neue Meldungen. Ich hatte das Gefühl, der Erwachsenenwelt wieder ein Stück näher gekommen zu sein.

8

Die Freundin meines Bruders

Mein Bruder wollte unseren Eltern seine Freundin vorstellen. Ich hatte Sabine schon in den letzten Sommerferien kennen gelernt und nun sollten auch meine Eltern sie zu Gesicht bekommen. Anschließend durfte ich mit meinem Bruder auf den Hof fahren, es waren Herbstferien. Als der Tag endlich da war, lief meine Mutter nervös durch die Wohnung. Sie hatte alles blitzeblank geputzt. »Damit wir bei Michaels Freundin einen guten Eindruck machen.« Es war das erste Mal, dass mein Bruder eine Freundin zu Hause vorstellte. Vater hatte seine Hausjeans und sein T-Shirt gegen eine Leinenhose und ein Hemd getauscht. Mutter war gekleidet wie zum Sonntagsspaziergang. Ich hatte den Eindruck, den beiden stand ein Bewerbungsgespräch bevor. Vater war guter Laune und blieb äußerlich gelassen. Mutter deckte den Tisch mit Großmutters selbst gehäkelten Platzdeckchen und nahm das gute Essservice. Spätestens da war mir klar, es ist etwas Besonderes, wenn der Sohn seinen Eltern die Freundin vorstellt. Das gute Essservice wurde nur zu ganz besonderen Anlässen, wie zum Beispiel Weihnachten, benutzt. Ansonsten führte es im hintersten Teil des Wohnzimmerschrankes ein Einsiedlerleben. Wenn es dann mal zum Einsatz kam, strahlte es mit den Platzdeckchen um die Wette. Ein weiteres Indiz für die Besonderheit des bevorstehenden Ereignisses war, dass das Essen nicht aus den Kochtöpfen heraus serviert, sondern in Schüsseln umgefüllt wurde und Vater die Rouladen hübsch auf einem großen Teller anordnete. Normalerweise holten wir unser Essen direkt aus den Töpfen in der Küche ab und trugen es dann unter dem persönlichen Schlachtruf meiner Mutter: »Haltet die Teller gerade!« zum Esstisch.

Dann war es so weit. Wie ein Empfangskomitee standen wir an der Tür. Aus dem Treppenhaus war ein lautes Lachen meines Bruders zu hören, dann der spitze Schrei einer Frau. Die Nachbarn machten sofort die Tür auf und fragten, ob alles in Ordnung sei. Kurz nachdem mein Bruder mit seiner Freundin um die Ecke gebogen war, zog er seine Hand unter ihrem Rock hervor. Meinen Eltern erfror das Begrüßungslächeln auf den Lippen. Die Nachbarn schlossen pikiert die Tür.

»Das ist sie«, sagte mein Bruder knapp. »Hallöchen«, sagte die Frau, die zu meiner Überraschung nicht Sabine war. Mutter rang sich ein »Herzlich willkommen« ab. Vater fragte, ob »sie auch einen Namen« habe. »Ich bin die Beate, Freunde nennen mich Beatchen.« Ich kam aus dem Staunen nicht heraus. Beatchen war mindestens zehn Jahre älter als mein Bruder, und das Schlimme war, man sah es ihr auch an.

Niemand von uns hatte eine reelle Chance, ihre Brüste zu übersehen. Wenn sie lachte, hüpften Beatchens riesige Brüste so stark, dass man befürchten musste, sie würden sich nicht mehr lange in

Beatchens geräumigem Sonnentop aufhalten. Spätestens als Beate sich zum Boden beugte, um am Esstisch ihre Schuhe auszuziehen, kam die ganze Wahrheit zum Vorschein. Sie trug keinen BH. Meine Mutter riss die Augen auf. Mein Vater, der aufgrund seiner Sitzposition keine Möglichkeit hatte, Beatchens wuchtigem Dekolleté auszuweichen, drohte augenblicklich zu erblinden vor Scham. Da war es fast schon nebensächlich, dass Beates Ohrringe aus zwanzig Zentimeter langem indianischem Federschmuck von den unterdrückten Thekawada-Indianern bestanden, deren Überleben sie durch den Kauf dieser Schmuckstücke zu erhalten hoffte.

Inzwischen war meinen Eltern klar geworden, dass Beate den Wert des guten Essservices und der Platzdeckchen nicht erkennen würde. Beate hatte rot gefärbte Haare, und wenn sie nicht redete, küsste sie meinen Bruder ab. »Beate zieht mit mir nach Wonkel.«

»Mit Nina«, ergänzte Beate lächelnd.

»Wer ist Nina?«, fragte ich.

»Das ist meine Tochter.« Die Existenz einer Tochter rief meinen Vater auf den Plan. »Sie haben also eine Tochter. Dann waren Sie ja schon einmal verheiratet.« Der letzte Satz klang wie ein unumstößliches Gesetz. Gespannt sah ich Beate an.

»Gott bewahre, nein!«, sagte sie mit einer gewissen Spur von Ekel in der Stimme. Mein Vater starrte sie mit offenem Mund an. »Aber Sie bekommen doch Unterhalt für das Kind?«, fragte meine Mutter misstrauisch. Beate lächelte und beugte sich leicht über den Tisch in Richtung meiner Mutter. Die Spannung am Tisch stieg ins Unermessliche. Innerlich hörte ich schon Trommelwirbel. Dann zog Beate die Augenbrauen hoch und sagte ganz langsam und leise, sie wisse leider nicht sicher, wer ... Der Rest des Satzes ging in einem plötzlichen Hustenanfall meiner Mutter unter. Als sie nur noch keuchte, sprang mein Vater auf, drosch ihr erst wie ein Wahnsinniger auf den Rücken, dann griff er ihr unter die Achselhöhlen und hob sie mehrmals aus dem Stuhl hoch. Als der überraschende Hustenanfall vorbei war, herrschte Stille am Tisch. Meine Mutter brach das Schweigen schließlich mit einem kommandohaften: »Jetzt wird aber mal gegessen hier!« Dann schleuderte sie das Essen geradezu auf die Teller. Ich verstand nicht, warum sie plötzlich so komisch war.

Zuletzt schnappte sie sich Beatchens Teller. »Für mich bitte keine Rouladen. Ich bin Vegetarierin.« Meine Mutter sah Beate mit gerunzelter Stirn an. »Sie isst kein Fleisch«, erklärte Michael.

»Wieso denn das nicht, sind Sie krank?« Beate unternahm einige Erklärungsversuche, die aber am Widerstand meines Vaters scheiterten. »So ein Unsinn, Fleisch bringt dem Körper Kraft.«

Beate gab nicht auf. »Kraft bringen dem Körper nur Dinge, die aus sich selbst heraus wachsen können. Sie können Gemüse oder Obst auf den Boden legen und schon entsteht etwas Neues. Das können sie mit Fleisch nicht tun.« Sichtlich genervt sagte mein Vater: »Ich will mein Fleisch ja auch nicht auf den Boden werfen, ich will es essen.« Damit war die Diskussion beendet, vorerst.

Das Gespräch kam auf die Schule. »Macht dir die Schule noch Spaß?«, fragte Beate. – »Es geht so. Man lernt so viel Unnötiges.«

»Stimmt. Richtig lernen tut man nur im Leben. Da sieht man erst, was man kann und was nicht.«

»Ach so, Sie können auch was«, sagte meine Mutter schnippisch. »Außer Kinder kriegen«, ergänzte mein Vater mindestens genauso schnippisch. Beate kam ins Schwärmen über ihre Fähigkeiten. »Ich backe wunderbaren Vollkornkuchen, töpfere individuelle Teetassen und wechsle Öl im Auto.« Mein Vater sagte kein Wort, aber ich spürte, wie sein inneres Emanzen-Alarm-System auf Hochtouren lief.

»Kann man davon leben?«, fragte meine Mutter skeptisch. »Es geht so. Ich arbeite in einer Frauenwerkstatt. Da können Frauen von Frauen die notwendigsten Dinge am Auto lernen und sie dann auch selber machen. Das wäre bestimmt auch mal was Neues für Sie, Frau Kleewe.« Meine Mutter winkte ab. »Für die Drecksarbeit habe ich ja meinen Mann geheiratet.« Mein Vater warf ihr einen überraschten Blick zu. »Also, ich meine, für die Arbeit, die Dreck macht, habe ich meinen Mann.« Beate fuhr fort: »Ich bin in der Werkstatt für Ölwechsel, Reifenwechsel und den Wechsel der Scheibenwischer zuständig.«

»Das wird teuer, wenn Sie immer gleich die Scheibenwischer auswechseln. In der Regel reicht es, die Blätter auszutauschen«, sagte mein Vater mit einem gewissen Triumph in der Stimme. Damit war auch das Thema »Frauen in der Werkstatt« abgehandelt.

So ungewöhnlich, wie Beate auch wirkte, ich fand sie Klasse. Wohingegen meine Eltern schwer mit der Wahl meines Bruders zu kämpfen hatten. In der Küche flüsterte meine Mutter ihre Bedenken in den Raum: »Die muss er doch mitsamt ihrem Kind ernähren … und dann noch unehelich geboren … und schon so alt, das Kind nimmt doch den Jungen nicht mehr an … von ihrem Aussehen will ich gar nicht reden.« Mein Vater versuchte, die Lage weltmännisch zu betrachten. »Wir leben in einem freien Land und da hat jeder die freie Brustwahl, äh … Brautwahl … er muss ja mit ihr leben.« Am frühen Abend brachen mein Bruder und ich Richtung Wonkel auf. Beate sollte später nachkommen, mit Nina.

9

Mein erster richtiger Kuss

Mein Bruder sprach wenig während der Fahrt. Stattdessen sang und summte er vor sich hin. Seit seinem Auszug war er des Öfteren sonderbar fröhlich. Ich hätte gerne gewusst, wo er diese dauernde Fröhlichkeit hernahm. Zuerst dachte ich, es hätte etwas mit seinem ersten eigenen Zimmer zu tun. Dann sah ich aber, dass so etwas wie ein eigenes Zimmer nicht wirklich existierte in Wonkel. Michael hatte vor seinem Zimmer einen Vorhang, Bylles und Uwes Zimmer standen gleich ganz offen und Horst lebte sowieso unter freiem Himmel. Nach einiger Zeit dachte ich, Michaels Fröhlichkeit hätte etwas mit »sexueller Freiheit« zu tun. Als er aber immer häufiger davon sprach, dass man Sex transformieren müsste, kamen mir Zweifel. Ich konnte mir beim besten Willen nicht vorstellen, dass Sex mit Strom derartig fröhlich machte.

Plötzlich unterbrach er seinen Singsang, grinste mich breit an und sagte: »Übrigens, Tom ist heute noch da.« Ich wurde rot. »Hihi, mein Schwesterlein hat sich verliebt.«

»So ein Blödsinn«, sagte ich.

»Verliebt, verliebt, verliebt«, skandierte er unbeirrt und trommelte dabei rhythmisch aufs Lenkrad.

»Vielleicht ein bisschen«, gab ich klein bei.

»Ist doch super«, sagte mein Bruder, grinste breit und nahm seinen schrecklichen Dauergesang wieder auf.

Ich hatte nicht gewagt, Tom zu schreiben. Der Brief scheiterte schon an der Anrede. »Lieber Tom« fand ich viel zu vertraut dafür, dass wir uns nur wenige Stunden kannten. »Hallo, Tom« hielt ich, unter Berücksichtigung der Tatsache, dass mir sein erigiertes Glied nicht fremd war, für unangemessen. Dazwischen fiel mir nichts ein. Also hatte ich es bleiben lassen und das Ganze routiniert unter One-Night-Stand schon abgehakt. Jetzt, wo wir uns spät am Abend dem Hof näherten, wurde ich aber nervös, ungekämmt, wie ich war.

Tom begrüßte mich mit dem romantischsten »Na du«, das ich in meiner kurzen Lebensgeschichte je von einem Menschen des anderen Geschlechts gehört hatte. Dann ging alles wie von selbst. Er nahm meine Hand und gab mir einen Kuss auf den Mund. Ich bekam weiche Knie und musste mich setzen. Noch nie hatte mich ein Junge auf den Mund geküsst. Wie oft hatte ich diesen ersten Kuss mit meinem Kuschelkissen geübt. Immer wieder hatte ich die exakte Stellung der Lippen geprobt und die verschiedensten Druckstärken ausprobiert. Und nun war es so mir nichts, dir nichts passiert.

Tom und ich zogen uns unauffällig zurück. Wir hatten keine Zeit zu verlieren, morgen früh musste er wieder nach Hause. Andere Bundesländer, andere Ferien. Ich bemühte mich, viel Leidenschaft in die Küsse zu legen, wodurch unsere Zähne immer wieder aneinander schlugen. Dann koordinierten wir das Ganze zunehmend besser. Als wir nach zähem Ringen endlich die günstigste Knutschposition gefunden hatten, konnten wir nicht mehr aufhören. Gegen Morgengrauen schliefen wir erschöpft ein.

Ein breites Grinsen machte sich für den Rest der Ferien auf meinem Gesicht breit. Ich sang und summte unablässig vor mich hin und wurde das Gefühl nicht los, unter Drogen zu stehen.

10

Meine erste Demonstration

Massen von langmähnigen Männern und kurzhaarigen Frauen belagerten qualmend die Küche. Zusätzlich ließ Horst seinen Blähungen unüberhörbar freien Lauf. Nach einer Weile wurde es Rebecca zu bunt: »Du stinkst zum Himmel.« Horst lehnte sich grinsend zurück und sagte: »Wenn hier was zum Himmel stinkt, dann ist es dieser Salzstock. Die wollen ihren scheiß Atommüll hier verscharren. Aber nicht mit uns.« Jubel brach aus. Man wollte eine Demonstration organisieren. Rebecca hatte eine Tagesordnung erstellt. Über die wurde erst mal diskutiert. »Warum steht der Tagesordnungspunkt ›Verpflegung‹ so weit hinten?«, fragte eine blonde Langmähne unbekannten Namens.

»Genau, warum ist das nicht der erste Punkt? Ist schließlich wichtig«, ergänzte Uwe. Mein Bruder brachte sich mit der Frage ein, was es denn überhaupt zu essen geben würde. Nach einigem Hin und Her setzte sich die Meinung durch, man sei zum Demonstrieren dort und nicht zum Essen. Die Frage: »Wie kommen die Demonstranten zum Ort des Geschehens und wer fährt mit wem?« blieb unbeantwortet. Heftigen Streit löste dagegen die Uhrzeit der Demonstration aus. »Das ist doch total krank, eine Demo um neun Uhr. Wer ist denn da wach?!«

»Reicht es nicht, wenn wir gegen 14 Uhr da aufmarschieren?«

»14 Uhr? Dann ist doch niemand mehr da, keine Presse, keine Politiker, nichts!«

»Aber da bin ich wach.« Rebecca blieb hart: »Ihr müsst euch entscheiden, ausschlafen oder für den Schutz unseres Lebens und das Leben der nachfolgenden Generationen eintreten.« Horst meldete sich zu Wort. »Das ist eine unzulässige Verknüpfung vom Recht auf Individualität und notwendigem politischem Widerstand. Ich gehe gerne in die Disko und die ist heute Abend. Deswegen finde ich neun Uhr zu früh. Lass uns doch abstimmen. Wer ist für neun Uhr?« Niemand hob die Hand, einige schnarchten demonstrativ. Erst jetzt verstand ich, dass die Demonstration bereits morgen sein sollte. Mein Vater hatte Recht. Das hier war ein wilder Haufen. Wie konnte man nur so unorganisiert sein? Und das, wo es um Generationen von Leben ging. Inspiriert durch den heimischen Organisationssinn meines Vaters, fragte ich in die Runde: »Findet ihr nicht, dass es etwas spät ist, heute eine Demo für morgen zu organisieren?« Stille kehrte in die Küche ein. Alle starrten mich an. Ich spürte, jetzt schlug meine Stunde. All das, was mein Vater mir beigebracht hatte, konnte endlich einmal hilfreich sein. »Wenn ihr so lange über die einfachsten Fragen redet, werdet ihr die schwierigen nicht mehr lösen. Es ist noch immer ungeklärt, wie die Demonstranten zum Ort der Demonstration gelangen sollen. Ich schlage mal vor, wir gehen jetzt alle vor die Tür.« Einige nickten zustimmend, froh, dem Konglomerat aus brisanten Düften entkommen zu können. Schließlich zogen alle mit heraus.

Vor der Tür verschaffte ich mir wieder Gehör. »Die Autofahrer stellen sich rechts hin, die Fußgänger links. Dann ordnen wir die Fußgänger gestaffelt nach Wohnorten den Fahrern zu.« Alles setzte sich in Bewegung. Wohnorte wurden gerufen, freie Plätze angesagt, Kilometer geschätzt und Spritkosten berechnet. Aber es bildeten sich keine zwei Gruppen. Ich stoppte das Hin-und-her-Gelaufe. Meine Nachforschungen ergaben, dass fünf Gruppen existierten: Führerscheininhaber, Fahrradbesitzer, die, die irgendwann mal ein Auto besessen hatten, die Autoschrauber und eine Gruppe, die nicht wusste, wo sie hinsollte. Da riss mir der Geduldsfaden. »Wie kann man nur so chaotisch sein! Ich sagte: Rechts die Autofahrer. Damit meine ich Menschen, die nicht nur ein Auto fahren können, sondern auch eins besitzen. Links sollen die Menschen hin, die kein fahrbares Auto haben, egal ob sie einen Führerschein haben, ich meine sozusagen die passageren Fußgänger!« Einige murmelten etwas von »ach so« und »warum nicht gleich so?«. Schließlich standen links 38 Fußgänger und rechts vier Fahrer. Alle vier stolze Besitzer eines geräumigen 2CVs. Es war hoffnungslos. »O. k.«, sagte ich resigniert. »Dann diskutiert weiter über die Anfangszeit.« Ich war mit meinem Latein am Ende. Nach 30 Minuten näherte man sich einem Kompromiss. »Wer ist für elf Uhr?« Eine deutliche Mehrzahl hob die Hand. »Das lächerliche Transportproblem klären wir nachher in der Disko«, sagte Horst unter dem Jubel seiner zahlreichen männlichen Groupies. Uwe griff eine Gitarre und stimmte an: »Hejo, leistet Widerstand gegen das Atomkraftwerk im Land«, und alle sangen zufrieden mit.

Zur abendlichen Disko fuhren mein Bruder, Uwe, Bylle, Horst, Siegfried, Totti und ich mit der Ente. Ich war erstaunt, wie viel Platz die Ente bieten konnte, wenn man sich klein machte. Auf einem Platz stand ein Trecker mit Hänger, von dem aus Getränke und Kuchen verkauft wurden. Sein Glas musste jeder selber mitbringen, den Kuchen gab es auf die Hand. Überall loderten Fackeln. Ungeordnet standen ein paar Bänke, Tische und Stühle herum. Auf einem Tapeziertisch lagen Musikinstrumente, derer sich jeder bedienen konnte. Einige Leute tanzten, egal ob Musik gespielt wurde oder nicht.

Die morgigen Demonstranten trafen wir in der Disko wieder. Auch Sabine war da und warf sich sofort meinem Bruder an den Hals. Das fand ich ein dolles Ding. Schließlich hatte er unseren Eltern Beate als die Frau an seiner Seite vorgestellt.

Gegen Mitternacht diskutierte man wieder über die Anfangszeit der Demonstration. »Ich finde, elf Uhr ist zu spät, da sind die Presseheinis bestimmt schon alle weg.« Es wurden die gleichen Argumente ausgetauscht wie bereits am Nachmittag, nur dass es diesmal am Ende hieß: acht Uhr am Marktplatz. Ich verstand die Welt nicht mehr. Am Tage fand die Mehrheit neun Uhr zu früh und jetzt einigte man sich auf acht Uhr. Vielleicht lag es am Bier oder an den zahlreichen großen Zigaretten, die dauernd die Runde machten.

Das Transportproblem löste sich rasch auf. Am nächsten Morgen kamen alle wieder in die Disko und stiegen auf den Hänger des Treckers, der sich langsam in Bewegung setzte. Auf dem Marktplatz waren wir zunächst allein. Später bauten einige

Bauern ihre Verkaufsstände auf und betrachteten neugierig unseren bunten Haufen. Um neun Uhr war Horsts Geduld am Ende. »Wo sind die Penner?« Gemeint waren die Politiker. Die meisten zuckten mit den Schultern und kämpften weiter gegen ihre Müdigkeit. Um 9.15 Uhr hielt es Horst nicht mehr an seinem Platz. »Ich steh doch nicht mitten in der Nacht auf und dann kommen diese Penner nicht!«

Rebecca vertrieb sich die Zeit mit Zeitunglesen. Plötzlich schrie sie schrill auf und las dann vor: *Die Landtagsabgeordneten informierten sich vor Ort im Beisein von Vertretern der Presse über die technischen Besonderheiten des Salzstockes*. Das war gestern.

Während sich nun alle über den frühen Demonstrationsbeginn beklagten, verstand ich nicht, wie so etwas passieren konnte. Hatte denn niemand ein Oktavheft? Wichtige Termine musste man immer aufschreiben. Das lernt man doch schon in der Grundschule!

»Los, wir steigen wenigstens mal alle ab und zeigen unsere Plakate.« So standen wir einige Zeit zwischen Obst- und Gemüseständen herum und riefen einige Parolen. Dabei kam man ins Gespräch mit den interessierten Bauern und leistete »informelle Basisarbeit«. Gegen zehn Uhr meinte Horst, dass nun genug Aufklärung betrieben worden sei und wir nach Hause fahren sollten. Und so geschah es dann auch.

Ein Nachbar fragte misstrauisch, wie es gewesen sei. »Ein voller Erfolg«, sagte Uwe zähneknirschend. »Alle waren pünktlich da, nur nicht die anderen. Die waren gestern schon da.« Er wandte sich von dem Nachbarn ab, ging in die Küche und wollte auf den Frust einen Keks. Bylle verschwand in ihrer Backstube und holte ein Blech mit sechs großen Keksen. Ich wollte schon zugreifen, als mein Bruder mir auf die Finger schlug. Uwe gab mir stattdessen aus einer Büchse einen De-Beukeler-Keks. Den fand ich ohnehin viel besser, denn da war wenigstens Schokolade dabei. Wohingegen die Kekse vom Blech trocken waren. Außerdem mussten sich vier Erwachsene einen Keks teilen. Ich verstand nicht, warum sie so geizten. Noch weniger verstand ich, warum die Keksesser so seltsam fröhlich wurden.

Die Herbstferien waren viel zu kurz. Kaum hatte ich mich wieder an das andere Leben gewöhnt, stand mein Vater vor der Hofeinfahrt, um mich abzuholen. Ich war zu einer Reisenden zwischen den Welten geworden. Ich bemühte mich, während der Fahrt gerade zu sitzen, und dachte über eine Familienplanung mit Tom nach.

Später sollten mir meine Eltern zu allem Unglück eröffnen, dass ich in den nächsten Ferien nicht wieder »zu den Hottentotten« fahren könne, weil sie beschlossen hätten, mit mir noch einmal nach Spanien zu fliegen.

Meine Eltern strahlten um die Wette und erhoben zwei Gläser mit Sekt, ich bekam ein Glas Orangensaft. Ich mochte mein Glas kaum anheben. Was sollte aus Tom und mir werden? Würde unsere Beziehung das überstehen? Tiefe Enttäuschung machte sich in mir breit.

»Freust du dich denn gar nicht?«

»Ich will nicht nach Spanien. Ich will nach Göttingen.«

»Wie Göttingen?«, fragte meine Mutter sichtlich verwirrt. Ich begann hemmungslos zu weinen. »Ich will euer scheiß Spanien nicht!«, brach es aus mir heraus. Ich wollte in mein Zimmer, um mich schreiend aufs Bett zu werfen und in mein Elend zu versinken. Vor lauter Wut und Trauer übersah ich die angekippte Klappe vom Barfach und schlug mit der Nase an.

Das Blut lief über meine Hände auf den Wohnzimmerteppich. Mir tat alles schrecklich Leid. Ich, Tom, meine Eltern und ihr Wohnzimmerteppich. Dann taumelte ich ins Bad. Ich hörte noch, wie mein Vater fragte: »Was hat sie nur?« Das Blut lief weiter aus meiner Nase. Ich drehte den Wasserhahn auf. Unter dem fließenden Wasser sah es gleich noch dramatischer aus. Meine Mutter streichelte meinen Kopf und mein Vater legte mir einen kalten Lappen in den Nacken. Enttäuscht registrierte ich, dass der Blutstrom schnell versiegte. »Komm mal hoch«, sagte mein Vater. Als ich hochkam, sah ich im Spiegel die entsetzten Gesichter meiner Eltern. Meine Nase war breiter als sonst, und man konnte zusehen, wie die Nasenwurzel blau anlief. Meine Mutter wollte sehen, ob was gebrochen war. Sie rüttelte an meiner Nasenwurzel. Ich fiel vor Schmerz in Ohnmacht. Als ich wieder zu mir kam, trug mich mein Vater gerade zum Auto, um ins Krankenhaus zu fahren. Dort angekommen, fragte mich eine korpulente Schwester: »Wie ist denn das passiert?« – »Das glaubt sowieso keiner«, sagte ich und heulte gleich wieder los.

Später sah ich hinter einer Glasscheibe den Arzt, die Schwester und meinen Vater in einer erregten Diskussion. Er durfte mich schließlich wieder mit nach Hause nehmen.

Im Auto fragte er mich, was ich der Schwester erzählt habe. »Ich habe ihr bestimmt nicht erzählt, dass ich gegen eine offen stehende Barfachklappe gerannt bin. Ich mache mich doch da nicht zum Clown!« Mein Vater lachte und tätschelte mir die Hand. Ich ergriff die Gelegenheit, drückte seine Hand und sagte ihm, dass Spanien eine schöne Idee sei.

Wenige Tage später stellte sich heraus, dass die ganze Aufregung umsonst war. Es gab keine Flüge mehr für die nächsten Ferien.

11

Die freiheitlich-demokratische Grundordnung

Nach den Herbstferien fühlte ich mich beauftragt, mehr über das politische Bewusstsein meines Vaters in Erfahrung zu bringen. Kurz vor Helmstedt ließ ich eine meiner gefürchteten Katzen aus dem Sack.

»Wo stehst du eigentlich politisch, Papa?«

»Natürlich auf dem Boden der freiheitlich-demokratischen Grundordnung.« Mit dieser Antwort konnte ich gar nichts anfangen.

»Mensch, Papa, das ist doch keine Antwort auf meine Frage.«

»Was willst du denn hören, Kind?«

»Wen hast du gewählt?« Ich sah meinem Vater an, dass ihn die Frage überraschte. Ein Kampf hob in ihm an. Würde er mir sein Geheimnis anvertrauen? Nicht einmal meine Mutter wusste, was ihr Mann wählte. Dann holte Dieter Kleewe tief Luft und sagte voller Überzeugung: »Kind, die Wahl ist ein Geheimnis, und dabei bleibt es auch, sonst ist es ja kein Geheimnis mehr.« Enttäuscht verdrehte ich die Augen und stöhnte auf. Mein Vater sah sich genötigt, seine Antwort auszuführen. »Das geheime Wahlrecht ist ein Grundpfeiler unserer freiheitlich-demokratischen Ordnung. Das kann man nicht einfach so aufgeben, verstehst du.«

»Ja, ja, ich verstehe schon. Der Boden der freiheitlich-demokratischen Grundordnung ist heilig«, sagte ich betont gelangweilt. Jetzt wurde mein Vater munter. »Ich glaube nicht, dass du das verstehst. Es bedurfte einer schrecklichen Zeit wie der von Adolf Hitler, um uns dankbar und ehrfürchtig zu machen für eine wahrhafte Demokratie.«

»Bis dahin habt ihr dem Hitler aber so einiges durchgehen lassen«, konterte ich.

»Es ging dem deutschen Volk schlecht. Die Wirtschaft lag am Boden. Eltern konnten ihre Kinder kaum ernähren. Da kam Hitler und hat allen Arbeit gegeben.«

»Auf Autobahnen, über die Panzer rollten, und in Rüstungsbetrieben, die den Krieg vorbereiteten. Und das mit den Juden …« Mein Vater hob die Hand und unterbrach mich damit. Dann sagte er pathetisch: »Was mit den Juden passiert ist, können wir nicht wiedergutmachen. Das ist eine ewige Schuld für Deutschland. Aber Bertolt Brecht hat zu den später Geborenen gesagt: ›Gedenkt auch der finsteren Zeit, der ihr entronnen seid, verzeiht, wenn da nur Unrecht war und keine Empörung. Auch der Zorn gegen das Unrecht macht die Stimme heiser.‹« Dann war Ruhe im Auto und ich staunte nicht schlecht. Mein Vater zitierte einen Kommunisten. Das gab mir die Hoffnung zurück, er könnte SPD wählen und nicht, wie mein Bruder behauptete, CDU. Der Tipp meiner Mutter, unser Vater würde FDP wählen, schien nach dem Brecht-Zitat am unwahrscheinlichsten.

Am Wahlsonntag mussten wir unsere Eltern immer bis zum Wahllokal begleiten. »Damit ihr die Wahl als demokratischen Akt von klein auf schätzen lernt und später eurer Bürgerpflicht, zu wählen, nachkommt.« An der Tür war aber Schluss für uns. »Ihr wartet hier und macht euch nicht wieder schmutzig.« Die größte Sonntagssorge unserer Eltern war, dass wir unsere guten Sachen schmutzig machen könnten. Von Montag bis Samstag schien Waffenstillstand in Sachen Kleidung zu herrschen. Aber am Sonntag brach es aus ihnen heraus, all die aufgestaute Angst um unsere Kleidung. »Wehe, wenn da nachher ein Fleck drin ist, dann lernst du mich kennen!« Schon früh wusste ich, dass Gras besonders bösartig und rote Bete heimtückisch waren. Ich hätte allein für die diesbezüglichen Hinweise unserer Mutter ein eigenes Oktavheft benötigt. Als ich einmal der Länge nach auf einem Schotterweg hinschlug, war der erste Ruf meiner Mutter: »Herrgott, die Hose!«

Als wir in Berlin einfuhren, wollte ich die eingekehrte Stille im Auto unterbrechen. »Wie geht es eigentlich Schleyer?«

»Herr Schleyer ist tot.«

Ich war sprachlos. Auf dem Hof hatte ich völlig vergessen, stündlich Nachrichten zu hören. Zum Glück gab es ab heute wieder die Tagesschau.

An der Schule hingen die Fahnen auf halbmast. Wir mussten uns in der Aula einfinden. Der Rektor sah uns betreten an und erzählte etwas von schwarzer Stunde der Demokratie. Er erklärte uns, es sei wichtig, dass wir alle auf dem Boden der freiheitlich-demokratischen Grundordnung stünden und dass wir in solch schweren Zeiten enger zusammenrücken müssten. Ich verstand kein Wort, und allein bei der Vorstellung, an irgendeinen Jungen unserer Klasse näher heranrücken zu müssen, bekam ich Ausschlag. Aus den hinteren Reihen gab es eine Wortmeldung. »Wenn man die Forderungen der Flugzeugentführer erfüllt hätte, wären sowohl Schleyer als auch Baader, Ensslin und Raspe noch am Leben.« Offensichtlich war etwas passiert, wovon die Landkommune nichts mitbekommen hatte. Zwar hatte ich die Namen Baader, Ensslin und Raspe schon mal gehört. Aber wer waren die Flugzeugentführer, welche Forderungen wurden nicht erfüllt und was hatte das Ganze mit Schleyer zu tun? Unser Rektor reagierte sichtlich ungehalten. »Der Rechtsstaat ist nicht erpressbar. Man muss dem Terror die Stirn bieten. Wenn sich der Staat einmal auf so etwas einlässt, dann hört das nie auf.« An die in der ersten Reihe sitzenden Lehrer gewandt, fuhr er fort: »Ich appelliere an die Kerngruppenleiter, mit den Schülern die brisante politische Lage zu diskutieren und ihnen die Werte unserer Demokratie eindrücklich nahe zu bringen.« Der offizielle Teil der Veranstaltung war beendet.

Wir gingen in einen Klassenraum und Herr Traum malte auf der einen Seite der Tafel ganz viele Kreise, auf der anderen Seite der Tafel einen Kreis. »Hier seht ihr ganz viele Kreise als Synonym für verschiedene Menschen und Meinungen. Demokratie berücksichtigt möglichst viele Kreise.« Mit quietschender Kreide rahmte er die vielen Kreise ein. »Wohingegen hier auf der anderen Seite«, er rahmte einen einzelnen Kreis ein, »nur eine Meinung gilt. Das nennt man dann Diktatur.«

»Oder neunte Gesamtoberschule«, ergänzte Klacksi. Bei Herrn Reichert hätte ihn das wieder Striche gekostet. Herr Traum antwortete nur mit: »Prima erkannt, Hans.«

Ich erfuhr, dass eine Lufthansa-Maschine über Rom, Larnaka, Bahrain, Dubai und Aden nach Mogadischu entführt worden war. Wie unser Rektor schon sagte, ließ sich der Rechtsstaat nicht auf die Forderungen der Entführer ein. Stattdessen stürmte eine Sondereinheit mit Namen GSG 9 die Maschine und befreite die Geiseln. Daraufhin brachten sich die drei Terroristen in ihren Zellen um. Am nächsten Tag fand man Schleyer tot in Mühlhausen im Kofferraum eines Wagens und nun waren alle bestürzt. Wir waren in erste Linie froh über jede Minute, die wir von unserer verhassten Deutschstunde verloren. Nach zehn Minuten beendete Herr Traum seine spärlichen Ausführungen. »Ihr könnt jetzt zu eurem vorgesehenen Unterricht gehen.« Unter kollektivem Stöhnen machten wir uns auf den Weg zu Frau Weber.

Sie stand an ihrem Lehrerschreibtisch und begrüßte uns mit: »Das wird aber auch Zeit, setzen.« Frau Weber hatte keine eigene Kerngruppe. Ich war sicher, das die Gründe in ihren fehlenden pädagogischen Fähigkeiten zu suchen waren. »Da schon so viel Zeit mit nutzlosen politischen Diskussionen verschwendet wurde, verzichte ich heute ausnahmsweise auf die Besprechung der Hausaufgaben.« Harald Witt entfuhr ein »Geil« und Kerstin Schröder atmete erleichtert auf. Aber Frau Weber war noch nicht fertig mit ihrer Ansprache. »Dafür sammle ich die Hausaufgaben ein. Außerdem möchte ich die Hefter sehen.« Hefterkontrolle war eine üble Sache. Ich neigte dazu, bei zu großer Langeweile in den Arbeitsbögen herumzumalen oder kleinere Gedichte auf den Rückseiten zu verfassen. Meine Bandbreite war riesig. Sie reichte von knallharten Versen wie »Ich warte auf den Tanz von Dieters Schwanz« bis hin zu poetischen Aussagen wie »Umarmen soll mich das Meer«.

Aus Haralds »Geil« wurde ein »Scheiße« und Kerstin Schröder kramte ihr Asthmaspray hervor. Dem inquisitorischen Blick von Frau Weber entging sie dennoch nicht. »Und Kerstin, wo sind deine Hausaufgaben?«

»Die habe ich zu Hause vergessen, wirklich. Ich bring sie morgen mit«, winselte Schröderchen.

»Das ist zu spät. Fünf«, sagte Frau Weber emotionslos. Harald klinkte sich gleich ein. »Fünf? Nehme ich auch.«

»Warum?«, fragte Frau Weber.

»Weil ich meine Hausaufgaben auch nicht gemacht habe«, antwortete Harald.

»Da seht ihr mal wieder, dass Harald nicht in der Lage ist, auf Feinheiten der deutschen Sprache zu achten. Kerstin hat lediglich *vergessen,* ihre Hausaufgaben mitzubringen. Wohingegen Harald sie offensichtlich *gar nicht erst gemacht* hat.« Frau Weber plusterte sich direkt vor Harald auf und sagte, dass dafür eine Sechs fällig sei.

Der Unterschied zwischen Fünf und Sechs war uns Schülern im Grunde egal. Das eigentliche Problem war, dass man bei Frau Weber mit drei eingefangenen Sechsen, für was auch immer, in der Gesamtnote keine Vier mehr erreichen konnte. Harald hatte sich innerhalb der ersten drei Monate gleich fünf Sechsen erarbeitet. Von daher spielte die sechste Sechs für Harald wohl nur eine untergeordnete Rolle. »Meinen Eltern ist das sowieso egal. Ich übernehme die Tankstelle von meinem Vater und damit ist es auch gut.«

Meine Eltern dagegen waren früh in Sorge um meine Zukunftsaussichten auf dem heiß umkämpften Berliner Arbeitsmarkt. »Also, Kind, das muss besser werden, eine Vier in Englisch macht später keinen guten Eindruck.« Die Sorge um meine Englischnote ging so weit, dass meine Mutter einen Volkshochschulkurs besuchte und mich andauernd mit Fragen wie *»Do you feel good?«* oder *»What is your name?«* bombardierte. Wenn ich antwortete: *»I feel fine and my name is Monika«,* wurde das wohlwollend registriert. »Siehst du, Monika, es wird doch. Du musst nur immer fleißig üben, üben und nochmals üben.«

»Aber Mama, das ist das Niveau der Grundschule. Ich bin doch schon viel weiter.« Meine Mutter beharrte auf unseren Übungen. »Na und, es ist nie falsch, das Gelernte zu wiederholen. Sicher ist sicher.« Ich gab mich geschlagen.

»Isn't it nice to live in a democracy?«

»Yes, it is nice.«

Unsere Auseinandersetzung mit der gefährdeten freiheitlich-demokratischen Grundordnung war nicht von Dauer. In der Hofpause des nächsten Tages fragten sich einige, ob Mogadischu ein neuer Kaffee war, und andere, ob Andreas Baader etwas mit dem Bader-Katalog zu tun gehabt hatte.

12

Wandertag

Wandertage waren regelmäßig wiederkehrende Tage, an denen wir außerhalb der Schule etwas lernen sollten. Inzwischen war auch unsere Kerngruppenleiterin, Frau Krummberg-Bügel, genesen, ein kleines blasses Wesen, das auch als Zehntklässlerin durchgegangen wäre. Ihre Ideen zum Wandertag entsprachen durchaus ihrem Wesen. Sie waren immer langweilig. Mit Herrn Traum hingegen erlebten wir stets etwas Besonderes. Er war nicht nur unser Kerngruppenleiter, sondern auch unser Physiklehrer. Und da wir an Wandertagen etwas lernen sollten, bemühte er sich, einen Zusammenhang zu seinem Physikunterricht herzustellen. So erfuhren wir am Beispiel des Drachens etwas über Auftrieb und Luftkräfte. Am meisten hasste ich an der Schule, dass sie einem mit umständlicher Theorie die Freude an den einfachsten Dingen zu nehmen verstand. So erklärte uns Herr Traum: »Damit der Drachen fliegt, muss er auf die Luft eine Kraft, F, ausüben. Dafür erfährt er die Luftkraft, FL, als Gegenkraft, G. Durch das Zusammenwirken von FL und G und der Seilkraft steht der Drachen in der Luft.« Wie ich jahrelang hatte glauben können, ein Drachen fliege einfach durch die Luft, war mir ab da ein Rätsel.

Im Physikunterricht hatten wir ein paar schiefe Drachen gebaut und brachten sie zum Wandertag mit. Als wir am Ort des Experimentes eintrafen, hatte keiner der Drachen den Transport schadlos überstanden. »Macht nichts, ihr wisst ja, wie Drachen fliegen. Dann wandern wir hier eben nur ein wenig herum, essen die Brote und gehen wieder«, erklärte Herr Traum lapidar. Frau Krummberg-Bügel war nicht damit einverstanden, fügte sich aber mangels Alternative in ihr Schicksal.

Wir wanderten durch die Heiligenseer Sandberge. Plötzlich gab es einen Knall, irgendwo stieg Rauch auf. Wir warfen uns an den Fuß einer Sanddüne. Frau Krummberg-Bügel warf sich schützend über einige von uns. Aus dem Nebel tauchten französische Soldaten auf, die wild gestikulierend auf uns einredeten. Sie schützten uns vor den Russen. Im Moment standen wir ihnen jedoch mächtig im Weg. Frau Krummberg-Bügel war der französischen Sprache kaum mächtig und rief immer nur: *»Enfants, c'est petits enfants, je ne parle français bien!«*

Ich starrte in den Himmel und traute meinen Augen nicht. Auf der Spitze der Sanddüne stand ein Panzer, der zu einem Drittel über unsere Köpfe ragte. »Der wird doch jetzt nicht losfahren«, raunte ich Schröderchen zu und zeigte nach oben. Als sie erkannte, was da über uns hing, bekam sie einen schweren Asthmaanfall. »Iiiihhhh!«, schrie die dicke Sylvia, nachdem sie einen kurzen Blick auf Schröderchen geworfen hatte, die im Gesicht blau angelaufen war. Frau Krummberg-Bügel schaltete zuerst. Sie suchte, fand und versorgte Schröderchen mit ihrem Asthmaspray. Einige der Soldaten führten uns durch Rauchbomben, Panzer und Maschinengewehrfeuer aus den Sandbergen heraus. Hier wurden die Personalien von Frau Krummberg-Bügel aufgenommen. Erst jetzt wurde allen klar, dass wir im Manövergebiet gelandet waren. Frau Krummberg-Bügel zählte durch, ob noch alle da waren. Einer fehlte: Kurt Traum. Aber nach ihm mochte jetzt niemand mehr suchen und so verließen wir den Ort des Geschehens. »Monika, du begleitest Kerstin zum Arzt. Kann ich mich da auf dich verlassen?« Schröderchen hatte sich schon etwas erholt und winkte ab. »Ich muss nicht zum Arzt.«

»Wirklich nicht? Was ist, wenn du noch so einen Anfall bekommst?« Schröderchen schüttelte den Kopf. Frau Krummberg-Bügel sah Kerstin besorgt an. Nach einigem Zögern war sie bereit, Kerstin und mich ziehen zu lassen. »Na gut, also nicht zum Arzt. Aber Monika bringt dich nach Hause. Die anderen fahren mit mir zur Schule.« Für Schröderchen und mich endete der Wandertag an Ort und Stelle. Wir sahen zu, dass wir Land gewannen, bevor es sich Frau Krummberg-Bügel anders überlegte. Normalerweise musste man am Ende des Wandertages immer zurück zur Schule, um von dort aus nach Hause zu fahren. Selbst wenn man direkt an der eigenen Wohnungstür vorbeikam, half kein Klagen. »Ich wohne hier. Kann ich aussteigen?«

»Nein, das Ende des Wandertages ist in der Schule.« Selbst wenn wir durch das eigene Wohnzimmer gelaufen wären, hätten wir mit zur Schule gemusst.

Als wir zu Hause bei Schröderchen ankamen,

nahm sie einen Hub aus ihrem Spray. »Sag mal, was wäre gewesen, wenn die Krummberg-Bügel dir nicht dein Spray gegeben hätte?«

»Dann wäre ich jetzt tot.« Ich war beeindruckt.

»So richtig tot?« Schröderchen verdrehte die Augen und griff sich mit der Hand an den Hals. »Mausetot.«

Kurt Traum blieb für zwei Tage verschwunden. Er hatte zur falschen Zeit am falschen Ort gegenüber einem richtigen Soldaten uriniert und war dafür in Gewahrsam genommen worden.

Ich fehlte beim nächsten Wandertag gänzlich, weil meine Mutter am Abend zuvor beschlossen hatte, »unter der Waschmaschine sauber« zu machen. Sie kippte die Waschmaschine an und ich sollte »schnell drunterwischen«. Ich brauchte länger als gedacht und meiner Mutter glitt die Waschmaschine Millimeter für Millimeter aus den Händen. »Vorsicht! Monika!!!« Zu spät. Ich schrie auf. Mein Vater kam angerannt, kippte die Waschmaschine hoch und ich holte unter lautem Geschrei den Rest meiner Hand hervor. Mutter wollte mir helfen und mich hochheben. Unglücklicherweise zog sie in der Hektik dabei an meiner verletzten Hand. Ich schrie so laut auf, dass Mutter mich vor Schreck wie eine heiße Kartoffel fallen ließ. Ich knallte mit dem Hinterkopf auf den Rand der Badewanne.

Meine Hand hing schlapp vom Arm herab und schaukelte im Raum. Mutter war die Erste, die ihre Sprache wiederfand. »Pass doch auf, Kind!« Sie schlang mir ein Handtuch um die Hand und griff an meinen Hinterkopf. Ich sah, dass ihre Hand blutig war, und dann wurde es dunkel um mich herum. Ich erwachte im Krankenhaus. Das Erste, was ich erblickte, war die korpulente Schwester vom letzten Krankenhausbesuch. Sie streichelte mir mit ihren Wurstfingern über die Wange. Ich zuckte weg. Ich bräuchte keine Angst mehr zu haben, alles würde gut werden, raunte sie mir zu. Wovor sollte ich Angst haben? »Bei uns bist du in Sicherheit.« In Sicherheit? Ich verstand überhaupt nichts. »Wo ist mein Vater?«

»Keine Angst, der ist weg.« Ich setzte mich auf. »Wie weg?« Die Schwester streichelte mir wieder über die Wange. Ich fand das lästig. »Könnten Sie mal aufhören, mir dauernd ins Gesicht zu fassen?« Ich sah den Gips an meinem Arm. »Wo ist mein Vater?« Die Schwester drückte mich auf die Liege zurück. »Du kannst jetzt nicht zu deinem Vater.«

»Warum nicht?« Keine Antwort. Schließlich rauschte meine Mutter herein. Im Schlepptau einen Polizisten. Meine Mutter beschimpfte erst die Schwester, dann den Polizisten. »Seien Sie doch endlich vernünftig, es hilft doch nichts, wenn Sie Ihren Mann decken«, sagte der Polizist. »Wo ist mein Vater?«, fragte ich hartnäckig. Der Arzt wurde gerufen. »Du warst doch schon mal mit der gebrochenen Nase hier.«

»Ja und?«

»Und jetzt kommst du mit einem gebrochenen Handgelenk und einer Platzwunde am Kopf. Wie kommt das?«, fragte der Polizist nach.

»Wie das kommt? Da müssen Sie mal meine Mutter fragen!« Meine Mutter blickte betreten auf den Boden.

Die Schwester lotste meine Mutter aus dem Raum. »Erkläre mir mal genau, wie das mit der

Hand passiert ist«, sagte der Arzt. Ich erzählte, was vorgefallen war. Der Arzt hielt ein Röntgenbild in die Höhe und nickte dem Polizisten zu. »Die Verletzung an der Hand kann tatsächlich davon kommen. Ich glaube, Sie können den Mann gehen lassen.« Der Mann war mein Vater.

»Sie können Ihre Tochter gleich wieder mitnehmen. Und entschuldigen Sie noch mal die Unannehmlichkeiten, aber wir müssen jedem Hinweis auf Kindesmisshandlung nachgehen«, sagte der Polizist und legte zum Gruß zwei Finger an seine Mütze. Mein blasser Vater erhob sich und nahm mich wortlos in Empfang.

13

Frauengespräche

Schröderchen seufzte auf. »Es wäre mir lieber gewesen, wenn Thomas Klatt mich mit einer Mund-zu-Mund-Beatmung gerettet hätte statt Krummberg-Bügel mit dem Spray«, sinnierte sie über die verpasste Chance vom letzten Wandertag.

Die meisten Mädchen schwärmten für Thomas. Er war sehr kräftig, konnte aus dem Stand heraus einen Salto machen und war in der Lage, vorwärts und rückwärts auf den Händen zu laufen. Thomas war schon 16 Jahre alt. 16 Jahre verhieß für die meisten 13- und 14-jährigen Mädchen Abenteuer und Aussicht auf vernünftige Küsse. Wir waren fest davon überzeugt, dass ein 16-jähriger Junge bereits genug Lebenserfahrung gesammelt haben müsste, um alle Mädchen unserer Jahrgangsstufe glücklich zu machen. Es gab kein Mädchen aus unserer Klasse, das sich bei Barry Manilows *Mandy* nicht gedanklich an Thomas Klatts Brust warf. Dafür veränderte man einige Worte und schon hieß der Song: *I never realized how happy you make me, oh Tommy. I need you today, oh Tommy.* Ein weiterer Grund, warum die Mädchen für Thomas Klatt schwärmten, war, dass er wenig sprach. Deswegen konnte er auch nicht so viel Unsinn erzählen wie die anderen Jungen. Bei Thomas konnten sich die Mädchen immer überlegen, was er wohl gesagt hätte, und ihm dann die gewünschten Worte in den Mund legen.

»Glaubst du, ich hätte eine Chance bei Thomas?«, fragte Schröderchen. Darüber hatte ich noch nie nachgedacht. »Warum solltest du keine Chance bei ihm haben?«, fragte ich zurück.

»Weil ich nicht blond bin und meine Brüste viel zu klein sind. Thomas ist doch schon ein Mann, der will was Reelles in den Händen halten.« Sie formte mit ihren Händen die Größe einer Wassermelone nach und hielt die imaginäre Wassermelone vor ihr Dekolleté.

»Meinst du?«, fragte ich mit verschmitztem Blick auf ihre bereits beachtlichen Brüste.

»Glaub schon. Männer stehen auf so was. Sieh mal.« Schröderchen zog unter einem Zeitschriftenstapel eine Zeitschrift namens *Praline* hervor. Und tatsächlich, die abgebildeten barbusigen Frauen hatten alle riesige Brüste und waren blond. Bei einigen Brüsten hatte ich den Eindruck, sie könnten einen Jungen wie Klacksi locker erschlagen. Betrübt blickte ich an mir herab. Wo blieben sie nur? Wenn da nicht bald etwas Entscheidendes passierte, würde ich niemals einen Jungen abkriegen. Warum nur hatte Tom mich geküsst?

»Hast du schon mal einen Freund gehabt?«, fragte Schröderchen auf meinen betrübten Blick hin. Mir war nicht klar, was ich sagen sollte. »Ich weiß nicht.«

»Wie, du weißt nicht? Du musst doch wissen, ob du einen Freund hattest!« Schröderchen blickte mich durch ihre dicken Brillengläser an. Wenn ich es mir recht überlegte, war Schröderchen recht marode. Neben ihrem Asthma hatte sie was an den Augen. Deswegen waren ihre Brillengläser getönt. Wenn sie sich lange genug in dunklen Räumen aufhielt, hellte sich ihr Brillenglas auf. Dann konnte man ganz kleine blassblaue Augen sehen. Ohne ihre Brille war sie vollkommen hilflos. Je länger ich sie mir ansah, umso weniger konnte ich mir vorstellen, dass ein Typ wie Thomas Klatt Gefallen an ihr finden würde, egal wie groß ihre Brüste waren. Schröderchen riss mich aus meinen Gedanken. »Hast du schon mal richtig herumgeknutscht?«, fragte sie wie beiläufig.

»Ja«, sagte ich wahrheitsgemäß. »Na, dann hattest du auch einen Freund.« Es war schön, wie einfach das Leben an Schröderchens Seite zu sein schien. Grinsend fügte sie hinzu: »Du Glückliche, dann hast du es nicht mehr weit bis zu deinem ersten Mal. Vom Küssen bis zum Penis ist es ja nur ein kleiner Weg.«

»Seinen Penis kannte ich schon vor dem Küssen.« Schröderchen riss die Augen auf. Sie konnte ihre Überraschung kaum verhehlen. »Na, du bist ja ein richtiges Rasseweib«, sagte sie anerkennend. Ich sonnte mich in ihren Schmeicheleien und sagte mit einer wegwerfenden Handbewegung, es sei für mich eigentlich nur eine kurze Affäre gewesen, aber »der Junge hängt eben so an mir«. Seit diesem Gespräch unter Frauen sah Schröderchen mich mit anderen Augen an.

14

Hofpause im Winter

In der Hofpause war man nicht mehr sicher. Von überall her flogen Schneebälle. Die Jungen versuchten uns Mädchen ihre Zuneigung zu zeigen, indem sie uns unter lautem Gebrüll einseiften. Es war eine furchtbare Zeit, zumal die Lehrer uns gnadenlos vor die Tür jagten. Da half kein Bitten und Betteln, wir mussten raus. Als ich einmal mit ansah, wie sich ein Lehrer über einen Schüler beugte, den ein Schneeball direkt im Gesicht getroffen hatte, und ihn mit ins Schulgebäude nahm, kam mir die, wie ich fand, geniale Idee.

Am nächsten Tag nahm ich etwas Schnee und ließ Schröderchen damit so lange auf meinem Jochbein herumreiben, bis es leicht rot wurde. Sie befand, dass es »noch nicht so schlimm« aussehen würde. »Schließlich wollen wir auf Nummer sicher gehen«, sagte sie und zog triumphierend eine Zwiebel aus ihrer Manteltasche.

»Was soll das?«, fragte ich unsicher. Schröderchen legte die Zwiebel auf den Boden, trat einige Male fest drauf und hielt mir das Ergebnis hin. »Da, nimm.«

»Was soll ich denn damit?«

»Mann, Monika, stehst du auf der Leitung? Du sollst sie dir aufs Auge halten.« Ich zögerte. »Dann sieht es echt aus. Los, mach schon!«, drängte Schröderchen. Ich gab nach und legte mir die Zwiebel aufs Auge. Der Erfolg war überwältigend: Innerhalb von Sekunden wurde ich vorübergehend einäugig.

Unter großem Gestöhne ließ ich mich dann, gestützt auf Schröderchen und Mäuseschwänzchen, ins Sekretariat führen. Das Sekretariat war leer. Schröderchen nahm einen Hub von ihrem Asthmaspray. Dann schrie sie kreischend um Hilfe. Sofort kam der Rektor aus dem Nebenzimmer herbeigeeilt. »Um Himmels willen, was ist passiert?!« Ich zeigte auf mein Auge und hauchte nur noch: »Schneeball.« Schröderchen deutete mit ihren Händen den Umfang eines Fußballs an. »So groß war er.« Man legte mich hin. Ursprünglich wollte ich mich nur um die Hofpause drücken und die Zeit im wohlig warmen Schulgebäude verbringen. Aber mir entglitt die Situation. Die Sekretärin tauchte auf und betrachtete missmutig mein Auge. »Damit musst du zum Augenarzt. Du bleibst hier liegen.« Ich fand die Anweisung ziemlich unsinnig. Wie sollte ich zum Augenarzt gehen, wenn ich hier liegen blieb? Nach einer halben Stunde bekam ich die Antwort. Meine Mutter stand in der Tür. »Meine Süße, wie geht es dir?« Sie führte mich zum Auto. Auf dem Weg zum Augenarzt sagte sie, ich würde komisch riechen. Mir wurde heiß und kalt.

»Sag mal, hast du den Schneeball denn gar nicht kommen sehen?«

»Welchen Schneeball?«, fragte ich in meiner Anspannung zurück. Meine Mutter fuhr an den Straßenrand. Dann kam sie mit ihrer Nase so nah, dass ich dachte, sie wolle mir damit mein Auge ausstechen. Sie fing an, wie ein Suchhund in meinem Gesicht herumzuschnüffeln. »Du riechst nach Zwiebeln. Um es mal ganz genau zu sagen: Dein Auge riecht nach Zwiebeln.« Ich wusste, das Spiel war aus. So zu tun, als ob ich von nichts wüsste, würde meinen Untergang bedeuten. Auch Tränen brächten mich jetzt keinen Schritt weiter. Mir brach der Schweiß aus. »Ich warte«, sagte sie ungeduldig. »Warum riecht dein Auge nach Zwiebeln?« Ich atmete tief durch und antwortete dann wahrheitsgemäß: »Weil ich mir eine Zwiebel draufgelegt habe.«

»Du hast was?«

»Mir eine Zwiebel aufs Auge gelegt.« Und wieder wurde der Klammerbeutel bemüht. »Dich haben sie wohl ›mit dem Klammerbeutel gepudert‹! Was soll das?!«

»Ich dachte, es sieht dann so aus, als ob mich ein Schneeball am Auge getroffen hat, und dann könnte ich die Hofpause über drinnen bleiben.«

Meine Mutter schlug auf das Lenkrad ein. »Die haben mich von der Arbeit geholt. Ich komme fast um vor Sorge, und mein Fräulein Tochter legt sich eine Zwiebel aufs Auge, damit sie sich nicht den Hintern verkühlt.« Sie schüttelte so heftig den Kopf, dass ich dachte, er fällt ab. »Es tut mir Leid«, sagte ich etwas betrübt, »ehrlich. Bringst du mich wieder in die Schule?«

»Kommt überhaupt nicht in Frage. Was willst du denen sagen? Entschuldigung, es war eine Zwiebel, die mir aufs Auge geflogen ist? Sieh mich mal an.« Meine Mutter drehte meinen Kopf in alle Richtungen. »Sieht nicht gut aus. Nun mal ganz ehrlich: Tut dir das Auge weh?« Je mehr ich über die

Frage nachdachte, umso mehr spürte ich den Schmerz. »Also, ganz ehrlich gesagt, ja.«

»Ich glaube, es ist besser, wenn wir wirklich zum Augenarzt fahren. Aber kein Wort von der Zwiebel!« Der Augenarzt trug eine Salbe auf und gab mir eine Augenklappe. So konnte ich drei Tage lang vom warmen Klassenzimmer aus den Schneebällen hinterhersehen. Das Verhältnis zu meiner Mutter blieb dafür etwas angespannt. Es entspannte sich auch nicht, als sie mein eher durchschnittliches Zeugnis sah.

15

Zeugnis

»Eine so gute Note in Deutsch ... wie kommt denn das?«, fragte meine Mutter misstrauisch. »Ich habe viel gelernt und ...«, dann fiel mir mein Vater lachend ins Wort: »... und einen Banknachbarn gehabt, der noch mehr gelernt hat.« Das waren die Momente, wo ich ihn am liebsten erstochen hätte. »Schönen Dank auch! Das ist echt nett von dir!«

»Nun reg dich mal nicht künstlich auf, ein kleiner Scherz wird wohl noch möglich sein«, sagte er etwas erstaunt über meine Reaktion.

»Ist echt irre witzig«, entgegnete ich, verschränkte die Arme und blieb schmollend vor meinem Vater stehen. »Nun bau dich mal nicht wie so ein Halbstarker vor deinem Vater auf«, sagte meine Mutter besänftigend.

»Ich kann mich ja im Keller aufbauen. Da muss er mich wenigstens nicht den ganzen Tag sehen.« Ich machte meiner aufkeimenden Pubertät alle Ehre und fügte hinzu: »Vielen Dank übrigens, dass ihr so ein dummes Kind wie mich überhaupt noch an eurem Tisch essen lasst.«

Meine Mutter verdrehte die Augen. »Er hat doch überhaupt nicht gesagt, dass du dumm bist. Er hat doch nur einen Witz gemacht.«

Mein Vater betrachtete mein Zeugnis. *»Monika*

ist eine zuverlässige und verantwortungsbewusste Schülerin … sehr schön. Zuverlässigkeit ist das A und O im Leben. Dazu gehören Ordnung und Pünktlichkeit. Wer Ordnung hält, muss nichts suchen, er spart Zeit und ist immer da, wenn man ihn ruft.« Mir wäre es lieb gewesen, wenn er den zweiten Teil des Zeugniskopfes nicht gelesen hätte. Ich fand ihn sowieso nur nebensächlich. Das sah mein Vater aber ganz anders. »*Bei den schriftlichen Arbeiten sollte sich Monika zu mehr Sorgfalt zwingen.* Was, bitte schön, will die Schule uns damit sagen?« Er sah mich über die Brille hinweg an. Sein Blick war ernst. »Ich höre. Was heißt das, Monika?«

»Meine Hausaufgaben waren nicht immer ganz so ordentlich«, sagte ich kleinlaut. Mein Vater wandte sich wieder meinem Zeugnis zu. »Eine Vier in Mathematik, ein Hauptfach! Gar nicht gut, Monika. Na ja, und die Vier in Englisch ist ja wohl auch noch ausbaufähig, auch ein Hauptfach!« Schon jetzt spürte ich in mir eine kleine Wut aufsteigen. »Aber immerhin eine Zwei in Deutsch. Wenn das wirklich eine Zwei ist, dann erwarte ich eine ordentliche Hefterführung.« Alle schwiegen. Niemand bewegte sich. Mein Vater half mir auf die Sprünge. »Zeig mir mal deinen Deutschhefter.« Das konnte nicht gut gehen. Frau Weber hatte meinen Ordner mit »noch Vier« bewertet. Ich war der Ohnmacht nahe. »Wird's bald?«, hakte meine Mutter nach. Ich holte den Hefter und sah die Katastrophe schon auf mich zukommen. Gleich das erste Blatt hatte ein Eselsohr. Mein Vater knickte es auf, strich es umständlich gerade und schüttelte den Kopf. »Das Gekritzel gehört hier sicherlich nicht rein. Wenn dir nach Zeichnen ist, dann tu das im Fach Malen, aber nicht in Deutsch.«

»Wir haben kein Malen mehr, das ist Grundschule.«

»Jetzt werd nicht noch frech.« Er blätterte weiter. »Ach, meine Tochter schreibt Gedichte … *Nur das Meer soll mich umarmen* … na ja … was soll das?«

»Ich will Schriftstellerin werden.« Meine Mutter schlug die Hände vors Gesicht.

»Schriftstellerin? Du bist doch nicht mal in der Lage, einen Hefter ordentlich zu führen. Und überhaupt, was ist das für ein Unsinn: *»Ich warte auf den Tanz von Dieters …«,* mein Vater brach ab. »Monika!!! Also, wir sprechen uns noch. Und überhaupt, die Vier in Mathematik und in Englisch, das muss sich ändern!«

»Aber in Sport und Arbeitslehre habe ich eine Eins«, versuchte ich mich zu verteidigen.

»Arbeitslehre. Was soll das für ein Fach sein, bestimmt nichts Wichtiges. Und in Sport eine Eins, ist ja wohl für dich kein Kunststück … Und komm mir jetzt nicht mit der Zwei in Musik. Die hilft dir im Leben auch nicht weiter … Geschichte und Erdkunde eine Zwei … damit allein kannst du für die Zukunft auch keinen Blumentopf gewinnen.« Mein Vater näherte sich dem Ende des Zeugnisses. Ich wusste, da lauert noch ein richtiger Aufreger für ihn.

»Fünf Verspätungen! Also das gibt es doch gar nicht. Wie kann die Lehrerin schreiben, du bist zuverlässig, wenn du fünfmal zu spät gekommen bist?!« Jetzt reichte es mir. Ich holte tief Luft und legte los: »Und wenn die Welt untergeht, bin wahrscheinlich auch ich schuld.« Wütend drehte ich mich um und ging. Ich war kurz davor, die Tür zuzuknallen. Mein Vater war jedoch Hellseher und sagte ganz ruhig und zugleich drohend, ich solle es ja nicht wagen, die Tür zuzuknallen. Betont sachte schloss ich die Tür, um sie gleich danach wieder aufzureißen. »Und, war das für den gnädigen Herrn leise genug? Wenn ich eines Tages nicht mehr wiederkomme, brauchst du dich nicht wundern!« Ich griff meine Jacke, schlüpfte in die Stiefel und ging. Als ich vor der Haustür stand, riss meine Mutter oben das Fenster auf. »Komm sofort zurück!« Ich war außer mir vor Wut. »Ich verlasse euch!«

»Du kommst zurück, aber dalli! Monika!!!«

»Niemals!«

Ich lief zu meiner Oma, und als sie mich in ihre Arme nahm, wusste ich, sie war auf meiner Seite. »Deine Mutter hat schon angerufen.« Ich erklärte Oma, was mir widerfahren war. »Hast du wirklich geschrieben, du wartest auf den Tanz von irgendeinem Schwanz?«, fragte Oma.

»Ja, von Dieters Schwanz.«

»Welcher Dieter denn?«, fragte Oma kichernd.

»Na, Dieter der Kater.« Meine Oma prustete los und kugelte sich vor Lachen. Sie lachte und lachte. Ich verstand nicht, warum, aber irgendwann musste ich mitlachen. Als es klingelte, rief Oma meiner Mutter entgegen, Dieter sei ein Kater. Auch meine Mutter begann sofort zu lachen. Ich hatte noch nie erlebt, dass ein Tier für derart viel Heiterkeit sorgen konnte.

Trotz aller Heiterkeit fürchtete ich mich ein wenig vor zu Hause. »Ist Papa sauer?«, fragte ich.

Schließlich hatte uns mein Vater immer wieder gesagt, man gehe nicht weg, sondern stelle sich den Dingen. Vom Weggehen höre das Problem nicht auf. Nun, ich war weggegangen, und wenn ich im Schlepptau meiner Mutter nach Hause kam, würde mein Zeugnis noch genauso aussehen wie vorher. »Du darfst nicht erwarten, dass dein Vater begeistert ist von deinem Verhalten. Am besten wird sein, wenn du einfach zu ihm gehst und sagst, dass es dir Leid tut. Dann ist die ganze Sache schnell vergessen.«

»Mir tut nichts Leid«, sagte ich. Die gute Stimmung meiner Mutter verschwand schlagartig.

»Das sollte es aber! Was glaubst du, was die Nachbarn von uns denken? Frau Riester fiel fast aus ihrer Tür, nachdem ich dir hinterhergerufen hatte.«

»Was rufst du mir auch hinterher?«, sagte ich trotzig. Meine Mutter erhob ihre Hand, bereit, mir eine Ohrfeige zu geben. In dem Moment kam uns Frau Kern, die Mutter von Mäuseschwänzchen, entgegen. Aus der angedachten Ohrfeige wurde eine ungeschickte Umarmung.

»Na, kleiner Spaziergang am Abend? Und mit deinem Auge wieder alles in Ordnung?«

»Ja, danke«, sagte ich brav.

Als wir zu Hause ankamen, schob meine Mutter mich mit sanfter Gewalt vor meinen im Sessel sitzenden Vater. Ohne jede innere Überzeugung sagte ich, dass es mir Leid täte. Mein Vater sagte nur: »Schwamm drüber.«

Er griff in sein Portemonnaie. »Wir hatten eine Vereinbarung und die löse ich jetzt ein. Fleiß muss belohnt werden.« Unsere Vereinbarung lautete:

Für jede Zwei im Zeugnis gab es 50 Pfennig, für jede Eins gab es eine Mark. Und so kam es, dass ich mit einem Schlag über vier D-Mark verfügte. Das Ganze wurde dann noch auf stolze fünf D-Mark aufgerundet, was einem Viertel meines damaligen Monatseinkommens entsprach. »Aber in Mathematik und Englisch musst du besser werden, Fräulein. Haben wir uns verstanden?« Ich nickte.

»Du musst auch allmählich an eine Lehrstelle denken«, betonte meine Mutter, die ebenfalls etwas sagen wollte.

»Wie lange dauert denn eine Ausbildung zur Ehefrau?«, fragte ich zurück.

»So nimmt dich doch keiner zur Ehefrau«, sagte meine Mutter amüsiert. Und mein Vater fügte hinzu, es reiche den Männern nicht mehr, eine schöne Frau zu haben, sie müsse auch klug sein.

»Und warum hast du dann Mama geheiratet?« Kaum hatte ich die Frage gestellt, erhielt ich eine schallende Ohrfeige. Ohne ein weiteres Wort verließ ich das Wohnzimmer. Meine Eltern hatten einen ganz anderen Humor als ich. Wer weiß, ob sie überhaupt meine Eltern waren! Je mehr ich darüber nachdachte, umso größer wurden meine Zweifel. Wenn ich adoptiert wäre, könnte das unsere dauernden Differenzen erklären.

16

Kind meiner Eltern?

Ich traf mich mit Schulle. Der wusste mit all seiner Lebenserfahrung bestimmt, wie man herausfand, wer die eigenen Eltern waren. »Also, die beiden Komiker, mit denen du zusammenwohnst, sind sicher deine Eltern«, sagte er verständnislos. »Aber es könnte doch sein, dass ich andere echte Eltern habe.« Ich sah Schulle an, dass er die Idee unsinnig fand. Trotzdem wusste er Rat. »Also, wenn du ganz sicher sein willst, dann musst du deine Geburtsurkunde finden. Da steht alles drauf. Warum willst du das überhaupt wissen? Eigentlich ist es doch egal, Hauptsache, sie sind einigermaßen nett.« Einigermaßen nett waren meine Eltern schon, das musste ich selbst in den schwersten Phasen meiner Pubertät zugeben. Aber ich konnte mir durchaus andere Eltern vorstellen, Sibylle und Uwe zum Beispiel. Die schienen mir unkompliziert und wären nie auf die Idee gekommen, eine Schrankwand in mein Zimmer zu stellen.

»Ich will nicht, dass mich wildfremde Leute erziehen.«

»Willst du lieber ins Heim?« Das auch nicht. Aber ich interessierte mich dennoch dafür, wo meine wirklichen Wurzeln lagen. Also musste ich meine Geburtsurkunde finden. Ich wusste, wo Eva und Dieter Kleewe wichtige Dokumente aufbewahrten. Ich wusste aber auch, dass diese Schubfächer für mich tabu waren. Wie überhaupt eine nicht unerhebliche Anzahl von Schranktüren und Schubladen in unserem Haushalt nur mit ausdrücklichem Auftrag meines Vaters, in Ausnahmefällen auch meiner Mutter, geöffnet werden durften. Gleich morgen, nach der Schule, würde ich mich ans Werk machen, ohne ausdrückliche Öffnungserlaubnis.

In jener Nacht schlief ich schlecht. Ich träumte, wie sich mein Vater lautlos anschlich, während ich das Schubfach aufzog. Kaum dass ich die Hände dort drin hatte, stieß er die Lade mit Gewalt zu. Meine Hände fielen ab und blieben in der geschlossenen Schublade liegen. Von nun an würde ich mein Leben ohne Hände verbringen, und jeder könnte sehen, was ich getan hatte. Aufgeschreckt von dieser Vorstellung, erwachte ich mitten in der Nacht und schlief nicht mehr ein. Vielleicht war auch mein Bruder adoptiert. Mit ihm sprachen Eva und Dieter Kleewe in letzter Zeit verdächtig wenig und mit der Wahl seiner Freundin waren sie alles andere als glücklich. Außerdem schoben sie mich immer wieder zu ihm in die Landkommune ab. Sie taten zwar, als ob es ihnen dort nicht gefiele, aber in Wahrheit bereiteten sie schon meine Aussetzung vor.

Dass ich es war, die immer wieder darauf gedrängt hatte, auf den Hof meines Bruders zu kommen, entfiel mir völlig. Auch dass mein Bruder einige Jahre älter war und sich bestimmt an unsere leiblichen Eltern erinnert hätte, kam mir nicht in den Sinn.

Als mich am Morgen meine Mutter weckte, wandte ich das Gesicht weg, damit sie mich nicht küssen konnte. Sie traf nur die Bettdecke. »Aufstehen, ich gehe jetzt.« Geh nur, dachte ich. Heute Abend wissen wir, wer du wirklich bist. Auf einmal war sie mir wildfremd, und ich überlegte, wie meine richtige Mutter wohl war.

Ich konnte das Ende des Unterrichts kaum erwarten, stürzte nach Hause und begann mit der Arbeit. Nachdem ich die entscheidende Schublade geöffnet hatte, prägte ich mir zuerst die genaue Lage der Ordner ein. Dann öffnete ich einen nach dem anderen. Scherzhaft sagte ich zu mir: Mein Name ist Bond, Monika Bond. Ich vergaß alles um mich herum und versank in uralten Kinderfotos, Abrechnungen der GASAG, unvollständigen Rabattmarkenheften, einem Haushaltsbuch und zahllosen Rechnungen. Schließlich fand ich, wonach ich suchte. Als ich die Geburtsurkunden in der Hand hielt, bekam ich Angst. Was, wenn sie wirklich nicht meine Eltern wären? Eigentlich waren sie doch in Ordnung; was sollte ich jetzt nur tun? Ich nahm all meinen Mut zusammen und las.

Angezeigt wird die Geburt des Michael Dieter Paul Kleewe, geboren als Sohn des Malers Dieter und seiner Ehefrau, der Stenotypistin Eva Gertrud, geborene Milbentritt. Der Rufname des Jungen lautet Michael. Gleich darunter war meine Geburtsurkunde. *Angezeigt wird die Geburt der Monika Eva Kleewe, geboren als Tochter des Malers Dieter Kleewe und seiner Ehefrau, der Stenotypistin Eva Getrud Kleewe, geborene Milbentritt. Der Rufname des Mädchens lautet Monika.*

Ich war erleichtert. Wir waren tatsächlich die

Kinder unserer Eltern. Ich konnte also hier wohnen bleiben, und mein Bruder musste sich nur eine passende Freundin suchen, dann wäre die Welt wieder in Ordnung.

Zum Glück verlor unsere Mutter mit der Heirat ihren Mädchennamen. Man stelle sich vor, was das für ein Gelächter gegeben hätte: Monika Milbentritt!

Als wenige Wochen später in England ein Retortenbaby geboren wurde, kamen mir noch einmal kurz Zweifel an meiner Herkunft. Stammte ich vielleicht aus einem Reagenzglas? Würde das eventuell erklären, warum ich »so schwierig« geworden war? In der Presse stand aber, dass Louise, so hieß das Baby, ein Jahrhundertkind sei, weil es das erste seiner Art war. Und so lösten sich alle Zweifel in nichts auf und ich nahm Eva und Dieter Kleewe wieder als Mutter und Vater an.

17

Mein erster Liebesbrief

Ein paar Tage später sagte mein Vater, dass Post für mich gekommen sei. Ich dachte sofort an Tom. Wer sonst sollte mir schreiben? Ich hätte fiepen können vor Glück.

»Von wem ist der Brief?«, fragte ich betont gelassen.

»Das weiß ich nicht«, antwortete mein Vater mindestens ebenso gelassen.

»Und wo ist der Brief?«

»Deine Mutter hat ihn irgendwo.«

»Und wo hat sie ihn?«

»Ich weiß nicht.« Ich starb fast vor Neugier. »Wo ist sie?«

»Herrgott, jetzt frag doch nicht dauernd wo, wo, wo!« Nach einem kurzen Moment der Ruhe erkundigte ich mich nach dem momentanen Aufenthaltsort meiner Mutter. Mein Vater schmunzelte. »Sie ist unten bei Frau Riester.«

Frau Riester wohnte mit ihrem Mann parterre in unserem Haus. Dadurch war es möglich, dass meine Mutter schnell mal zu ihr runterging. Das »Ich geh mal schnell runter« hieß aber nicht, dass sie schnell wieder da war. Manchmal schickte mich mein Vater runter, um Mutter wieder hochzuholen. Sie sagte dann: »Warte kurz, ich komme gleich mit hoch.« Ich wurde dann Zeuge von Enthüllungen, Intrigen und Skandalen. Besonders intensiv wurde die Tatsache diskutiert, dass Herr Hofmann ein uneheliches Mädchen haben sollte. Seine Frau war die Friseurin im Block. Mindestens die Hälfte der Bewohner traf sich bei ihr, angeblich zum Frisieren. In Wahrheit war es der Umschlagplatz für Neuigkeiten. Dumm nur, dass Frau Hofmanns Ehemann inzwischen selber für Neuigkeiten sorgte. Einige ihrer Kunden blieben weg. Wir gingen weiter hin, weil sie preiswert war und »Frau Hofmann ja nichts für ihren Mann kann«. Über diesen Satz könnte man lange nachdenken …

Als ich unten eintraf, kam gerade ein Feuerwehrmann aus Riesters Wohnung. Niemand achtete auf mich. Paul Riester war von seinem Sessel aus der Kopf auf die Tischplatte gefallen. Als ein Arzt ihn an den Schultern wieder in den Sessel zurückdrückte, steckten lauter Zahnstocher in seiner Stirn. Herr Riester hatte beim Fall des Kopfes das Zahnstocherfässchen getroffen, mittig. Mein Vater wäre in Anbetracht dieser Präzisionsarbeit begeistert gewesen. Ich war beeindruckt, dass Paul Riester den Schmerz klaglos ertrug. Meine Mutter zog ihm die Zahnstocher aus der Stirn, und ich wunderte mich, dass er nach dem Entfernen der Zahnstocher nicht blutete. »Warum blutet er nicht?«, fragte ich also interessiert in den Raum hinein. Erst da bemerkte man mich, und Mutter zerrte mich mit einem Ruck aus dem Zimmer. »Was machst du hier?«

»Ich will nur wissen, wo mein Brief ist.« Ich musste in Riesters Küche sitzen bleiben und durfte mich nicht vom Fleck rühren. Irgendwann wurde mir langweilig und ich wollte wieder nach oben gehen. Als ich aus der Wohnungstür kam, trugen zwei ernst dreinblickende Herren einen Sarg an mir vorbei. Da ahnte ich, warum Herr Riester den Schmerz ertrug. Ich ging wieder nach oben. »Wo ist deine Mutter?«

Mein Vater schloss die Tür. »War deine Mutter nicht unten?«

»Doch.«

»Und wann kommt sie?«, fragte er ungeduldig.

»Ich denke mal, wenn Paul weg ist.«

»Wie weg? Ist die Feuerwehr etwa unten bei Riesters?« Ich nickte. Jetzt ging mein Vater runter. Es dauerte Ewigkeiten, bis meine Eltern wiederkamen. »Und?«, fragte ich. »Paul Riester ist tot«, sagte meine Mutter.

»Ich meinte, und wo ist mein Brief«, sagte ich fast platzend vor Neugier. Meine Mutter bemühte den »Hamster«, von dem sie mal wieder annahm, er würde bohnern. »Paul Riester ist gerade gestorben und du hast nichts anderes im Kopf als einen Brief?!«

»Aber ich kann doch nichts daran ändern, dass er tot ist. Außerdem: Ich lebe noch.« Meine Mutter schüttelte den Kopf und sagte, ich würde nicht mehr lange leben, wenn ich nicht gleich in meinem Zimmer verschwand. Ich ging in mein Zimmer und wurde langsam ernstlich sauer auf Paul Riester. Ausgerechnet heute musste er sein Leben auf einem Zahnstocherfässchen beenden.

Spät am Abend hatten sich die Wogen geglättet und Mutter kam in mein Zimmer. Sie setzte sich auf meine Bettkante, strich mir die Haare aus der Stirn und fragte mit ruhiger Stimme, wer Tom sei.

Ich spürte, wie ich rot wurde. Die Frage kam zu plötzlich, ich wusste nicht, was ich sagen sollte. Meine Mutter legte vertrauensvoll ihren Arm um mich. »Ist das dein Freund?« Woher kannte sie den Namen? Ich hatte schon immer die Befürchtung gehabt, dass meine Mutter irgendwie hellsehen konnte, das aber meistens als idiotischen Gedanken abgetan. Doch nun? Die Umarmung meiner Mutter wurde fester. »Mir kannst du es doch ruhig sagen, Schätzchen.« Ich spürte, wie sie langsam ungeduldig wurde.

»Das ist ein Junge aus Göttingen, der war auch bei den Hottentotten.«

»Und was habt ihr da so gemacht, du und dieser Tom?«

»Uns geküsst.«

Meine Mutter ließ mich ruckartig los und starrte mich an. Sie wartete auf weitere Ausführungen, das sah man ihren schreckgeweiteten Augen an. Da man mir beigebracht hatte, immer hübsch die Wahrheit zu sagen, erzählte ich ihr, dass wir im letzten Sommer, nach der Wasserschlacht, nackt unter einer Decke gelegen hatten und dass es »ganz nett« gewesen war. Meine Mutter legte ihre Hand auf meinen Bauch und schien unmittelbar die Geburt eines Kindes zu erwarten. Sie schwieg und ich wäre gerne vom Erdboden verschwunden. Als nach einigen Sekunden noch immer kein Kind geboren war, packte meine Mutter mich an den Schultern und schrie, ich solle ihr das nicht antun. Ich wusste nicht, wie mir geschah. Sie holte tief Luft und fuhr mit unverminderter Lautstärke fort: »Du versaust dir das ganze Leben! Du bist doch selber noch ein Kind!« Von Mutters Geschrei war mein

Vater auf uns aufmerksam geworden. »Was ist hier los?« Sein Blick fiel sofort auf mich. »Nichts weiter«, sagte ich, und meine Mutter nickte zustimmend. »Lass mal, Dieter, ist schon alles gut.« Sie holte aus ihrer Kittelschürze einen Briefumschlag hervor. »Hier, der ist für dich.« Sie blieb auf meiner Bettkante sitzen. Ich nahm den Brief und ging aufs Klo. Ich war total nervös. Ein Brief von Tom. Ein Liebesbrief. Tom, mein Prinz, der mich retten würde, vor der Strichliste Herrn Reicherts, vor den perfiden Hausaufgaben einer Frau Weber und den immer viel zu kurzen Haarschnitten bei Frau Hofmann. *»Hi, Monika, wie geht es dir? Mir geht es gut. Bei uns regnet es. Bei euch auch? Ich habe zu Weihnachten ein neues Fahrrad bekommen. Es hat 14 Gänge. Vorne sind zwei Kränze. Außerdem hat es Frontfreilauf und eine Positron-Schaltung. Das ist Klasse. Dann kann ich auch schalten, ohne zu treten. Die Kette wird von selber auf das Blatt gelegt. Toll, was? Bist du Ostern auf dem Hof? Ich bin jedenfalls da. So long, dein Tom.«* Ich war hin und weg und wollte sofort nach Göttingen ziehen. Ich konnte mich gar nicht satt lesen an dem letzten Satz. *So long, dein Tom.* Meine Mutter klopfte an die Tür. »Wohnst du jetzt im Bad?«

»Ja«, sagte ich bestimmt. Ich küsste den ersten Liebesbrief meines Lebens und fühlte mich versöhnt mit der Welt.

Am nächsten Tag ging ich in den Fahrradladen und ließ mir erklären, was ein Frontfreilauf und was eine Positron-Schaltung war. Am Abend schrieb ich Tom: *Hallo, Tom, das mit dem Frontfreilauf ist wirklich toll. Auch über die Positron-Schaltung kannst du dich freuen. Ich kenne die*

Schaltung gut. Sie rastet sehr schön ein. Ist sie im Rahmen verlegt? Welche Farbe hat dein Rad? Ach, ich möchte dich so viel fragen. Wäre schön, wenn wir uns bald wiedersehen. Beflügelt von Toms Brief, lehnte ich mich weit aus dem Fenster und schloss den Brief mit: *Kuss, Monika!* Von meinem Zeugnisgeld erwarb ich eine Briefmarke. Vor dem Briefkasten erfüllte mich ein gewisser Stolz. Endlich konnte auch ich einmal einen Brief in den Schlitz für »Andere Richtungen« werfen. Ich hatte einen Freund in der Ferne, außerhalb dieser ummauerten Stadt. Das Schlüsselwort hieß Göttingen. Es verhieß Abenteuer und Weite. Ich sprach es mit einer gewissen Demut aus: Göttingen.

Seit jenem Liebesbrief sah ich die Welt mit anderen Augen. Insbesondere sah ich die Jungen in unserer Klasse anders an. Wer war schon Werner, dieser schmächtige Maurersohn? Oder Klacksi? Zu vorlaut, um bei Herrn Reichert noch irgendwas zu erreichen. Und Harald Witte würde nicht mal einen Schulabschluss schaffen. Diese Jungs würden mich nie ernähren können. Tom hingegen war gut in der Schule, glaubte ich jedenfalls. Jemand, der so wunderbar küssen konnte, musste einfach gut in Bio sein. Er kannte sich mit Fahrrädern aus und würde deswegen Maschinenbau studieren. Nicht zuletzt wuchsen ihm erste Barthaare. Er war schon ein Mann und ich fühlte mich schon ein wenig als seine Frau.

18

Toms Verrat

Nachdem Herr Hartmann mich mit Frau Haroczìwic betrogen hatte, hatte ich dem Handball zunächst abgeschworen. Aber nach ein paar Monaten war die Wunde geheilt und ich spielte in einem Verein. Gleich als ich zum ersten Mal die Halle zum Probetraining betrat, fiel mir Karin Hinze ins Auge. Ich dachte, sie sei von der vorherigen Trainingsgruppe der Gewichtheber übrig geblieben. Aber Irrtum, Karin spielte Handball. Allein aufgrund ihrer Masse verstellte sie ein Viertel des Tores. Wenn jemand warf, brauchte sie nur noch einen kleinen Schritt nach rechts oder links zu machen. Außerdem war Karin mit Sicherheit die größte Torfrau in den europäischen Jugendabteilungen des Handballsports. Aufgrund ihrer körperlichen Ausmaße wurde sie von allen nur liebevoll Yetilein genannt.

Weil in diesen Ferien Yetilein mit zu meinem Bruder sollte, wurde die Beladung des Fahrzeuges für meinen Vater zum Staatsakt. Ich musste möglichst unauffällig herausfinden, wie viel Karin wog und wie viel ihre Koffer wiegen würden. Er befürchtete, das Bremsverhalten des Wagens könne sich verändern, und hatte keine Lust, »wegen dieser Riesin in der Zone liegen zu bleiben«. Ich war von meinem Vater nichts anderes gewohnt. Er pflegte immer die Gepäckstücke zu wiegen und notierte dann auf einem kleinen Zettel die Gewichte, um die Koffer nach irgendeinem System ins Auto zu laden. Das beladene Auto stand in Sachen Ordnung dem Barfach der Schrankwand in nichts nach. Bei uns konnte man nicht nur vom Boden, sondern auch aus dem Kofferraum essen.

Ich war gespannt, wie die Hofbewohner auf Yetilein reagieren würden. Zu meiner Überraschung sagte niemand etwas über ihre Ausmaße. Sie begrüßten uns freundlich, als wären wir ganz normale Menschen. Karin fühlte sich sofort wohl. »Die sind hier echt nett«, sagte sie gerührt.

Das war nicht überall so. Wenn wir beispielsweise zu Ligaspielen fuhren, konnten wir sicher sein, dass unser Yetilein irgendeine Beleidigung zu hören bekam. Erst wenn sie ein paar Bälle gehalten hatte, verstummten die Sprücheklopfer und registrierten staunend, wozu unser Yetilein in der Lage war.

Die ersten beiden Wochen waren herrlich. Wir taten Dinge, von denen wir gar nicht wussten, dass man das durfte.

Eines Abends schwang sich eine riesige Gruppe von Leuten auf die Räder. Mit Decken, Wein, Broten, Windlichtern und Handtüchern versorgt, fuhr man zum Kiesteich. Wie selbstverständlich badeten alle nackt. Auch Yetilein wagte ihre Hüllen fallen zu lassen. Es wurden Mannschaften gebildet und bis tief in die Nacht hinein spielten wir unter miserabelsten Lichtverhältnissen Wasserball.

Ein andermal lagen wir auf der Wiese, und Horst

rezitierte mit Pathos Gedichte, hielt Reden über Liebe, Vertrauen, Angst und animierte uns zu seltsamen Spielen. Wir mussten Paare bilden, einer verband sich die Augen und der andere führte ihn durch den Wald, über den Hof, wo auch immer hin. Mit verbundenen Augen tasteten wir uns durch die Gesichter der anderen und kauten auf Grashalmen herum.

Mir, einem Mädchen, wurde erlaubt, einen Schafstall zu bauen. Bei Fragen konnte ich mich an Dietmar wenden. Er legte viel Wert darauf, dass ich die Arbeit »aus dem Bauch heraus« machte.

»Trau dich, es ist ganz einfach. Hier die Vierkanthölzer, da die Latten.« Er zeigte mir den Umgang mit Wasserwaage, Säge, Bohrmaschine, Dachpappe und dem Lot. Ich war fasziniert. Bislang war ich sicher, dass so etwas nur Architekten konnten. Und nun stand ich in Wonkel und baute einen Stall. Als ob die Schafe wussten, was ich tat, kamen sie Nachmittag für Nachmittag an und sahen mir aus sicherer Entfernung zu, wie ich ihre neue Wohnung baute. Ein Schaf traute sich näher heran, es war Erika. Nach einigen Tagen stupste mich Erika am Bein. Wenn ich Pause machte, legte sie sich neben mich ins Gras. Wir entwickelten ein Vertrauensverhältnis zueinander. Erika blökte mir ihre Sorgen und Nöte vor und ich erklärte ihr mein Leben. Ich erzählte ihr auch davon, dass ich etwas traurig war, weil Tom nicht kam. »Weißt du, Erika, bei uns in der Klasse gibt es schon einige Mädchen, die mit einem Jungen gehen. Ich würde auch gerne mal, nur mit wem? Ich glaube, mich will keiner haben.« Erika sah mich fragend an. »Ach Erika«, sagte ich und griff ihr ins Fell. »Deine

Jungs stehen auf der Wiese herum und kommen zu dir. Wie machst du das nur?« Plötzlich stimmte Dietmar Roy Blacks *Du bist nicht allein, wenn du träumst von der Liebe* an. Ich zuckte zusammen. Ich war so versunken im Gespräch mit Erika, dass ich ihn nicht kommen gehört hatte.

»Mach dir nichts daraus. Der richtige Junge kommt bestimmt. Bei der einen früher, bei der anderen später. Aber er kommt.« Dann sagte er, an Erika gewandt: »Und du, altes Haus, behältst alles für dich. Wenn nicht«, er hob drohend den Finger, »kommst du zum Metzger.« Es schien hier ganz normal zu sein, dass man mit Schafen sprach oder sie anschrie. Dietmar inspizierte den Fortgang meines Bauprojektes. Er war sehr angetan.

»Das machst du echt klasse.« Hier und da korrigierte er Kleinigkeiten, gab mir den einen oder anderen Tipp, ansonsten sollte ich genau so weitermachen. Ich war sprachlos. Etwas, was ich gemacht hatte, war in Ordnung. Es war nicht nur in Ordnung, es war »echt Klasse«.

Das Yetilein half Bylle wunderbar beim Brotebacken. Mit ihren riesigen Pranken konnte sie vier volle Backformen gleichzeitig greifen. Außerdem trug sie lässig die Getreidesäcke in die Backstube, einhändig.

Irgendwann kam Totti, der Sohn von Uwe. Er war zuvor ein paar Tage in Göttingen bei seinem Freund Tom gewesen. Ich fand, Totti umgab der Duft des Abenteurers. Immerhin trampte er und das schien mir damals verwegen. Wir begrüßten uns wie gute alte Freunde. »Tom kommt am nächsten Wochenende«, sagte Totti beiläufig. Ich begann zu strahlen. Er sah das Leuchten meiner Augen und nahm mich unvermittelt in den Arm. »Ich muss dir was erzählen«, sagte Totti ernst. Ich hatte sofort eine Ahnung von dem, was jetzt kommen würde. Schließlich hatte mir Tom nicht mehr geschrieben, und Schröderchen hatte mir schwarz auf weiß gezeigt, was Männer wollen: Blondinen mit großen Brüsten.

»Tom kommt nicht allein. Er bringt seine Freundin mit.« Ich nickte beiläufig, als ob man mir den Wetterbericht mitgeteilt hätte. Aber innerlich war ich tief getroffen. Ich brachte kein Wort heraus. Aus, vorbei, keine Heirat, kein Umzug nach Göttingen. Mit einem Satz starb meine Zukunft. Ich hatte unseren Kindern doch schon Namen gegeben, und überhaupt: War ein erigiertes Glied nicht fast schon ein Heiratsversprechen?! Je stärker ich den Schmerz in mir spürte, umso wütender wurde ich.

Ich riss mich, völlig uncool, von Totti los und rannte zu Erika, dem Schaf. »Jungs sind ja wohl das Allerletzte!«, tobte ich sie an. »Dieser Arsch, warum hat er mir das nicht selber gesagt?!« Ich war so sauer, dass Erika einige Schritte zurückwich. »Wenn der glaubt, ich sehe ihn mir mit seiner neuen ›Schnecke‹ an, dann hat er sich gewaltig geschnitten. Nicht mit mir.« Totti und Yetilein tauchten neben mir auf.

»Was ist los?«, fragte sie.

»Tom kommt mit seiner Freundin her.« Das Yetilein zog die Augenbrauen hoch. »Aber ich denke, *du* bist seine Freundin.«

»Falsch gedacht«, erwiderte ich mit Tränen in den Augen. »Totti hat es mir gerade gesagt.« Das Yetilein stemmte ihre Hände in die Hüften. »Das lassen wir uns nicht gefallen. Wir werden sie fertig machen, beide.« Ich fand ihre Solidarität rührend, aber ich wusste, Gewalt ist keine Lösung. »Ich würde am liebsten nicht hier sein, wenn sie kommen«, schluchzte ich.

»Warum trampt ihr nicht am Wochenende nach Hamburg zum Fischmarkt?«, fragte Totti. Das Yetilein und ich sahen ihn erstaunt an. »Iihh, stinkende Fische!«, entfuhr es uns gleichzeitig. »Da gibt es nicht nur Fisch und die Verkäufer sind witzig. Der Markt fängt immer ganz früh an. Ihr müsstet schon am Freitag trampen. Wenn ihr Sonntagabend zurückkommt, ist Tom mitsamt seiner Freundin wieder weg.« Ich wäre auch nach Darmstadt getrampt, nur um Tom nicht sehen zu müssen. Also Hamburg, warum nicht? Ich fragte meinen Bruder, ob wir das Projekt Hamburg in Angriff nehmen könnten. Nach einer kurzen Beratung mit den anderen Hofbewohnern stimmte er schließlich unter der Bedingung, dass wir uns nicht trennen durften, zu. »Und kein Wort zu den Eltern«, schob er noch nach. Das fand ich immer gut. Kein Wort zu den Eltern hieß so viel wie: Leb dein Leben! Er drückte mir zwanzig Mark in die Hand, wünschte uns viel Spaß und entließ uns Freitagnachmittag in die weite Welt.

19

Trampen

Von den 20 Mark hatten wir zehn bereits in Proviant angelegt, bevor wir auch nur den Landkreis verlassen hatten. Gleich das erste Auto hielt an. Es war Uwe. Er nahm uns mit in das wenige Kilometer entfernte Klonkeberg. Die erste Etappe war bewältigt. Nach kurzer Zeit hielt das nächste Fahrzeug an. Wir kletterten auf die Rückbank eines wunderbar knatternden VW Käfers. Die beiden Männer waren sehr lustig und ließen sich erfreut mit unserem Proviant versorgen. Auch das Yetilein vergaß ihre anfänglichen Sorgen. Wir hörten die Stones aus einem scheppernden Autoradio und sangen alle mit.

In der guten Stimmung bemerkten wir nicht, dass wir schon lange nicht mehr auf der Bundesstraße fuhren. Es machte uns auch nicht stutzig, als der Käfer in einen Waldweg einbog. Der Beifahrer wollte pinkeln und das tat man nicht an einer vielbefahrenen Bundesstraße. Das Urinieren in der Öffentlichkeit konnte üble Folgen haben von wegen Erregung öffentlichen Ärgernisses und so. Irgendwann fand ich die Strecke, die wir inzwischen durch den Wald gefahren waren, aber übertrieben. Für so verklemmt hatte ich den Beifahrer nicht gehalten. Schließlich bogen wir in einen winzigen Pfad ein. Ich hatte kein gutes Gefühl mehr.

Da standen wir nun. Zwei Männer mit zwei Mädels im tiefen Wald, gefangen auf der Rückbank eines VW Käfers. Das Radio wurde ausgestellt. Alles, was wir hörten, war das Knacken der Chips in Yetileins Mund. Das Yetilein bemerkte, vertieft in ihre Chipstüte, zunächst nichts von der unheilvollen Ruhe.

»Wollt ihr noch Chips?«, fragte sie die Männer. Einer schlug ihr die Tüte aus der Hand. »Nein, wir wollen euch. Los, ausziehen!«, befahl der andere. Das Yetilein kicherte. »Hier? Mann, ihr seid aber wild«, sagte sie, noch immer den Ernst der Lage völlig verkennend. Als der Beifahrer eine Pistole auf uns richtete, verging auch ihr das Lachen. »Los, ausziehen!«, befahl er erneut. Das Yetilein verschluckte sich an ihren Chips und hustete wie ein Tier, während der Beifahrer versuchte, an ihr herumzuzerren. Ich griff von der Seite auf die Entriegelung des Beifahrersitzes und trat den Sitz mit aller Kraft nach vorne. Dabei klemmte ich den Mann zwischen Windschutzscheibe und Sitz ein. Von hinten konnte ich die Beifahrertür öffnen. Mit einem Sprung retteten wir uns aus dem Auto und Yetilein warf mit all ihrer Kraft die Tür zu. Der Beifahrer hatte seine Finger im Rahmen, ein gruseliges Geräusch. Das Yetilein schrie schrill auf. Mir fuhr der Schreck in die Glieder. Sie machte mich wahnsinnig mit ihrem Geschrei, und ich rief: »Hör auf, so zu schreien! Lauf!« Das war nicht gerade ihre Stärke: laufen. Weswegen sie ja auch Torfrau geworden war.

Angetrieben von den wüsten Drohungen des

Fahrers, rannten wir bis zur nächsten großen Straße und stellten uns mitten auf die Fahrbahn. Das Yetilein fing wieder an zu schreien, und ich hob winkend die Arme, damit uns der herannahende Fahrzeuglenker auch ja nicht übersehen konnte. Nach seiner Vollbremsung wischte er sich den Schweiß von der Stirn, kurbelte die Scheibe herunter und schrie uns an: »Seid ihr lebensmüde?!« Das Yetilein tat zwei Schritte schreiend auf ihn zu. Der Mann gab Gas. Ich sprang zur Seite. Weg war er. Jetzt reichte es mir. Sie hatte unseren Retter vertrieben. Ich gab ihr eine derart heftige Ohrfeige, dass meine Finger schmerzten. Dann war das Yetilein still.

Von Ferne war das Knattern des VW Käfers zu hören. Das Yetilein rührte sich nicht. Wie eine Standuhr harrte sie mitten auf der Straße stehend aus. Ich zerrte an ihr herum und wir warfen uns bäuchlings in einen kleinen Graben am Straßenrand. Als das Knattern des Käfers ganz nah war, drückte ich das Gesicht vom Yetilein ins Gras aus Angst, sie könnte wieder anfangen zu schreien. So blieben wir fast eine Stunde liegen. Ab und zu fuhr ein Auto vorbei, wir regten uns nicht und sprachen kein Wort.

Dann wurde mir klar, dass es Unsinn wäre, den Rest unseres Lebens in diesem Straßengraben zu verbringen. »Komm, wir müssen hier weg.« Das Yetilein schüttelte den Kopf. Ich sagte ihr, dass es mir Leid täte wegen der Ohrfeige. Meine Finger schmerzten noch immer. Sie schwieg weiter. »Wir müssen hier weg, es wird dunkel. Das nächste Auto halten wir an, o. k.?«, fragte ich. Wieder schüttelte das Yetilein heftig den Kopf. Dann sagte sie mit tränenerstickter Stimme, sie würde in gar kein Auto mehr einsteigen, niemals. »Wir laufen zurück zu deinem Bruder.« Ich hatte keine Ahnung, wie weit das war, aber es war mir egal, und ich dachte: Recht hat sie. »O. k., komm.« Erst jetzt bemerkte ich, dass wir aussahen wie nach einem Manöver. Der Graben war feucht. Die Kleidung hing nass und dreckig an uns herunter. Unsere Haare sahen aus wie Filz, verziert von vorgekauten Chipsresten. Im Gesicht vom Yetilein tummelten sich Grashalme und jede Menge Erde. So trotteten wir schweigend in die Richtung, aus der wir gekommen waren.

Nach über drei Stunden Fußmarsch gelangten wir an ein Bushäuschen an der Bundesstraße. Inzwischen war es dunkel. Wir teilten das letzte Milky Way, dann schliefen wir, im Bushäuschen sitzend, ein.

Am nächsten Morgen wurden wir um fünf Uhr vom Hupen des Linienbusses geweckt. »Wollt ihr nun mit oder nicht?« Wir rappelten uns hoch, stiegen schlaftrunken in den Bus und lösten zwei Fahrkarten. Es war uns egal, wohin der Bus fuhr, wir wollten nur weg. Als wir in Lüneburg ankamen, war es sechs Uhr. Unser finanzielles Polster neigte sich dem Ende zu. Wir waren noch im Besitz von sechzig Pfennig. »Und nun?« Das waren die ersten Worte aus dem Mund des Yetileins, seit wir aus dem Graben geklettert waren.

Wer schon mal Samstagmorgen in Lüneburg war, weiß, dass ganz Lüneburg um die Zeit geschlossen ist. Es hätte mich nicht gewundert, wenn am Ortseingangsschild gestanden hätte: Lüneburg geöffnet Montag bis Freitag von 9 bis 18 Uhr. Das einzig geöffnete Gebäude war eine Kirche, wo sich das Yetilein sofort auf eine Bank legte und wieder einschlief. Ich durchblätterte zum Verkauf ausliegende Bibeln. Wenigstens irgendetwas lesen, dachte ich, während das Yetilein auf der letzten Kirchenbank vor sich hin schnarchte. Gegen neun Uhr verließen wir die Kirche. Die Bibel nahm ich mit, ohne zu bezahlen – wovon auch. Ich verstand sie als Entschädigung für das, was der liebe Herrgott uns in den letzten Stunden hatte widerfahren lassen.

»Bist du verrückt, man beklaut doch nicht die Kirche!«, sagte das Yetilein entsetzt. »Reg dich ab, ich leihe sie mir ja nur aus. Wenn wir zurückkommen, gebe ich sie wieder ab. Oder willst du, dass ich unsere letzten Groschen statt in Brötchen in die Bibel investiere?« Das wollte sie natürlich nicht. Und so kauften wir von unserem letzten Geld vier trockene Brötchen. Nachdem uns die Verkäuferin näher inspiziert hatte, schenkte sie uns kommentarlos den Bruchkuchen des Vortages und eine Flasche Kakao. »Siehst du, die Bibel bringt uns Glück«, sagte ich zufrieden.

Wir schwelgten noch in dem Bruchkuchen, als ein Polizeibeamter auf uns zutrat. »Was macht ihr hier?«, fragte er unfreundlich. Von der Landkommune hatte ich eine Mischung aus Misstrauen und Verachtung allem, was Uniform war, gegenüber übernommen. »Wir frühstücken«, sagte ich missmutig. »Das sehe ich«, sagte der Beamte. »Oh, wie schön, ein sehender Staatsdiener.« Nun wollte der Staatsdiener unsere Ausweise sehen. »Erst mal Ihre Dienstnummer«, sagte ich mit der Selbstsicherheit einer pubertierenden (fast) 14-ährigen. Jetzt wurde es ihm zu bunt und wir mussten mit auf die Wache. Leider hatten wir beide keinen Ausweis dabei. Das war schlecht, ganz schlecht. Wenn meine Eltern von unserer Tour erführen, würde mein Bruder bestimmt enterbt.

»Was macht ihr in Lüneburg?« Das Yetilein hatte wieder einmal den Ernst der Lage nicht begriffen und sagte: »Das haben wir Ihnen doch schon gesagt. Wir frühstücken hier.« Nun war der Beamte richtig sauer.

»Wo sind eure Eltern?« Noch bevor Yetilein antworten konnte, sagte ich: »Im Urlaub. Wir sind bei meinem Bruder in den Ferien.« Ich gab die Personalien meines Bruders preis. Auf dem Hof meines Bruders gab es kein Telefon, wie der Nachbar hieß, wusste ich nicht, und so kam es, dass wir den Tag und die darauf folgende Nacht in einer nicht gerade geräumigen Lüneburger Zelle auf der Wache verbrachten. Am nächsten Morgen wurden wir mit einem Polizeiwagen zum Hof gefahren. Mein Bruder war nicht da. »Der ist bestimmt in Lüneburg frühstücken«, scherzte das Yetilein. Der Polizist verdrehte die Augen und übergab uns schließlich an Bylle. »Passen Sie das nächste Mal besser auf. Sie können froh sein, dass das Ganze kein Nachspiel hat.« Bylle lehnte sich aufreizend über den Zaun. »Schade, dabei kann ein Nachspiel so aufregend sein.« Sie warf dem Beamten einen Handkuss zu. Der wurde knallrot und sah zu, dass er wegkam. Für mich war einzig und allein wichtig, dass meine Eltern nichts von der Aktion erfuhren. Alles andere war mir egal. Sogar dass ich doch noch auf Tom und seine neue Freundin traf, tangierte mich im ersten Moment überhaupt nicht.

Wer war schon Tom? Ein kleiner Schüler aus Göttingen. Einer Kleinstadt, nicht mal so groß wie ein Bezirk der Stadt, aus der ich kam. Ich hätte ohnehin nie in so einem Kaff leben können. Soll sie ihn haben. Dann war ich ihn wenigstens los. Zweierbeziehungen waren ohnehin eher eine willkürliche Sache. Das hatte ich in der Landkommune gelernt. Die Besitzverhältnisse zwischen Jungen und Mädchen sollten abgeschafft werden. Wie hatte Horst gesagt: »Die Auflösung der privaten Liebesverhältnisse muss Vorrang haben.« Nun, ich war dabei, das in die Tat umzusetzen, und kuschelte mich in Tottis Arm.

20

Mein politisches Bewusstsein

In der letzten Ferienwoche feierte ich auf dem Hof meinen Geburtstag. Schon seit ewigen Zeiten wünschte ich mir Clogs. Meine Eltern hätten mir niemals diese Schuhe gekauft. »Viel zu gefährlich«, sagte meine Mutter immer. Aber zu meinem großen Glück schenkte Bylle mir ihre schwarzen Clogs. »Mir sind die zu heavy, aber wenn du sie dir so sehr wünschst, bitte.« Sie waren eine Nummer zu groß. Damit ich die Schuhe nicht verlor, konnte ich nur relativ kleine Schritte machen. Mein Gang mag daher nicht der grazilste gewesen sein, aber ich war glücklich. In den Clogs konnte man sich unkompliziert und schnell die Knöchel brechen. Ein falscher Schritt auf der Treppe, ein zu früher Absprung aus der U-Bahn, ein ungeschickter Abstieg vom Rad, ein hoher Bordstein und schon war es passiert. Deswegen sah es unser Handballtrainer überhaupt nicht gerne, wenn wir diese Höllenmaschinen an den Füßen trugen.

Mein Bruder schenkte mir eine Langspielplatte von Ton Steine Scherben. Die Plattenhülle bestand aus zusammengeklammerter brauner Pappe. Besonders beeindruckte mich der Song *Macht kaputt, was euch kaputtmacht*. Ich wusste zwar noch nicht genau, was mich kaputtmachen könnte. Aber mir war auf dem Hof klar geworden, dass es irgendwo eine geheimnisvolle Macht gab, die nicht wollte, dass ich machte, was ich wollte. Außerdem schenkte mir Horst allen Ernstes ein Buch über die Frankfurter Schule. Alle anderen stöhnten auf. Ich aber bedankte mich brav. Leider musste ich schon bald feststellen, dass ich nicht einmal den Inhalt der Kapitelüberschriften verstehen konnte. Aber ich begriff, dass es ein wichtiges Buch sein musste, sonst hätte es mir Horst nicht geschenkt.

Zu Hause hörte ich das Lied *Ich will nicht werden, was mein Alter ist*. Natürlich hörte ich es laut, sehr laut. Sonst hatte Musik von Ton Steine Scherben ihren Auftrag verfehlt. Rio Reiser leise hören war wie Pommes ohne Ketchup und das ging nicht. Immer wenn die Titelzeile *Ich will nicht werden, was mein Alter ist* zu Ende war, verlieh Rio Reiser seinem Ansinnen Nachdruck, indem er hinterherschrie: *nee, nee!* Zu Deutsch: nein, nein. Und just in dem Moment, als ich mich laut grölenderweise im Übergang von *was mein Alter ist* zu *nee, nee* befand, betrat mein Vater die Wohnung. Er nahm die Platte in Gewahrsam, bis ich »wieder normal« werden würde. Am nächsten Morgen nahm meine Mutter mich zur Seite und fragte, ob ich irgendwelche Probleme hätte. Nein, ich hatte keine Probleme. Aber die Probleme meiner Eltern mit mir wurden von Woche zu Woche größer.

Ich wollte unbedingt einen Parka haben. Jenes grauslich grüne Kleidungsstück, in dem wir alle aussahen wie von der Altkleidersammlung ausstaffiert. »Aber das ist doch keine Jacke für dich, Kind.« Nach zähem Ringen gaben meine Eltern schließlich nach. Kaum hatte ich diesen Kampf gewonnen, wollte ich eine Latzhose haben. Natürlich nicht irgendeine. Es musste eine echte Arbeiterlatzhose sein. »Aber Kind, die sind doch alle weiß. Die wird doch gleich wieder schmutzig.«

»Wer sagt denn, dass die weiß bleibt? Ich färbe sie mir lila.« Ich begann meine weißen Shirts und die Badewanne mit Batikfarbe zu malträtieren. Willkürlich band ich Strippen in Shirts, so dass sich seltsame Muster ergaben. Meine Eltern ließen mich gewähren, solange sie nach jedem Färben die Badewanne wieder weiß geschrubbt vorfanden.

Ich kaufte mir ein riesiges Plakat, auf dem ein Soldat, getroffen von einem Schuss, nach vorne fällt, darunter stand in großen Lettern: »WHY«. Meine Eltern verboten mir jedoch, es aufzuhängen.

»Aber wieso? Findet ihr Krieg etwa schön?«, fragte ich provozierend.

»Nein, wir finden Krieg nicht schön. Aber es gibt Situationen, die Krieg erforderlich machen.« Ich spürte, dass mein Vater die Diskussion damit beendet sehen wollte. Aber ich ließ nicht locker. »Die Situation möchte ich mal wissen, wo es notwendig ist, einen Menschen zu erschießen.« Mein Vater stand vom Sessel auf, ging zum Tisch und forderte mich zum Setzen auf. »Wenn die Alliierten damals nicht in den Krieg gegen Hitler eingestiegen wären, dann könntest du hier nicht so dumme Sprüche klopfen. Außerdem wärst du nicht im Handballverein, sondern im BDM, und da hätten sie dir Ordnung und Disziplin beigebracht.« Ich fand den Vergleich mies und konterte: »Wenn ihr damals nicht alle so feige weggesehen hättet, dann wäre Hitler niemals so mächtig geworden.

Ihr habt doch nichts getan, als ein Jude nach dem anderen abgeholt wurde!«

»Jetzt reicht es mir aber!«, sagte mein Vater wütend. »Adolf Hitler ist demokratisch gewählt worden. Hindenburg hat ihm die Macht regulär übertragen. Es waren Politiker und die Großindustrie, die Hitler an die Macht ließen, und nicht der einfache Mann auf der Straße, und im Übrigen war ich bei Kriegsende zwölf Jahre alt. Ein Kind also!«

»Na und? Auch Zwölfjährige können ein politisches Bewusstsein entwickeln, wenn man sie nur lässt. Aber ihr unterdrückt ja immer alles mit eurer Heuchelei, euren braven Moralvorstellungen, euren engen Normen. Du sperrst dich von den Freuden des Lebens dauernd aus. Diese scheiß Ordnung hier ist doch total krank!« Ich war selber überrascht, was da so aus mir raussprudelte. Es war, als sei ein Hebel umgelegt worden. Zwischenzeitlich war meine Mutter eingetreten, um uns zum Essen zu rufen. »Wie redest du mit deinem Vater?! Ich warne dich, mein Fräulein. So lange, wie du hier wohnst, hast du zu gehorchen. Das Plakat wird nicht aufgehängt und damit basta, Schluss, aus, Ende.« Die Bestimmtheit, mit der meine Mutter sich in das Gespräch gemischt hatte, verwunderte mich. »Seit wann hast du hier was zu melden?«, entfuhr es mir. Meine Mutter trat dicht vor mich hin, packte mich fest an der Schulter und meinte, beim nächsten Ton würde sie sich vergessen. Ich spürte, ihr Vergessen würde schmerzhaft für mich werden, und so zog ich es vor zu schweigen.

Die Atmosphäre beim Abendessen war unterkühlt. Ich wusste, es war meine Schuld. Mein Vater übersah mich einfach. Mit keinem Wunsch wandte er sich an mich. Die Bitte um den Kartoffeltopf richtete er an Mutter, die dafür umständlich über den halben Tisch langen musste. Mein Gutenachtgruß wurde nicht erwidert, und am nächsten Morgen rief meine Mutter nur im Fortgehen, es sei halb sieben. Zeit aufzustehen. Die Lage war ernst.

Tagelang sprach mein Vater kein Wort mit mir. Meine hartnäckigen Grüße blieben unerwidert. Meine Mutter sprach nur das Nötigste mit mir. Nach drei Tagen hielt ich es nicht mehr aus. Ich ging zu meinem Vater, bereit, mich für alles zu entschuldigen, was ich je gesagt hatte. »Kann ich mit dir sprechen?« Er antwortete nicht. Ich wusste genau, er hatte mich gehört. Ich versuchte, ihm in die Augen zu blicken, er sah über mich hinweg. »Hallo, ich würde gerne mit dir reden!«

»Ich aber nicht mit dir«, sagte er, stand auf und ging in die Küche. Ich kam mir vor wie bei einer Hinrichtung. Ich erwartete, dass mein Vater am Abend eine schwarze Kapuze mit kleinen Sehschlitzen und einen Säbel tragen würde, um mich hinzurichten. Ich war den Tränen nahe. »Ich fahre zu Oma«, sagte ich in die Küche hinein. Keine Antwort.

Auf dem Fahrrad dachte ich über mein politisches Bewusstsein nach. Plötzlich hörte ich einen Schrei. Ich stürzte über irgendetwas Weiches und schlug auf die Bordsteinkante. Während ich so dalag, fuhr mein Rad weiter. Es trudelte langsam aus und fiel sanft etliche Meter hinter mir gegen einen Baum. Geradeso, als hätte ich es dort abgestellt. Es dauerte einen Moment, bis ich sah, was passiert war. Aus einem der Hauseingänge war eine ältere Frau getreten. Ich hatte sie angefahren und sie lag leblos auf dem Gehweg. Ich schrie aus Leibeskräften um Hilfe. Noch als der Rettungswagen eingetroffen war, schrie ich und zeigte verzweifelt auf die Frau. Ein Feuerwehrmann versuchte mich zu beruhigen. Irgendwer machte Fotos und fragte nach meinem Rad. Die Frau wurde auf eine Trage gehoben und ich neben sie gesetzt. Im Krankenhaus angekommen, wich ich ihr nicht von der Seite. Ich hatte eine unbeschreibliche Angst und ließ sie nicht aus den Augen. Als sie mich ansah, heulte ich sofort los. »Ess tut mir sso Leid, wirklich. Dass habe ich nist gewollt.« Mit tränenerstickter Stimme sagte ich: »Bitte, ssterben Ssie nicht.« Die Frau sah mich an. »Ich tue mein Möglichstes.« Noch immer schossen mir die Tränen ins Gesicht, ich war nicht zu beruhigen. »Wir haben den Zweiten Weltkrieg überlebt, da wird mich doch so eine wilde Radfahrerin nicht umbringen! Sag mal, bist du nicht die Enkeltochter von Emmy?« Ich nickte verwundert. Der Arzt kam herein. »Du musst dich jetzt aber mal versorgen lassen«, sagte er zu mir gewandt. Mich versorgen lassen, wieso? Es ging mir doch gut. »Kommst du?«, forderte er mich auf. »Biss gleich«, sagte ich zu der Frau. Jetzt erkannte ich sie. Es war die alte Schmitten. Gerade als sich der Arzt über mich beugte, hörte ich draußen die energische Stimme meiner Oma. »Sie werden mich nicht daran hindern, zu meiner Enkeltochter zu gehen.«

»Hier, Oma, ich bin hier hinten.« Als sie mich sah, schlug sie die Hand vor den Mund. Ihr Erstaunen war unübersehbar, sie blieb wie angewurzelt im Türrahmen stehen. »Keine Sorge, das kriegen wir wieder hin«, meinte der Arzt. »Na hoffentlich«, sagte Oma. »Könnten Sie bitte die Eltern anrufen?« Ich schnippte hoch. »Nein, bitte nis meine Eltern. Bitte nis!«

»Na hör mal«, sagte der Arzt. »Du hast eine Frau umgefahren. Die Frau wird dich bestimmt anzeigen.« Die alte Schmitten würde mich anzeigen? Ich verstand nichts. »Frau Schmidt wird meine Enkeltochter bestimmt nicht anzeigen. Frau Schmidt ist nämlich meine Freundin. Und das mit den Eltern lassen Sie mal meine Sorge sein, junger Mann. Machen Sie Ihre Arbeit und sehen Sie zu, dass Sie das Kind wieder geradebiegen. Ich kümmere mich um die Schmitten.« Ihr letzter Satz klang ein wenig drohend.

Oma verschwand und der Arzt wandte sich wieder mir zu. Er tupfte mir im Gesicht herum. Es brannte entsetzlich. Mir wurde eine Maske aufs Gesicht gesetzt. Als ich wieder zu mir kam, trug ich auf der Augenbraue und an der Oberlippe ein riesiges Pflaster. An meine Oma gewandt, sagte der Arzt, ich solle heute flach liegen bleiben und drei Tage nur flüssige Kost zu mir nehmen. Die Fäden könnten in sieben Tagen gezogen werden. Den Rest müsse man mit einem Zahnarzt abklären.

Erst jetzt spürte ich, dass sich meine obere Zahnreihe gelichtet hatte. Ich besaß keine Schneidezähne mehr. »Bei Kopfschmerzen oder Übelkeit legen Sie ihr eine Eisblase auf den Kopf und geben Sie ihr das hier«, fuhr der Arzt fort. Er reichte Oma ein paar Tabletten. »Bis zu zwei Stück auf einmal, aber nicht mehr als sechs pro Tag. Ich schreibe Ihnen noch ein paar Zeilen für den Hausarzt auf. Wenn sie eintrüben sollte oder anfängt, wirres Zeug zu erzählen, kommen Sie mit Ihrer Enkeltochter gleich wieder her.« Oma musste etwas unterschreiben, dann fuhren wir mit der Taxe zu ihr nach Hause. Die alte Schmitten durfte auch wieder nach Hause. Sie fuhr mit uns mit. »Jetzt habt ihr Partnerlook«, sagte Oma belustigt. Und tatsächlich, die Schmitten trug auch ein riesiges Pflaster über der Augenbraue. Außerdem hatte sie Verbände an sämtlichen Gliedmaßen. »Müssen Sie auch wieder ins Krankenhaus, falls Sie wirres Zeug erzählen?«, fragte ich. Oma lachte auf, schlug der Schmitten auf einen ihrer Verbände am Oberschenkel und kreischte fröhlich: »Da hätten sie dich ja gleich dabehalten müssen.« Die Schmitten schrie auf. »Stell dich nicht so an. Bis du heiratest, ist alles wieder gut«, sagte Oma und lachte wieder los, als hätte sie den Witz des Jahrhunderts erzählt.

Kaum dass ich auf Omas Couch lag, bekam ich so starke Kopfschmerzen, dass ich hoffte, mein Vater würde dem Schmerz mit seinem Schwert ein Ende bereiten. Die Tabletten erbrach ich postwendend. Ich verbrachte die bis dahin grauenvollste Nacht meines Lebens.

Am nächsten Morgen hörte ich, wie Oma mit meiner Mutter telefonierte. »Sie kann nicht zur Schule … gestürzt mit dem Rad, das passiert schon mal … wenn ich daran denke, wie oft du als Kind gefallen bist … Zahnarzt … ja, ich behalte sie hier.«

Nach und nach erholte ich mich. Zwei Tage später streckte mir Oma Geld für Blumen und Konfekt vor. Dafür sollte ich der Schmitten etwas Schönes kaufen. »Das kannst du dann später nach und nach bei mir abzahlen.« Beim Konfekt hielt sie mich an, welches auszusuchen, das ich gerne äße. »Wieso soll ich für die Schmitten Konfekt aussuchen, das ich gerne esse?«

»Die Schmitten mag kein Konfekt. Sie schenkt es dir bestimmt. Aber du hast deinen guten Willen gezeigt.« Wir gingen zu der Schmitten hoch. Vor der Tür sagte Oma, ich solle die Schmitten fragen, ob ich ihr im Haushalt helfen könne, und ich solle ja ordentlich humpeln. Ich verstand nicht, warum, tat aber, wie mir geheißen wurde.

Als die Schmitten die Tür öffnete, erkannte ich sie zunächst nicht wieder. Sie sah aus wie ein Boxer nach schwerem Kampf. Das ganze Gesicht war geschwollen und dunkelblau wie das Meer bei Nacht. »Na, da ist ja mein kleiner Rabauke«, begrüßte sie mich säuerlich. Ich drückte ihr Blumen und Konfekt wortlos in die Hand, noch immer erstaunt über ihr Aussehen. Wir setzten uns ins Wohnzimmer. Ich humpelte zum Sofa. »Kann ich Ihnen im Haushalt helfen?«, fragte ich kleinlaut. Die Schmitten sah mich bedauernd an. »Ach lass mal, Kind, du kannst ja selber kaum richtig laufen.« Sie packte das Konfekt aus. »Oh, das ist aber lieb von dir.« Sie öffnete die Schachtel und langte hinein. Dann kaute sie ewig an einer Praline und sagte schließlich: »Also wirklich köstlich … aber ich mach mir nichts aus Konfekt. Ich muss ja so auf meine Linie achten. Willst du auch ein Stück?« Oma zwinkerte mir zu. Genüsslich lutschte ich am Konfekt. »Danke.«

»Stimmt es, dass du deinen Vater als Nazi beschimpft hast?«, fragte Oma unvermittelt ernst. Ich stammelte was vor mich hin. »Stimmt das?«, fragte Oma energisch. Ich erklärte ihr, was aus meiner Sicht passiert war. Dann nahm Oma mich Maß. Ich sei eine dumme Mädchengans, mein pubertäres Geschwätz sei manchmal nicht zum Aushalten, mir fehle Demut den Erwachsenen gegenüber und ich sei zu viel mit den Hottentotten zusammen, waren die Kernaussagen ihrer fast zwanzigminütigen Rede. So hatte Oma noch nie mit mir gesprochen. »Aber, ich habe doch nur …«

»Nichts aber! Du bist jetzt einfach mal still.« Dann setzte sie ihre Rede fort und ich fühlte mich immer schlechter. Als sie endlich fertig war, mischte sich auch noch die Schmitten ein. »Du darfst niemals vergessen, dass der beste Freund deines Vaters Dietmar Silberzweig war. Verstehst du, was ich damit meine?« Ich verstand nicht, was das bedeutete, nickte aber schuldbewusst, denn ich wollte mir nicht die Blöße geben, irgendetwas nicht zu wissen.

Als wir zu Oma zurückgingen, wurden wir von meiner Mutter erwartet. Sie sah mich zum ersten Mal seit dem Sturz. »Um Gottes willen, Kind, wie siehst du denn aus!« Ich zuckte mit den Achseln, und Oma sagte: »Wie man eben so aussieht, wenn man vom Rad fällt. Übrigens braucht Monika ein neues Vorderrad.«

»Da muss ich erst mit Papa drüber reden«, sagte meine Mutter streng.

»Mein Gott, Kind, kannst du nicht einmal was selber entscheiden«, sagte Oma. »Also, Mutti, nach dem, was sich das Kind geleistet hat, soll es auch noch belohnt werden? Es beschimpft seinen Vater in übelster Art und Weise, fährt die Schmitten fast tot und jetzt soll wieder alles gut sein?!«

»Sie ist eben noch eine dumme Gans.«

»Voll in der schweren Pubertät«, ergänzte ich ernsthaft. Oma schmunzelte. »Genau, eine dumme pubertierende Gans ist das Kind. Aber ich bin zuversichtlich, dass sich das noch ändern wird.« Die Stimmung lockerte sich etwas auf.

Meine Mutter winkte mich zu sich heran. »Das sieht ja schlimm aus. Hast du noch Schmerzen?« Ich schüttelte den Kopf. »Setz dich, ich muss mit dir reden.« Dann bekam ich was von Verantwortungsbewusstsein, von Aufsichtspflicht, von Körperverletzung und privater Haftpflichtversicherung zu hören. Am Ende beratschlagten die beiden Frauen allein, wie mein Vater gnädig zu stimmen sei. Oma riss mir schließlich die Pflaster aus dem Gesicht. Ich schrie auf. »Reiß dich zusammen, es muss so schlimm wie möglich aussehen.« Sie drückte an meiner Platzwunde herum, bis etwas Blut kam. »Nicht abtupfen, lass es laufen«, ermahnte sie mich. Ich wusste nicht, was sie vorhatte. Dann hasteten wir zur U-Bahn und fuhren zur Arbeitsstelle meines Vaters. Die Menschen in der U-Bahn sahen mich mitleidig an.

»Pass auf, Kindchen. Du gehst jetzt in seine Werkstatt, und da erzählst du ihm, dass es dir Leid tut, wirklich Leid tut, und dass du eine … na ja, du weißt schon. Sag ihm, dass du schon bei der Schmitten gewesen bist, um dich zu entschuldigen.« Meine Oma war ganz aufgeregt. »Sag, du kommst erst jetzt zu ihm, weil du dich vorher schon so danebenbenommen hast und nicht wusstest, wie du dich entschuldigen sollst. Sag ihm, dass du Angst vor ihm hast.«

»Aber ich habe keine Angst vor Papa.« Meine

Oma erhob ihre Stimme. »Doch, Kind, du hast Angst vor deinem Vater!« Ich wurde nervös. »Ich trau mich nicht.«

»Himmel, Arsch und Zwirn!«, sagte Oma und rang die Hände zum Himmel. »Darum geht es aber nicht! Los jetzt! Wenn du mich brauchst, ich bin zu Hause.« Sie gab mir einen Kuss und schubste mich vor. Da stand ich nun. Ich ging in die Werkstatt meines Vaters. Er war allein. Als er mich sah, runzelte er die Stirn. Dann griff er mir ans Kinn. »Mach mal den Mund auf.« Ich kam mir vor wie ein Pferd, das verkauft werden soll. Dann sagte mein Vater: »Das sieht ja schlimm aus.« Ich brachte kein Wort hervor. »Sollst du nicht liegen? Was treibt dich hierher?« Ich wusste nicht, wo ich anfangen sollte. Schließlich brach es aus mir heraus. Mein Vater hörte sich alles in Ruhe an. Als ich fertig war, zündete er sich eine Zigarette an. »Ich bin froh, dass du den Mut hattest, zu mir zu kommen. Du neigst nämlich dazu, immer den einfacheren Weg zu nehmen«, sagte er ruhig. Ich stellte mich dumm.

»Wie, den einfacheren Weg?«, fragte ich unschuldig.

»Oma oder Mama«, sagte er lächelnd. Ich wusste, was er meinte, und lachte – soweit es meine Wunden zuließen. Wir fuhren nach Hause. Meine Eltern würden alles für mich regeln, falls wegen der Schmitten noch was käme. Das Vorderrad würden sie mir vorstrecken, ich könnte es nach und nach abbezahlen. Meine Schulden stiegen. Konfektschachtel und Blumen für die Schmitten und jetzt noch das Vorderrad. Ich würde mir Arbeit suchen müssen. Aber das schien mir das geringste Übel. Viel schlimmer war, dass mich mein politisches Bewusstsein über Monate zum Dauergast beim Zahnarzt werden ließ.

21

Klassenfahrt

Als Nächstes stand die Klassenfahrt nach Wessiland an. Wessiland war Westdeutschland. Die Westdeutschen waren mir als Berlinerin fremd. Wir hatten auch wenig mit ihnen zu tun. In unserer Klasse gab es mehr Ausländer als Westdeutsche. Die westdeutschen jungen Männer, die gelegentlich auftauchten, waren, wie mein Vater zu berichten wusste, nur in Berlin, um sich vor dem Dienst am Vaterland zu drücken. Wer in Berlin seinen Wohnsitz hatte, durfte nicht zur Bundeswehr eingezogen werden, weil Berlin nicht der Bundesrepublik gehörte, sondern den Alliierten. Daher kannten wir auch nur britische, amerikanische und französische Soldaten. Letztere bevölkerten den Berliner Norden und pflegten bei ihren Manövern unter anderem durch den gepflegten Garten von Christas Vater zu robben. Einzelne Blumenbeete sahen danach aus, als hätte in ihnen ein Galopprennen stattgefunden. Christas Vater hatte im Laufe der Jahre eine gewisse Routine im Umgang mit unseren Beschützern entwickelt. Er grüßte sie mit einem freundlichen bon jour und schrieb anschließend an irgendeine Stelle einen Brief, von wo ihm seine Blumenbeete regelmäßig ersetzt wurden. Nur einmal, als sich die Franzosen in sein kostbares Rosenbeet warfen, haderte er schwer mit unseren Beschützern.

Die Vorbereitungen zur Klassenfahrt nahmen viel Raum ein. In die Kleidungsstücke wurden meine Initialen eingenäht. Keine Unterhose, keine Socken blieben verschont. »Warum machst du das?«, fragte ich eines Abends meine Mutter. »Damit jeder weiß, dass das deine Sachen sind. Pass bloß auf, dass auch ja alles wieder mit zurückkommt. Hier ist die Liste.« Auf einem Zettel stand jedes einzelne Kleidungsstück fein säuberlich aufgelistet: *8 Socken schwarz, 3 Socken weiß, 12 Unterhosen (6 grün, 6 weiß), 8 Unterhemden (weiß), Gummistiefel* usw. »Wenn ihr zurückkommt, hakst du jedes Stück einzeln ab. Ich will nicht, dass wieder irgendwas fehlt.« Ich schien nicht zwei X-Chromosomen zu besitzen, sondern zwei Vergiss-alles-Chromosomen.

Dann mussten noch zwei andere Sachen erledigt werden: Ich brauchte einen neuen Milchausweis, und Vater musste unterschreiben, dass die Lehrer nicht für eine eventuelle Schwangerschaft seiner Tochter verantwortlich gemacht werden könnten. Seine Haltung dazu brachte er mit: »Wenn du dir ein Kind machen lässt, ziehe ich dir die Hammelbeine lang« zum Ausdruck.

Mutter brachte mich zum Bus, vermutlich, um die potentiellen Väter meines Kindes mit bösen Blicken vorab zu warnen. Kritisch musterte sie zunächst Thomas Klatt, dann fiel ihr Blick auf Peter, der aber bereits in festen Händen zu sein schien: in den Händen von Simone.

Peter war vor kurzem aus einem Internat zu uns gekommen. Er war schon 17 Jahre alt, also ein Jahr älter als Thomas Klatt. Hinter vorgehaltener Hand nannten wir Peter auch Rentner. Peter und Simone waren kein wirkliches Pärchen. Denn Peter hatte eine richtig feste Freundin: Karin. Karin ging in eine andere Klasse und nur deswegen war sie nicht dabei. Simone war zwar solo, wollte aber unbedingt mal mit einem Jungen schlafen. Es sollte einer sein, der schon viel Erfahrung hatte.

Schröderchen hatte den Deal vor Wochen eingefädelt. »Rentner hat am meisten Erfahrung, immerhin ist er schon seit vier Monaten mit Karin zusammen und die sieht immer so glücklich aus. Wie wäre es mit dem?« Simone verzog das Gesicht. Sie hatte eher an Thomas Klatt gedacht. Aber den redete ihr Schröderchen, vermutlich nicht ganz uneigennützig, rasch aus. »Thomas ist nett, aber du brauchst einen, der dir auch erklären kann, was er macht. Soll ich mal mit Peter reden?« Nach einigem Hin und Her stimmte Peter ihrem Ansinnen, Simone zu entjungfern, zu. Immerhin sah Simone ganz gut aus. Er weigerte sich jedoch, in Berlin mit ihr zu schlafen, wegen seiner Freundin Karin. Wir hielten das damals für irre anständig von ihm. Als Termin wurde schließlich in einer größeren Mädchenrunde die Klassenfahrt festgesetzt. »Da habt ihr Zeit, euch ein bisschen näher kennen zu lernen, und dann … Peter macht das schon. Aber verknall dich nicht in ihn. Der bleibt immer bei seiner Karin«, sagte Schröderchen. Simone blieb vollkommen cool. »Ich will ja nichts Richtiges von ihm. So toll finde ich ihn auch wieder nicht. Ich will nur nicht länger Jungfrau sein.«

Einige fanden das Ganze befremdlich. Trotzdem war in den Tagen vor der Klassenfahrt eine gewisse Spannung entstanden. Es wurden Wetten abgeschlossen, wann die beiden miteinander schlafen würden. Die Einschätzungen reichten von »erster Tag« bis hin zu »überhaupt nicht«. Und niemand, wirklich niemand, machte sich irgendwelche Gedanken um die Zeit nach der Klassenfahrt. So kam es also, dass Simone und der Rentner nebeneinander im Bus saßen. Er hatte ihre Hand genommen, und es schien, dass er gewillt war, diese Hand in den nächsten vierzehn Tagen nicht mehr loszulassen.

Ein Mädchen saß allein, es war Heike Rost. Niemand hatte besonderen Kontakt zu ihr. Man lieh sich von ihr mal 40 Pfennig für ein Negerkussbrötchen oder schrieb von ihr die Hausaufgaben ab, ansonsten ließ man sie links liegen. Als wir in Marburg ankamen, wurden die Zimmer verteilt. Heike blieb, wie nicht anders zu erwarten, übrig. In zwei der drei Mädchenzimmer war noch ein Bett frei. »Also los, wer nimmt Heike mit ins Zimmer?«, fragte Frau Krummberg-Bügel. Alle starrten zu Boden. Schließlich ertrug ich es nicht mehr und erbarmte mich. »Komm zu uns.« Schröderchen stöhnte unüberhörbar auf und sagte zu den Mädchen des anderen Zimmers: »Aber in der zweiten Woche nehmt ihr sie.« Später fragte sie mich wütend, ob das mit Heike wirklich nötig gewesen war.

Abends stand Heike im Waschraum neben uns. Schröderchen sah unverhohlen auf ihre bereits recht großen Brüste. »Sind die echt?«, fragte sie spöttisch. Heike schwieg.

»Ich rede mit dir«, frotzelte Schröderchen weiter. Ich sah, dass Heike mit den Tränen kämpfte. »Ist dir nicht gut?«, fragte ich.

»Keiner will mich«, presste sie hervor. Wir starrten uns betreten an.

»So ein Quatsch«, sagte Schröderchen schließlich. »Du musst nur nicht immer so stumm herumsitzen. Lach doch mal richtig. … Los, lach … ist ganz einfach, sieh mal.« Schröderchen begann mich abzukitzeln. Ich war der kitzligste Mensch auf der nördlichen Erdhalbkugel und lachte sofort los. Ich kitzelte zurück, dann legte Mäuseschwänzchen Hand an Schröderchen, bis wir uns schließlich alle, einschließlich Heike, unter lautem Gekichere abkitzelten. »Siehst du, so einfach ist das«, sagte Schröderchen in den Raum hinein. Von unserem Geschrei wurden die restlichen Mädchen in den Waschraum gelockt und im Nu tobte eine wilde Wasserschlacht. Duschen wurden aufgerissen und Handtücher mit Wasser getränkt. Wir wurden jäh unterbrochen von einer dunklen männlichen Stimme, die rief, wir sollten sofort aufhören. Wir drehten uns um. Der Herbergsvater stand in der Tür. Wir kreischten hysterisch auf, immerhin waren einige von uns nackt. Der Herbergsvater schlug die Tür von außen zu. »In fünf Minuten ist hier alles picobello trocken, sonst fahrt ihr morgen gleich wieder nach Berlin zurück!«, schrie er durch die geschlossene Tür. Inzwischen war Frau Krummberg-Bügel eingetroffen. Sie redete beruhigend auf den Herbergsvater ein. Dann kam sie in den Waschraum. »Seid ihr völlig verrückt geworden?!«

»Wieso wir? Der Typ ist ein Spanner«, sagte Schröderchen.

»Genau!«, riefen alle im Chor. Frau Krummberg-Bügel verdrehte die Augen. »Ihr räumt jetzt auf und dann geht es ab in die Betten. Keine Widerrede.«

Am nächsten Morgen hatte Herr Traum eine pädagogisch ausgesprochen wertvolle Idee. »Weil ihr euch gestern so danebenbenommen habt, schreibt ihr alle die Hausordnung einmal ab.« Die Jungen protestierten lautstark. Nicht ganz zu Unrecht, immerhin hatten sie sich gestern Abend ruhig verhalten. Besonders der dicke Jens machte seinem Unmut Luft: »Man hat nur Ärger wegen der Weiber.«

»Wegen den Weibern«, korrigierte Mäuseschwänzchen pflichtbewusst. »Halt dein Maul!«, keifte er zurück. Jens war ziemlich unbeliebt. Nicht weil er dick war, sondern weil er so eine große Klappe hatte. Andauernd wusste er zu allem was zu sagen. Trotzdem war er kein reiner Außenseiter. Denn sein Plus war, dass er irre Kraft hatte. Und wer wusste, ob man so einen kräftigen Typen nicht irgendwann mal würde brauchen können …

Die Hausordnung war zwei Seiten lang. »In einer Stunde bin ich wieder da, bis dahin ist das abgeschrieben«, sagte Herr Traum und verschwand.

»Ihr wollt doch nicht alle diesen Scheiß abschreiben. Ich habe Besseres zu tun«, sagte der Rentner und küsste Simone auf den Mund. Staunend verfolgten wir die Verrenkungen seiner Zunge an ihren Lippen. Als sie mit dem Kuss fertig waren, wandte er sich wieder an uns. »Traum hat gesagt, wir sollen alle die Hausordnung einmal abschreiben. Die Mädels schreiben die zweite Seite und wir die erste Seite ab. Jeder zwei Sätze.« Jubel brach aus in Anbetracht dieser genialen Idee. So schrieb jeder zwei Sätze ab. Die abgeschriebenen Sätze wurden auf ein paar Seiten zusammengeklebt. Ich hatte die Sätze: *Die Mädchen dürfen nicht in den Schlafbereich der Jungen. Die Jungen dürfen nicht in den Schlafbereich der Mädchen.* Wo nur sollten Simone und Peter miteinander schlafen? Nach zehn Minuten waren wir fertig. Herr Traum nahm es gelassen.

Das Rauchen auf den Zimmern war ebenfalls streng verboten. Einige rauchten trotzdem. Der Genuss von alkoholischen Getränken war strengstens untersagt. Auch hiervon ließen wir uns nicht beeindrucken. Nach einem Picknick außerhalb der Jugendherberge hatten Jens und Thomas Klatt mit zwei Decken einen Umweg zu einem Lebensmittelladen gemacht. Wie Hans im Glück hatten sie die Decken, gefüllt mit Bierbüchsen und einigen Schnapsflaschen, über ihre Schultern geworfen und liefen grüßend an der Loge des Herbergsvaters vorbei. »Reste vom Picknick«, sagte Jens. »Ist schon gut«, sagte der und winkte die beiden mit ihrer kostbaren Fracht vorbei. Petra und Rolf besorgten Cola und Bols blau. Danach saß Petra mit verklärtem Blick auf ihrem Bett und sagte: »Mein Gott, ist der süß!«

»Unser Rolf?«, fragte ich. Petra war zu keinem Wort mehr fähig und nickte mit glänzenden Augen. »Ich kann mich hier nicht um alle Paare kümmern«, sagte Schröderchen und wandte sich an Sabrina. »Das regelst du. Von wegen Lagerfeuer, romantisch und so. Sieh zu, dass Petra neben Rolf zum Liegen kommt.« Nach einem Blick auf die verzückte Petra korrigierte sie sich: »Besser, wenn sie gleich auf ihm zum Liegen kommt.«

Am Abend wollten wir uns besaufen. Seit Tagen sprachen wir von nichts anderem. In der Jugendherberge war es zu gewagt. Schließlich wollten wir die Klassenfahrt bis zum Ende erleben und nicht früher nach Hause fahren. Wir inszenierten eine Nachtwanderung. Was natürlich auch verboten war. Es schien aber der einfachste Weg, uns ungestört zu besaufen. Um unbemerkt das Gelände verlassen zu können, wollten wir uns nachts durch ein kleines Kellerfenster in die Freiheit zwängen. Zuerst wurde der mühsam hereingeschmuggelte Alkohol wieder hinausbefördert. Einer nach dem anderen schlüpften wir durch das Kellerfenster. Dann kam Jens. Für ihn hätten wir ein Loch in die Wand sprengen müssen. »Ihr wollt mich wohl verarschen!«, tobte er los, kaum dass er das kleine Fenster gesehen hatte.

Jens war mit seinem Geschrei auf dem besten Weg, unsere Nachtwanderung auffliegen zu lassen. »Bleibt jemand freiwillig mit dem Dicken hier?«, fragte Peter. Nach meinem Erlebnis beim Trampen neigte ich zur Vorsicht. Wer konnte mir garantieren, dass ich während des allgemeinen Besäufnisses nicht in die Lahn fiel und ertrank? Niemand.

Also ergriff ich die Gelegenheit, mich gut zu verkaufen. »Na gut, damit der uns jetzt hier nicht alles versaut, bleibe ich da.« Man klopfte mir anerkennend auf die Schulter. Ich war eine Heldin. Als auch Mäuseschwänzchen in der Jugendherberge bleiben wollte, fuhr Schröderchen energisch dazwischen. »Du Memme kommst mit.« Damit war jede Diskussion beendet und man machte sich auf den Weg.

Als Belohnung ließen die anderen eine Flasche Bols blau zurück. Jens bekam zwei Bier.

»Los, wir gehen in den Hof!«, forderte er mich auf.

»Bist du verrückt? Wir können doch nicht mit dem Suffzeug hochgehen. Kann ich mich auch gleich in die Bahn nach Berlin setzen«, protestierte ich.

»Quatsch, ist doch eh keiner da.« Allein im Keller zu bleiben fand ich nun auch nicht gerade erstrebenswert. Widerwillig trottete ich Jens hinterher. Der Hof war leer, wir setzten uns. Als er sein Bier öffnete, bewegte sich etwas auf der Bank. Es war Heike. Wie immer hatte sie niemand vermisst. Jens reichte Heike sein Bier. Ich nippte an der Bols-blau-Flasche. Es schmeckte widerlich. »Musst du mit Orangensaft mischen«, sagte Jens. Heike holte welchen aus dem Zimmer. Ahnungslos, wie ich war, mischte ich drei Viertel Bols blau mit einem Viertel Orangensaft. Das Gesöff färbte sich grün und schmeckte kaum besser. »Igitt, ist das eklig!«

»Das kannst du erst nach dem zweiten Glas wirklich beurteilen.« Jens öffnete das zweite Bier. Ich wollte nicht als Memme dastehen und schenkte mir nach. Und tatsächlich, mit jedem Schluck wurde es besser. »Hm, lecker«, sagte ich.

Immer wieder hatten meine Eltern auf mich eingeredet, Alkohol sei gefährlich. Was hatten sie mir nicht alles für Horrorgeschichten erzählt! Es gäbe Menschen, die alles verloren hätten wegen Alkohol. Was sollte ich schon verlieren? Alle Sachen trugen meine Initialen. Ich würde alles wiederfinden und jede einzelne Socke nach Hause zurückbringen. Alkohol war schön. Ich fühlte mich fröhlich, warm, gesprächig und sicher. Wir unterhielten uns großartig. Das Letzte, was ich erinnere, gesagt zu haben, war, dass Bob Seeger geile

Musik mache und dass Schule ein Rudiment autoritärer Erziehung sei.

Am nächsten Morgen erwachte ich im oberen Abteil des Doppelstockbettes. Ich war halb bekleidet, lag in Schröderchens Bett und fühlte mich seltsam. Ohne mich zu bewegen, flüsterte ich in den Raum hinein, ob jemand da sei. Nichts, keine Antwort. Ich versuchte es noch einmal. »Käpten Morck an Erde, ist hier jemand?« Es blieb still. Ich war allein. Ich zog mir die Decke über den Kopf und wartete ab. Irgendwann versuchte ich, meinen Kopf anzuheben, und wurde sofort ohnmächtig.

Dann glaubte ich, wieder zu mir zu kommen. Aus den Augenwinkeln heraus sah ich niemanden im Zimmer und trotzdem hörte ich Stimmen. War ich verrückt geworden? Ich wagte nicht mehr, meinen Kopf zu heben. Als ich die Augen schloss, bewegte sich das Bett. Es schaukelte, aus den Stimmen wurden Grunzlaute, jemand stöhnte. Ich stöhnte mit. Mir war speiübel. Ich öffnete die Augen wieder, das Schaukeln ließ nicht nach, im Gegenteil, es wurde immer heftiger. Plötzlich ein kurzer Aufschrei, ich dachte, mein Kopf zerspringt. Schlagartig stand das Bett still. Dann erkannte ich Simones Stimme, die sagte: »Halt mich fest.« Und Peter fragte, ob es schlimm gewesen sei. Ich war soeben Zeuge von Simones Entjungferung geworden. Ich wagte kaum zu atmen. »Nein. Es war schön. Ich will noch mal.« Ich dachte nur: Um Himmels willen, das halte ich nicht noch mal durch! Allein der Gedanke an das schaukelnde Bett ließ mich würgen.

»Hast du das gehört?«, fragte Simone unsicher. »Ich höre nichts«, sagte Peter. Aus irgendwelchen

Gründen kam es zu keiner zweiten Vereinigung, wofür ich sehr dankbar war. Die beiden standen auf, schlüpften in ihre Klamotten und verließen das Zimmer eng umschlungen. Kaum dass die Tür ins Schloss gefallen war, kam Frau Krummberg-Bügel.

»Na, geht es dir besser?«, fragte sie mich. Ich konnte nicht mehr antworten. Mein Mund füllte sich mit Erbrochenem. Blitzschnell nahm Frau Krummberg-Bügel den Mülleimer hoch. Ich übergab mich und bedeckte damit eine leere Flasche Bols blau und ein gefülltes Kondom. Als ich fertig war, begann ich zu zittern. Mir brach der Schweiß aus und mein Kopf schien abzufallen. Schröderchen hatte am Morgen meine Lage sofort erkannt und mich beim Frühstück krankgemeldet. Dieser Meinung vermochte sich Frau Krummberg-Bügel nun mühelos anzuschließen. »Du bist ja wirklich krank.«

Ich fühlte mich aber nicht krank. Ich fühlte mich tot. Man ließ mich auf dem Zimmer liegen. Ab und zu kam Frau Krummberg-Bügel, um mir einen neuen kalten Lappen auf die Stirn zu packen und den Mülleimerbeutel zu wechseln. Am Abend bekam ich, bzw. Schröderchen, neue Bettwäsche. Jens schlich sich ins Zimmer. Er hatte eine ganz tolle Idee. »Hier ist noch ein Rest von meinem Bier. Trink schnell aus, das hilft.« Ich trank. Danach wusste ich, was es heißt, sich die Seele aus dem Leib zu kotzen.

Am nächsten Tag konnte ich mich wieder unter die Lebenden begeben. Sicherheitshalber reichte man mir zum Frühstück Zwieback und zum Mittag Grießbrei.

Frau Krummberg-Bügel begann uns mit Vorträgen über die Altstadt Marburgs zu nerven. Herr Traum konnte dem Lernen auf der Klassenfahrt ebenso wenig abgewinnen wie wir. »Lernt, euch zu verstehen, das ist auch wichtig«, hatte er gesagt und sein Physikbuch zugeklappt. Frau Krummberg-Bügel war da weniger nachgiebig. »Das ist hier keine Vergnügungsfahrt. Ihr sollt was lernen.«

»Wir würden gerne lernen, uns zu vergnügen«, sagte Peter. Simone hing wie immer an ihm dran. »Das habt ihr ja schon heiß und innig getan«, entfuhr es mir. Alle sahen mich entgeistert an. »Wie darf ich das bitte verstehen?«, hakte Frau Krummberg-Bügel nach. – »Ich meine, äh, sie sehen so vergnügt aus, verstehen Sie, was ich meine?« Frau Krummberg-Bügel verstand nicht. »Ich weise ausdrücklich darauf hin, dass es den Mädchen verboten ist, die Schlafräume der Jungen zu besuchen und umgekehrt.« Sie blickte ernst in die Runde. Die Stimmung war auf einmal ganz mies. »Ihr wisst, was ein Verstoß gegen die Hausordnung bedeutet?!« Wir wussten es: Abfahrt.

Herr Traum löste die Spannung auf. »Und ihr wisst auch, wie ihr vermeidet, dass wir Verstöße mitbekommen?« Einige lachten zögerlich, andere prusteten los. Herr Traum warf Frau Krummberg-Bügel eine spaßhafte Kusshand zu. Er griff sich seine Gitarre und sang. »Ein bisschen Spaß muss sein, dann kommt das Glück von ganz allein.« Nun lachte auch Frau Krummberg-Bügel. An der Tür wandte sie sich noch einmal um und hob lachend ihren Zeigefinger. »Ich warne euch.«

Schließlich sagte Herr Traum, wir sollten uns ruhig vergnügen, aber nicht so übertreiben dabei.

Er sah Thomas Klatt an. »War ziemlich schwer, die Decke neulich, nicht wahr?« Beim Rausgehen legte er Jens die Hand auf die Schulter. »Im Keller ist übrigens ein Notausgang. Der ist nachts offen. Da passt auch du durch.« Wir waren sprachlos.

Am Abend stand das Lagerfeuer auf dem Programm. Die Mädchen waren in heller Aufregung. Galt es doch heute, Petra mit Rolf zusammenzubringen. Der halbe Nachmittag wurde damit zugebracht, Petra in die richtigen Klamotten zu stecken und ihr Gesicht mit einer Unmenge an Farbe zu überziehen. Schließlich waren alle Mädchen zufrieden außer Petra selbst. »Ich weiß nicht …«

»Quatsch, das sieht gut so aus, basta.«

In der ersten Stunde würdigte Rolf Petra keines Blickes. Er lag am Lagerfeuer und nippte an seinem Saft. Wir mussten etwas unternehmen. Sabrina legte sich zu Rolf. »Rutsch mal ein Stück.« Kaum dass sie dalag, rief sie Petra zu sich. »Petra, komm doch mal her!« Nun stand Petra direkt neben der liegenden Sabrina. Jetzt kam mein Auftritt. Ich lief hinter Petra vorbei, stolperte theatralisch über einen Grashalm und riss sie mit mir in die Tiefe. Sabrina rollte sich zur Seite und schon lag Petra neben Rolf. Sabrinas und meine Aufgabe waren erfüllt, wir zogen uns zurück. Den Rest müsste Petra jetzt schon selber regeln.

Von der gegenüberliegenden Seite konnten wir beobachten, wie ein Gespräch zwischen den beiden in Gang kam. Es war empfindlich kalt geworden. Ich lag in meinem Parka am Lagerfeuer und träumte blöderweise von Tom. Zwar ärgerte ich mich darüber maßlos, konnte es aber nicht abstellen.

Am Lagerfeuer wurde *We shall overcome, Kumbaya my Lord, Blowin' in the wind* und *Sweet chariot* gesungen. Wir sangen laut, leise, ganz leise, nur die Mädchen, nur die Jungen und alle zusammen. Es gelang uns, mit nur vier Liedern den Abend zu verbringen. Irgendwoher tauchte eine zweite Gitarre auf. »Los, spiel mit«, sagte Herr Traum zu mir. Woher wusste er, dass ich Gitarre spielte? Auf dem Hof bei meinem Bruder hatte mir Uwe Gitarrespielen beigebracht. Es war mein kleines Geheimnis. Die Einzige, die davon wusste, war Mäueschwänzchen. Ich besaß keine Gitarre, aber eine Nachbarin von Mäuseschwänzchen hatte eine und auf der übte ich.

Ich spielte mit und alle waren entzückt. Mein Ansehen in der Klasse wuchs quasi mit jedem Gitarrengriff. Es stellte sich heraus, dass ausgerechnet Werner ebenfalls Gitarre spielte. Und so kam es, dass irgendwann Werner und ich die Gitarren in den Händen hielten und zum Erstaunen der anderen vor uns hin spielten, als seien wir Eric und Erika Clapton. Später mengten sich Thomas Klatt mit einer Mundharmonika und Heike mit einer Blockflöte ein. Alles klatschte, summte oder sang. Es klang irre schräg und doch war es total gut.

In der aufgelockerten Stimmung wagte Petra einen Vorstoß in Sachen Rolf. »Du, Rolf, mir ist ziemlich kalt.« Wir fanden das geschickt und warteten darauf, dass Rolf sich seine Jacke vom Leibe riss und sie ihr zärtlich umhängte. So kannten wir es von James Dean. Wir hielten vor Spannung die Luft an. Rolf reagierte zunächst nicht. Petra setzte nach. »Mir ist sehr kalt«, sagte sie mit gekonntem Augenaufschlag zu Rolf.

Rolf sprang auf, machte sich am Lagerfeuer zu schaffen und sagte, er würde Holz nachlegen. Ein kollektives Aufstöhnen ging durch die Mädchenreihen.

»Wie kann man nur so bescheuert sein!«, entrüstete sich Schröderchen. Wir trösteten Petra und boten ihr Gerald an. Er war der Bruder von Rolf und ging schon in die zehnte Klasse. Der würde sich mit Frauen unseren Alters sicher besser auskennen.

Nachdem Petra den ersten Schock überwunden hatte, rappelte sie sich wieder auf. »Ich will Rolf«, sagte sie trotzig. Es gab keinen realen Grund für ihren Wunsch. Rolf war eigentlich nichts Besonderes. »Aber er ist doch so süß.«

Süß war eine Bezeichnung für Jungen, die irgendwie nett waren und dabei noch gut aussahen. Merkmale wie fürsorglich, leidenschaftlich oder verantwortungsbewusst sollten erst viel später eine Rolle spielen. Alles, was in dieser Zeit zählte, war süß. Unterteilt in süßes Lächeln, süßes Aussehen, süße Klamotten und süßer Blick. Rolf hatte alles, er war ein irre Süßer.

Wir hockten in einem der Jungenzimmer und quatschten dummes Zeug. Bald wurde uns das Gerede langweilig. Singen wollte auch niemand mehr. »Was machen wir jetzt?«

»Wollen wir nicht ein bisschen Mist machen?«, fragte einer.

»Au ja … und was?« Wir überlegten. Zahnpasta auf alle Klinken schmieren, die Schlösser mit Kaugummis verkleben, dem Herbergsvater eine Stinkbombe in den Briefkasten werfen, Klacksi in Klamotten unter die Dusche stellen, wetten, wer am schnellsten ein Bier trinkt, waren unsere ersten Ideen. Keine fand rasende Zustimmung.

»Wir könnten doch den Dicken platt machen«, sagte jemand im Scherz. Vor dem dicken Jens hatten wir alle Respekt, weil er so kräftig war. Aber leiden mochte ihn niemand. Jens pöbelte andauernd und fand immer alles nur Scheiße. Er nervte. »Wir können ihn doch in den Schrank sperren.« Schrank schien langweilig. »Wie wär's mit dem Bett?«, fragte Frank und deutete unter das Bett. »Da passt der Dicke doch nicht runter.« Wir starrten alle auf den schmalen Spalt zwischen Bettkante und Boden.

»Wir könnten das Bett anheben und auf ihn stellen.« Zwei Jungs hoben das Doppelstockbett hoch. »Ist ganz leicht.« In dem Moment flog die Tür auf, Jens stand da. »Was machst ihr da mit meinem Bett?«, fragte er.

Dann ging alles ganz schnell. Jens wurde auf den Boden geworfen, das Bett über ihn gestellt. Frank und Werner setzten sich darauf. Doch Jens war so kräftig, dass sie mitsamt dem Bett hin und her schaukelten. Immer mehr Leute setzten sich nun darauf, um es zur Ruhe zu bringen. Irgendwer hatte die Idee, 8x4-Deo unter das Bett zu sprühen. »Damit er gut riecht.« Alles lachte. Wir stopften von den Seiten Kissen und Decken unter das Bett. Jens schrie wie ein Wilder. Es erinnerte mich an etwas. Ich wusste zunächst nicht, an was. Plötzlich bekam ich Angst. Es war wie damals, als ich in der Fabrikhalle am Haken hing und Schulle um Hilfe schrie.

»Hört auf!«, rief ich. Niemand reagierte. Immer mehr Deos wurden zwischen die Decken und Kissen gesprüht. Inzwischen saß die halbe Klasse auf dem Doppelstockbett und hüpfte auf und ab. Jens hatte aufgehört zu schreien. Heike sah mich flehentlich an. »Monika, tu was, bitte.« Ich trat auf das Bett zu. »Jens?« Keine Antwort. Ich griff das erste Kissen. »Jens?« Nichts. Ich griff den erstbesten Jungen, zerrte ihn vom Bett und rief immer wieder: »Jens?!« Jens war verstummt. »Sag was, Dicker!«, rief nun auch Peter etwas panisch. Nichts. Auf einmal sprangen alle vom Bett und hoben es an. Drunter lag ein röchelnder Jens mit knallrotem Kopf. Wir hievten ihn hoch, rissen die Fenster auf, fächelten ihm Luft zu. »Jens?« Nichts. Seine Lippen liefen blau an. »Wir brauchen Schröderchens Spray.« Jemand rannte los. Wir zogen Jens das Hemd aus und versuchten immer wieder, ihn aufzusetzen. Aber er blieb schaukelnd wie eine an den Strand gekommene Robbe liegen. Auf seinem Bauch zeichnete sich das Muster des Matratzengeflechtes ab. Wir legten ihm kalte Lappen auf die Stirn und bekamen es mit der Angst zu tun. Dann war Schröderchens Spray da. Ich pumpte die halbe Flasche in ihn hinein. Endlich schlug er die Augen auf. »Ihr Arschlöcher«, sagte er, noch immer röchelnd, und begann zu weinen. Heike kniete sich auf den Boden und nahm ihn in den Arm. Alle anderen verließen betreten das Zimmer.

Werner brach als Erster das Schweigen. »Das war eine scheiß Aktion!« Die meisten nickten. »Wer hat sich den Schwachsinn ausgedacht?« Alle waren beteiligt, und niemand wusste mehr, wie es dazu hatte kommen können. »Er hat Recht, wir sind richtige Arschlöcher«, sagte Mäuseschwänzchen. Erstaunt blickten wir sie an. »Solch böses

Wort aus deinem Mund?«, fragte Frank spöttisch. »Halt bloß deine Klappe! Du hast doch mit dem Deo angefangen«, giftete Mäuseschwänzchen zurück. »Das bringt doch nichts, wenn wir uns jetzt hier anmachen«, sagte Peter. »Viel wichtiger ist, wie wir das wiedergutmachen können.« Nach langer Diskussion legten wir Geld zusammen und kauften Jens zwei Cola, eine Schachtel Zigaretten und eine Packung bunte Partykugeln. Klacksis Idee, ihm ein Deo zu kaufen, wurde verworfen. Sabrina und ich pflückten zusammen einen Blumenstrauß. Peter besorgte eine Karte, auf der wir alle unterschreiben sollten. Darauf waren lauter kleine Elefanten, die einem großen Elefanten zum Geburtstag gratulierten. »Er hat doch gar nicht Geburtstag«, bemerkte Petra. – »Karten, wo draufsteht: Wir entschuldigen uns, gab es nicht. Dafür sind doch aber die Elefanten ganz passend.« Wir strichen den Glückwunsch zum Geburtstag durch und schrieben »Sorry« auf die Karte. Um die Anspielung auf Jens Leibesfülle zu entschärfen, schrieb ich auf die Innenseite: *Wir haben uns benommen wie Elefanten im Porzellanladen.* »Du wirst bestimmt mal Schriftstellerin«, sagte Schröderchen anerkennend. Zum Abendbrot legten wir alles an Jens' Essplatz. Er kam, wie immer als Letzter, schlug die Karte auf und betrachtete seine Geschenke. »Wenn ihr das noch mal macht, reiße ich euch allen den Arsch auf«, sagte er. Wir waren erleichtert.

Dann kam Heike. Jens schubste den neben ihm sitzenden Frank einfach weg, damit Heike sich zu ihm setzen konnte. Beide aßen einhändig. Mit der anderen Hand hielten sie einander fest.

Dank Klaus Traum lernten wir den Text von *Die Gedanken sind frei* und der *Internationalen*. Klacksi hatte sich vierzehn Tage lang nicht die Haare gewaschen, weil er so aussehen wollte wie Bob Marley. Gipfelpunkt der Revolution war, dass ich meine Wäscheliste nicht abgehakt und die Sachen einfach in den Koffer geworfen hatte. Wie fühlte ich mich groß, als ich unter dem zustimmenden Johlen der anderen Wäschestück für Wäschestück mit Rückhandwurf oder per Kopfball in den Koffer wandern ließ.

»Das bringst du nicht, den so zu lassen«, sagte Sabrina. Sie hatte Recht. Im Grunde wagte ich es nicht, den Koffer so mit nach Hause zu nehmen.

»Monika ist doch unsere Revolutionärin. Klar bringt sie das.« Mäuseschwänzchen blickte mich bewundernd an. Sie war sicherlich kein Maßstab für eine Revolution. Für Mäuseschwänzchen war es schon revolutionär, statt um 20 Uhr um 20.15 Uhr nach Hause zu kommen. Trotzdem genoss ich ihre Bewunderung sehr.

»Und wie ich das bringe.« Voller Übermut nahm ich meine Plastiktüte mit der Dreckwäsche und schüttete sie im Koffer aus. Dann warf ich das Duschgel obenauf, machte einen riesigen Haken über die gesamte Wäscheliste, zerknüllte das Blatt, schmiss es hinein und schloss den Koffer. »So, fertig gepackt«, sagte ich betont lässig. Alle kicherten, einige klatschten.

Am Abend vor der Abfahrt hatten wir alle Hände voll damit zu tun, Simone zu trösten. Ihre Zeit mit Peter war vorbei. Nach Berlin fahren hieß für Peter zu Karin fahren. Sichtlich genervt meinte Schröderchen, sie habe von Anfang an gesagt, Peter liebe Karin und Simone solle sich nicht in ihn verknallen. So etwas sagte sich leicht. »Ich bin ja gar nicht in ihn verknallt«, seufzte Simone mit tränenerstickter Stimme. Niemand glaubte ihr.

Als wir in Berlin ankamen, stand Karin mit einer Rose da. Peter küsste Karin, wie er am Tag zuvor noch Simone geküsst hatte. Als er, gut sichtbar für alle, Karin über den Hintern tätschelte, schluchzte Simone auf. Sie flüsterte in die Runde hinein, dass Peter irgendwie doch ein Schwein sei. Da hätte es sich günstig getroffen, wenn sie nicht in Peter verknallt gewesen wäre.

Meine Mutter holte mich vom Bus ab. Als wir auf den Linienbus der BVG warteten, fragte meine Mutter, ob ich auch ja die Wäscheliste ordentlich abgehakt hätte. Ich schwieg. »Nicht dass du wieder die Hälfte vergessen hast. Na ja, man soll die Hoffnung nie aufgeben. Unsere kleine Honigbiene bemüht sich ja immer.« Sie lachte und gab mir einen Kuss. Ich fühlte mich elend.

Auf meinem Schreibtisch lagen kleine Maikäfer aus Schokolade. Mein Vater hielt ein Geschenk für mich in der Hand. »Hallo, Töchting, schön, dass du wieder da bist.« Er reichte mir das Geschenk. »Nun pack schon aus.« Ich war den Tränen nahe. Warum mussten sie mir ausgerechnet heute etwas schenken, einfach so, ohne wirklichen Anlass? 365 Tage hat das Jahr, aber nein, heute, heute gab es ein Geschenk. Meine Mutter wurde ungeduldig. »Nun pack doch endlich mal aus«, sagte sie.

»Ich kann nicht«, murmelte ich.

»Hast du in den zwei Wochen verlernt, wie man Geschenke auspackt?«, fragte mein Vater betont lustig.

»Das nicht. Aber wie man Koffer ordentlich packt.«

»Nun pack schon aus«, sagte mein Vater. Es war *Peter Burschs Gitarrenbuch, Folk, Rock, Blues und Rag, von kinderleicht bis ganz schön schwierig.* »Herr Kern hat uns erzählt, dass du bei seiner Nachbarin immer übst. Warum erzählst du uns das nicht?«

»Ich dachte, es ist euch sowieso egal, was ich mache.«

Meine Mutter runzelte die Stirn. Dann hob sie den Koffer auf den Tisch und öffnete ihn. Als sie den Kofferdeckel zurückgeschlagen hatte, stemmte sie die Hände in die Hüften, schnappte nach Luft, schwieg dann aber doch.

Das Duschgel war im Koffer ausgelaufen und hatte sich fein säuberlich zwischen alle Wäschestücke gelegt. Ich wusste, was ich meinen Eltern schuldig war. Ich schrieb die Wäscheliste ab und sortierte alles alphabetisch. Stück für Stück nahm ich aus dem Koffer und hakte es auf der neuen Liste ab. Ich sortierte die Wäsche nach 30, 60 und 95 Grad Celsius, putzte den Koffer und polierte seine Schlösser. Er sah aus wie neu. Zwei Stunden später konnte ich zur vollsten Zufriedenheit meiner Eltern mitteilen, dass jedes Wäschestück den Weg zurück nach Hause gefunden hatte. Ich war eben doch ihre Tochter, das ließ sich nicht leugnen.

22

BRAVO

Während der Klassenfahrt hatten wir uns verändert. Gemeinsam verstieß es sich leicht gegen Regeln und Vorschriften. Wir hatten geraucht, Alkohol getrunken, die Jungs waren auf den Mädchenzimmern gehockt und umgekehrt. Es hatte eine Entjungferung und jede Menge Knutschflecke gegeben. Wir hatten uns mit großer Mehrheit gegen die Todesstrafe ausgesprochen und fanden Helmut Schmidt konservativ. Frank Netzer wollte sich die Haare lang wachsen lassen und nur noch Günter genannt werden. Mit seinem dünnen und schütteren blonden Haar schien er gute Karten zu haben, einmal so wie sein Idol auszusehen.

Ich trug Zeitungsausschnitte von Che Guevara, Bob Dylan und ein Zeitungsfoto von Martina Navratilova mit mir herum. Die Pragerin hatte die Amerikanerin Chris Evert im Finale von Wimbledon geschlagen. Niemand von uns sah normalerweise Tennis. Aber das schaute man sich an. Denn da spielte nicht nur Navratilova gegen Evert. Da spielte Ost gegen West, Arm gegen Reich. Es herrschte der Kalte Krieg. West und Reich, vertreten durch die smarte Chris Evert, hatte gegen die tschechische Kampfmaschine verloren. Meine Eltern waren unseren amerikanischen Freunden unendlich dankbar für alles, was sie getan hatten, und schon mal im Voraus für alles, was sie noch tun würden. Die Niederlage von Chris Evert erlebten sie daher als persönliche Niederlage. »Jetzt hat diese dumme Navratilova auch noch gewonnen«, sagte meine Mutter verstimmt.

»Woher weißt du, dass sie dumm ist?«, fragte ich.

»Im Osten werden sie doch nur auf Leistung getrimmt. Die müssen alles gewinnen, damit sie was zu essen kriegen.« Meine Frage schien mir damit nicht beantwortet. Also fragte ich noch mal. »Warum ist die Navratilova dumm?« Meine Mutter schwieg. Stattdessen antwortete nun mein Vater. »Was deine Mutter sagen will, ist Folgendes: Die Menschen in den Ostblockstaaten leben in Unfreiheit. Ihnen wird alles vorgeschrieben. Auch in der Schule. Die können da keine freie Meinung haben. Die Navratilova ist also nicht dumm, sie wird von ihrem System nur dumm gehalten.«

»Kann die Navratilova nicht lesen und nicht schreiben?«, fragte ich weiter.

»Doch, das wird sie sicherlich können. Aber sie muss ihr Regime nach außen vertreten. Das heißt, sie muss immer und überall sagen, dass der Kommunismus eine feine Sache ist«, erklärte mein Vater.

»Ist er das denn nicht?«

»Nein, mein Kind, das ist er sicherlich nicht«, sagte mein Vater leicht gereizt.

»Warum nicht?«, bohrte ich weiter.

»Wenn zum Beispiel die Navratilova erzählen würde, dass ihre Landsleute ewig anstehen müssen, um ganz alltägliche Güter zu bekommen, wie Seife zum Beispiel oder Obst, oder wenn sie sagen würde, dass viele Bürger der Tschechoslowakei im Winter bitterlich frieren, weil zu wenig Kohle da ist, dann würde die Regierung sie nicht mehr ins westliche Ausland fahren lassen. Dann müsste sie ab in die Produktion.«

Ich verstand nicht, was mein Vater mir damit sagen wollte. Ich wusste nur, für Navratilova sein hieß gegen die Eltern sein. Und je mehr mir meine Eltern erklärten, dass der Kommunismus dem Menschen schade, desto schöner fand ich Martina Navratilova. Ich begann, für sie zu schwärmen.

Mit unseren Kerngruppenleitern pflegten wir einen lockeren Umgangston, und die Vorbereitungen für Klausuren fielen trotz der schlechten Lehrstellensituation eher spärlich aus. Selbst Mäuseschwänzchen begann sich zu schminken und klemmte nicht mehr dauernd hinter ihren Büchern.

Nachdem Tom mich betrogen hatte, musste ich mich der Frage zuwenden, mit wem ich statt seiner eine Familie gründen sollte. Die meisten Mädchen waren sehr umtriebig, was dieses Thema anging. Wenn in den Pausen über Jungs geredet wurde, lehnte ich mich überlegen zurück. »Ich brauche keine kleinen Jungen. Ich stehe auf richtige Männer.« Die anderen bewunderten mich dafür. Ich war so cool, dass ich die Aufklärungsseite der BRAVO ganz ungeniert aufschlug und sie las. Das trauten sich nicht viele. Die meisten hielten schützend ihre Hand über Überschriften wie: *Beim ersten Mal kann es wehtun* oder: *Wie viele Höhepunkte kann man auf einmal haben?*

Bei Dr. Sommer, da wurden die wirklich wichtigen Fragen gestellt: *Ich habe seit drei Wochen einen Freund. Er ist ganz süß und sehr lieb. Jetzt will er mit mir schlafen. Ich möchte aber noch nicht. Ich habe Angst, ihn zu verlieren. Was soll ich nur tun?* Oder: *Meine Mutter verbietet mir, die Pille zu nehmen. Wie komme ich trotzdem an sie ran? Bitte helfen Sie mir, es ist wirklich dringend.* Meistens waren es Mädchen, die ihren Fragen freien Lauf ließen. Interessant waren aber auch die wenigen Fragen der Jungen: *Neulich hatten meine Freundin und ich zum ersten Mal sturmfreie Bude. Mein Glied war schon hart, als ich in die Wohnung kam. Als ich ihre Brust berührte, hatte ich einen Samenerguss. Ist das normal?* Oder: *Mein Penis ist 14 cm lang. Ist das zu klein?* Seit ich die letzte Frage gelesen hatte, betrachtete ich mein Geodreieck mit anderen Augen. So lang also, dachte ich. Ich war bereits in der Grundschule aufgeklärt worden. Freudig hatten damals meine Eltern erlaubt, dass ich am Sexualkundeunterricht teilnehmen darf. Nicht allen Kindern war dies vergönnt. Und so glaubten manche noch an Rückenmarksschwund.

Der Aufklärungsunterricht hatte etwas sehr Steriles gehabt. Uns wurde erklärt, dass der Mann nach kurzer Liebkosung der Frau sein Glied in ihre Scheide einführe. Durch rhythmische Bewegungen des Mannes komme es zu einem Samenerguss, währenddessen die Frau einen Orgasmus erlebe. Über die Größe des Gliedes oder die Dauer der rhythmischen Bewegungen erfuhren wir nichts. Interessant fanden wir Mädchen auch die Frage, mit welcher Wucht der Samen das Glied des Jungen verließ. Würden wir den Rückstoß in uns spüren?

Die Mädchen versuchten, sich auf dem Klo zu schminken. Sie tauschten ihre Klamotten, drückten missmutig die Haut am Oberschenkel zusammen und behaupteten, Orangenhaut zu haben. Sie trösteten sich gegenseitig über zu kleine Brüste oder zu viele Pickel hinweg und rauchten. Sie ritzten mit ihren Schlüsseln Herzen in die Klotüren und verewigten darin die Initialen der heimlich begehrten Liebesobjekte. Dabei kam es mitunter zu Problemen. Sabrina fragte, ob man Karsten mit C oder mit K schrieb.

»Kommt drauf an, welcher Karsten.« Sie tappte voll in die Falle. »Schreiber«, sagte Sabrina träumend, und so wussten es plötzlich alle. »Mit K!«, schrien wir im Chor und wälzten uns vor Lachen auf dem Terrazzoboden des Klos. Es brach ein Höllenlärm aus. Gabriele trommelte gegen eine Klotür und schrie immer und immer wieder wie von Sinnen: »Der Schlaffsack!« Mit Zigarette in der Hand, auf dem Boden kniend, Tränen vor Lachen in den Augen, griff sie die Hand auf ihrer Schulter und küsste die Finger ab. Gabriele lachte noch immer, wir anderen waren längst verstummt. Die Hand auf ihrer Schulter gehörte Frau Weber. Als Gabriele es endlich bemerkte, schrie sie hysterisch auf, als sei ihr der Leibhaftige erschienen. Frau Weber prallte einen Schritt zurück.

Mäuseschwänzchen und ich nutzten den Moment, um uns auf ein Klo zu flüchten. Die anderen wurden von Frau Weber herauskommandiert. »Das hat Folgen für euch«, sagte sie. Mäuseschwänzchen und ich atmeten auf, als wir hörten, wie die Haupttür zu den Toiletten abgeschlossen wurde.

Nebenan war das Klo der Jungen. Uns trennte lediglich eine Wand. Mäuseschwänzchen verweigerte die kleine Turneinlage. »Da falle ich bestimmt runter.« Also machte ich mich allein auf den Weg und hangelte mich, im ersten Stock unseres Schulgebäudes, an der Außenwand zum benachbarten Klofenster der Jungs. Als ich mich rückwärtig hineinfallen ließ, war ich zunächst sehr überrascht. Die Jungs hatten nur eine Klotür. Ansonsten hingen ovale Becken an der Wand. Es dämmerte mir, wie die Gerätschaften zu benutzen waren. Ich wunderte mich jedoch, dass die Jungen einander beim Urinieren zusehen konnten. Als ich gerade auf dem Weg zur Tür war, wurde sie von außen geöffnet. Ich verschanzte mich in dem Klo.

»Sieh nach, ob einer auf dem Klo ist«, hörte ich Jens. Mir rutschte das Herz in die Hose. Ein Mädchen auf dem Jungenklo! Ein Skandal. Ich sprang vom Klobecken auf die Seitenwände und quetschte mich zwischen Decke und Seitenwand. »Keiner da«, sagte Klacksi, nachdem er die Tür lässig mit dem Fuß aufgestoßen hatte. Neben Klacksi und Jens waren noch Günter und ein Junge, den ich nicht kannte, dabei.

Ich hoffte, sie würden sich beeilen. Aber anstatt zu ihren ovalen Schüsseln zu gehen, stellten sie sich, wie die Hühner auf der Stange, nebeneinander auf. Sie holten alle ihr Glied aus der Hose. Aus meiner zwar unbequemen, aber hohen Position hatte ich einen phantastischen Überblick. Ich erkannte sofort, dass keiner meinem Geodreieck gewachsen war. Jens zerrte mehrere Zeitschriften hervor und reichte jedem eine. Pornohefte. Von irgendwoher hörten sie genau das, was ich auch hörte.

»Monika? Bist du noch da?« Es war Mäuseschwänzchen, die sich aus dem Fenster der Mädchentoilette gehängt hatte. Bei den Jungs trat eine bedrückende Stille ein, sie sahen sich fragend an. Dann munterte Jens seine Eleven auf: »Los, macht schon.«

»Eins, zwei, drei … und los!« Sie taten, wie ihnen geheißen. Jens reihte sich mit ein und sie wichsten um die Wette. Kaum dass ich begriffen hatte, was sie taten, sagte Jens, er werde gewinnen. Dann tropfte eine weiße Flüssigkeit aus seinem Glied heraus. Von Rückstoß keine Spur. Frustriert klappten die anderen ihre Hefte zu und jeder gab Jens eine Münze. »Ihr müsst mehr üben«, sagte er fröhlich. Sie wandten sich den ovalen Schüsseln zu. Dort brachte der mir unbekannte Junge ein Gespräch in Gang. »Sag mal, woher weiß ich denn, ob es dem Mädchen gefallen hat?«

»Wenn sie stöhnt«, sagte Jens.

»Wie stöhnt?«, fragte Klacksi nach.

»Richtig laut muss sie stöhnen. Das macht sie nur, wenn es ihr gefällt. Wenn sie aufschreit, dann hat sie Spaß dabei, man selber ist der Größte und ihr könnt sicher sein, dass euch das Mädel liebt.« Die Jungs verließen das Klo. Jens schien echt Ahnung zu haben. Hatte nicht auch Simone mit dem Rentner aufgestöhnt? Glaubte man den Worten von Jens, dann müsste Simone sich doch verliebt haben, obwohl sie etwas anderes behauptete. Mit diesen wirren Gedanken fiel ich wie eine überreife Birne von der Seitenwand ab.

Ich holte den Kloschlüssel aus dem Sekretariat und befreite Mäuseschwänzchen. »Warum hat das so lange gedauert?«, maulte sie mich an.

»Die Jungs haben so lange beim Wichsen gebraucht«, antwortete ich.

»Haha, sehr witzig«, sagte sie und fügte kopfschüttelnd hinzu, dass meine Ausreden auch schon mal besser gewesen seien.

23

Meinem Vater sei Dank

Wir waren zu spät dran und kamen nicht rechtzeitig in den Geschichtsunterricht bei Herrn Reichert. »Kleewe und Kern, drei Striche Abzug.« Wir setzten uns. Mäuseschwänzchen musste gleich wieder aufstehen. »Kern, welcher Partei gehörte Stresemann an?« Sie schwieg. »Ich höre nichts«, sagte Herr Reichert.

»Sie sagt ja auch nichts«, warf Jens ein. »Einen Strich Abzug«, gab Herr Reichert in Richtung Jens bekannt. »Und, Fräulein Kern, welcher Partei gehörte Stresemann nun an?«

»SPD?«

»Falsch, Kern«, sagte Herr Reichert triumphierend. Mäuseschwänzchen wollte sich gerade wieder setzen, als Herr Reichert weiterfragte. »Wissen gnädiges Fräulein denn, wer Karl Liebknecht und Rosa Luxemburg waren?«

»Die wurden in den Kanal geworfen«, sagte Mäuseschwänzchen hastig.

»Warum?«

»Weil man sie umbringen wollte.«

»Wer wollte sie umbringen?«

»Die anderen.«

»Wer sind die anderen?«, bohrte Herr Reichert nach.

»Das weiß ich nicht«, räumte Mäuseschwänzchen ein.

»Na also, habe ich es doch gewusst«, sagte Herr Reichert selbstzufrieden. »Zu spät kommen, aber von nichts eine Ahnung haben. Setzen!« Dann wandte er sich an mich. »Fräulein Kleewe, wer wurde 1930 Reichskanzler?«

»Brüning. Wollen Sie auch wissen, warum?« Herr Reichert wurde böse. Wie aus der Pistole geschossen kamen seine Fragen.

»Zu welcher Partei gehörte Brüning?«

»Zentrum.«

»Wie hieß der nächste Reichskanzler?«

»Von Papen.«

»Welche Partei?«

»Der war parteilos. Von Papen wurde unter Hitler zunächst Vizekanzler.« Meine richtigen Antworten machten Herrn Reichert rasend.

»Wer wurde dann Kanzler?«, fragte er mit sich fast überschlagender Stimme.

»Dann kam von Schleicher.« Ganz ruhig fügte ich hinzu: »Der war auch parteilos.«

Herr Reichert verengte seine Sehschlitze. In der Klasse herrschte Totenstille. Ich wollte mich gerade wieder setzen. Aber Herr Reichert gab nicht auf. »Wann genau wurde Hitler Reichskanzler?«

»Am 30. Januar 1933.« Und wieder fügte ich ruhig hinzu. »Vormittags.« Herr Reichert bebte. Er startete einen letzten Versuch, mich bloßzustellen. »Warum ist es geschichtlich falsch, von der Machtergreifung Hitlers zu sprechen?«

»Hitler hat die Macht nicht ergriffen, sie wurde ihm übertragen. Hindenburg übertrug sie ihm, nachdem sich NSDAP und DNVP scheinbar auf eine Koalition geeinigt hatten. Es waren Politiker und die Großindustrie, die Hitler an die Macht ließen, und nicht der einfache Mann auf der Straße.« Ein Raunen ging durch die Klasse. Herr Reichert zog die Augenbrauen hoch. »Wenn Sie sich Pünktlichkeit angewöhnen, kann aus Ihnen vielleicht noch was werden.« Ich grinste. »Die Betonung liegt auf *vielleicht*. Setzen«, sagte Herr Reichert. Zum ersten Mal hatten die Belehrungen meines Vaters einen augenscheinlichen Nutzen für mein Leben gehabt.

24

Auf Trebe

Die großen Ferien standen bevor. Zum ersten Mal durfte ich mit dem Zug allein zu den Hottentotten fahren. Mein Gott, was war ich stolz! Ich hatte mir, sehr zum Entsetzen meiner Mutter, in einem Secondhandshop einen Seesack gekauft. »Was ist das?«, fragte sie aus der Sorge heraus, es könnte sich um ein neues Kleidungsstück handeln. »Das ist ein total praktischer Seesack«, erklärte ich.

»Praktisch wofür?«

»Zum Verreisen.« Meine Mutter musterte den Seesack skeptisch. »Da knittert doch die ganze Wäsche drin.«

»Dafür passt aber ganz viel rein.« Mein Vater mischte sich ein. »Wie willst du den tragen?«, fragte er. Ich schulterte den leeren Seesack. »Na so.«

»Und wie soll das gehen, wenn er voll ist?«, fragte mein Vater hartnäckig weiter. Ich verstand seine Frage nicht und warf den leeren Seesack auf meine andere Schulter. »Na auch so.« Er sagte nichts mehr und ging kopfschüttelnd hinaus. Ihm fehlte die Zeit für weitere Diskussionen. Meine Eltern mussten zur Post, ein Einschreiben abholen. Ich sollte inzwischen Probe packen. Ohne Probepacken ging hier nichts. Wenigstens wurde keine Kleiderliste von mir verlangt.

Ich packte und packte. Es war erstaunlich, was alles in den Seesack passte. Mit jedem hineingedrückten Stück schien er größer zu werden. Als ich glaubte, fertig zu sein, konnte ich den Seesack keinen Millimeter mehr bewegen. Das also hatte mein Vater mit: *Und wie soll das gehen, wenn er voll ist?* gemeint. Ich trennte mich von einigen Dingen und schichtete um. Schließlich konnte ich den Seesack mühevoll schultern und drei Schritte gehen. Dann fiel ich rücklings um. Ich lag wie ein Käfer auf dem Rücken und musste selber lachen. Ich musste immer mehr lachen, befreite mich schließlich von dem Seesack und begann im Übermut, aus meinem Milchausweis eine Papiertaube zu bauen. Als meine Eltern von der Post zurückkamen, war ich in bester Stimmung. Ich ließ den zerknitterten Ausweis und die Fahrkarte rasch in der Hosentasche verschwinden.

»Komm rüber ins Wohnzimmer!«, befahl mein Vater barsch. Sollte das Einschreiben etwas mit mir zu tun gehabt haben? Ich war mir keiner Schuld bewusst und trabte betont gelangweilt los. Dann brach ein Donnerwetter los, wie ich es seit Jahren nicht erlebt hatte. Es war die Rede von missbrauchtem Vertrauen, von Unverschämtheit, von Lug und Betrug, von Disziplinlosigkeit, die ihresgleichen suchten. Diesmal würden ernste Konsequenzen gezogen. Meine Eltern fuhren schwere Geschütze auf. Fernsehverbot und Taschengeldentzug bis zum Jahresende. Dann kam der Hammer. »Du fährst nicht mehr zu deinem Bruder.« Ich erwachte schlagartig aus meiner Starre. »Tickt ihr noch ganz richtig?«, entfuhr es mir. Ich bekam eine derart heftige Ohrfeige, dass ich Mühe hatte, das

Gleichgewicht zu halten. Kaum dass ich mich wieder mittig eingependelt hatte, bekam ich die nächste Ohrfeige. Dann schwiegen alle. Ich sah, dass meine Mutter mit den Tränen kämpfte und mein Vater vor Aufregung zitterte.

Ich hatte nichts mehr zu sagen. Mit diesen Eltern war ich fertig. Ich ging in mein Zimmer. Mein Vater kam hinterher und schloss mich im Zimmer ein. In mir stieg eine unglaubliche Wut hoch. Meine Hände ballten sich zur Faust. Ich sprang an die Tür und trommelte mit aller Kraft dagegen. »Das ist Freiheitsberaubung! Ich will hier raus!!!« Die Tür wurde wieder aufgeschlossen. Sicherheitshalber lief ich in die andere Zimmerecke. Mein Vater warf mir wortlos einen Brief auf die Liege. Er zitterte noch immer. Dann schloss er mich wieder ein.

Der Brief kam aus Lüneburg. *Für die polizeiliche Rückführung Ihrer Tochter Monika Kleewe zu Ihrem Sohn Michael Kleewe, wohnhaft …* Mir verschwammen die Zeilen vor den Augen. Da stand noch was von Polizeieinsatz, Kilometergeld, Übergabe von Beamten des Landes Niedersachsen und Übernachtungspauschale in Polizeigewahrsam. Das Schreiben endete mit: *erlauben wir uns, einen Betrag in Höhe von 406,– DM in Rechnung zu stellen. Sollten Sie nicht das beiliegende Überweisungsformular verwenden, geben Sie das Aktenzeichen und die Rechnungsnummer an.*

Im ersten Moment konnte ich nichts denken. Da war nur noch Leere. Dann stiegen Erinnerungsfetzen in mir hoch: Fischmarkt, Hamburg, letzten Sommer, das Yetilein. Meine Eltern hatten mich immer wieder gewarnt. »Wenn auf diesem Hof auch nur die kleinste Ungesetzlichkeit passiert, ist dein Aufenthalt dort beendet.« Wie großzügig von meinen Eltern, dass ich bleiben durfte, obwohl ich Trecker gefahren war! Aber nein, ich musste es übertreiben. Abends rief ich vorsichtig: »Hallo?!« Keine Antwort. Nach einer halben Stunde versuchte ich es erneut. »Hallo?!« Nichts rührte sich. »Ich muss mal!« Die Tür wurde wortlos geöffnet. Als ich zurückkehrte, standen auf dem Schreibtisch Brote, ein Glas Saft und ein Apfel. Wenigstens mit Halbpension, dachte ich. Am nächsten Tag bekam ich Frühstück und Mittagessen in meinem Zimmer serviert. Die Kellnerin, im Aussehen meiner Mutter verdammt ähnlich, war wortkarg. »Es ist besser, wenn du dich ganz still verhältst. Wir klären alles am Montag.« Je länger ich in dem Zimmer saß, umso wütender wurde ich. Was wollten sie am Montag klären? Wir sind damals überfallen worden, man uns hat uns der Chips und um ein Haar unserer Unschuld beraubt. Man hat uns bedroht und ich habe uns gerettet. O. k., wir hätten nicht trampen dürfen, aber genau deswegen hatten wir es ja nicht gewagt, von unserer Tapferkeit zu erzählen. Eigentlich war ich eine Heldin, das wusste nur leider niemand. Außer dem Yetilein. Aber die würde jetzt auch andere Probleme haben, als über mein Heldentum nachzudenken.

Es wurde Nacht und irgendwann warf ich mich bäuchlings auf die Liege und begann zu weinen. Dann spürte ich den Ausweis und die Fahrkarte in meiner Hosentasche. Im selben Moment fasste ich einen Entschluss. Ich plünderte mein Sparschwein, packte den Apfel, ein paar Unterhosen und Socken in meine Schultasche und wartete darauf, dass es dämmerte. Dann sprang ich aus dem Fenster im ersten Stock und machte mich auf den Weg zum Bahnhof Zoo. Die Welt gehörte mal wieder mir.

Ich teilte das Abteil mit vier Frauen und einem Mann. Nach der Hälfte der Strecke hatte ich eine Vorstellung von den Wohnungen, den Ehemännern, den Kindern und den Schwiegereltern der Frauen. Zwei der Frauen waren berufstätig. So erfuhr ich auch noch von den Verdauungsstörungen einer mir unbekannten Sachbearbeiterin bei der BfA und der Scheidung einer Krankenschwester aus dem Klinikum Steglitz. Ihr Mann hatte sich in eine Jüngere verliebt und nun war alles aus.

Von dem Mann erfuhren wir nichts. Er saß die ganze Zeit nahezu bewegungslos auf seinem Sitz und las ein in braunes Packpapier eingebundenes Buch. Schließlich fragte ihn eine der Frauen, was er da eigentlich las. Kurz und knapp sagte er, es sei ein Fachbuch, und versenkte sich wieder in die Seiten. Wir waren enttäuscht. Eine andere Frau hakte nach. »Ist es spannend?«

»Nein.« Offensichtlich wollte er sich nicht an dem Gespräch beteiligen.

In Schwanebeck hielt der Zug. Ich sah gespannt aus dem Fenster. Immerhin begann hier die Sowjetische Besatzungszone, kurz SBZ genannt. Überall standen Soldaten und blickten finster drein. Mir wurde mulmig. Was, wenn sie mich verhafteten? Meine Eltern würden niemals erfahren, wo ich war. Ich setzte mich zurück an meinen Platz. Als der Zug wieder anfuhr, verließ der Mann unser Abteil. Er ließ sein Buch liegen. Wie auf ein geheimes Signal stürzte eine der Frauen an die Tür. »Er geht zum Klo.« Hastig griffen sich die Frauen das Buch, warfen einen kurzen Blick auf die erste Seite und legten es wieder an den Platz.

»Komischer Typ«, sagte eine der Frauen.

»Er ist auf dem Klo. Wer das wohl ist? Hat er seinen Ausweis in der Jacke?« Es war eine Aufforderung an mich, die ich neben dem Mann saß. Ich fingerte hektisch in seinen Taschen herum.

»Und?« Ich fand einen Führerschein. »Dr. Bernd Bender. Der ist Arzt.« Jetzt machte sein Buch mit dem Titel *Schnitt- und Spalttechniken an der Hand* wieder Sinn.

Zwei Abteile weiter klopften die Polizisten der DDR bereits an die Abteiltür. Sie hießen Volkspolizisten. »Ausweiskontrolle. Die Reisedokumente bitte.« Wie ich es auf den Fahrten meiner Eltern durch den Transit der SBZ gelernt hatte, setzte ich mich gerade hin. Man durfte die Vopos niemals provozieren, denn sie konnten mit einem machen, was sie wollten. Alle offensichtlichen Westprodukte wurden weggepackt. Es ging das Gerücht, dass Coca-Cola-Büchsen als subversive Handlung gewertet werden konnten. Sicherheitshalber versteckte ich auch meine grünen Wrigley-Kaugummis in der Schultasche. Auch meinen Apfel schob ich ganz nach unten. Man konnte nie wissen, wann die armen Vopos zum letzten Mal frisches Obst bekommen hatten. Inzwischen war Dr. Bender wieder ins Abteil zurückgekehrt. Ich holte meine Fahrkarte und den Milchausweis raus. »Du hast keinen richtigen Ausweis?«, fragte eine der Frauen überrascht. Verängstigt nickte ich. »Das geht doch so nicht«, sagte die andere Frau, und die dritte fragte, ob ich eine Bescheinigung meiner Eltern dabeihätte, dass ich alleine fahren dürfe. Ich schüttelte den Kopf. Kollektiv sagten die drei Frauen: »Oje!« Also doch verschollen in der SBZ, Arbeitslager, Gehirnwäsche, dachte ich. Ich hatte es nicht anders verdient. Dr. Bender nahm rasch meinen Milchausweis und die Fahrkarte an sich. Dann stand der Vopo in der Tür. Ich wagte nicht, ihn anzusehen. »Die Reisedokumente bitte. Kinder unter sechzehn?« Dr. Bender sagte: »Ja«, und reichte seine und meine Papiere hoch. Wäre ich doch bloß zu Hause geblieben! Was sollte ich nur tun? Vielleicht doch der Apfel? Während ich panisch überlegte, wie doch noch alles gut werden könnte, bekam Herr Dr. Bender unsere Papiere wieder ausgehändigt. Die Frauen wurden kontrolliert. »Danke, gute Fahrt«, das war es.

Wortlos gab mir Herr Dr. Bender meine Fahrkarte zurück. Meinen Milchausweis sah er sich genauer an. »Du bist ja erst fünfzehn. Wo willst du eigentlich hin?«

»Zu meinem Bruder. Der wohnt in Wonkel, in einer Landkommune.« Als ob damit alles erklärt war, gab er mir auch meinen Ausweis zurück und widmete sich wieder seinem Buch. So entkam ich dem schon sicher geglaubten Arbeitslager.

Horst holte mich vom Bahnhof ab. Wunderbar, dass es auf dem Hof kein Telefon gab. Offensichtlich war die Nachricht meines Reiseverbots noch nicht bis in den Landkreis vorgedrungen.

»Wo hast du deine Klamotten?« Ich tippte auf meine Schultasche. »Da.« Horst zog die Augenbrauen hoch. Ich öffnete die Tasche und ließ ihn einen Blick reinwerfen. »Das sieht eher nach überstürztem Aufbruch aus.« Mehr sagte er nicht. Er warf eine Kassette ein und fuhr los. Das liebte ich an Horst. Er stellte keine unnötigen Fragen. Und wenn ich im Badeanzug angekommen wäre, hätte er vermutlich nur gesagt, schwimmen schade nie. Schließlich erzählte ich ihm, was passiert war. Horst pfiff anerkennend durch die Zähne. »Das ist ja cool, Mädel.« Er schlug aufs Lenkrad, lachte und juchzte vor sich hin. »Einfach abgehauen, toll die Braut!« Er suchte nach einer anderen Kassette. »Los, sing mit!« Wir grölten »born to be wild«. Immer und immer wieder spulte Horst das Lied zurück. Als wir ankamen, war ich heiser. Heiser und glücklich.

»Dein Schwesterlein ist da!« Mein Bruder kam. »Na, wie geht es? Komm, wir holen deine Sachen aus dem Auto«, sagte er. Horst schmunzelte. »Den Weg kannst du dir sparen, Micha. Deine Schwester hat keine Sachen dabei.«

»Das stimmt nicht. Das Wichtigste habe ich dabei.« Ich schüttete meine Schultasche aus: Unterhosen, Socken, Federtasche, Schreibblock, Zirkelkasten, grüne Wrigleys, Monatskarte, Schülerausweis, Taschentücher, eine zerknitterte Tüte Brausepulver und ein Stück Drachenschnur. Horst lachte wieder auf. »Sie ist abgehauen. Eure Alten haben versucht, sie ihrer bürgerlichen Grundrechte zu berauben, einfach eingesperrt.« Bylle und Uwe strömten herbei. »Abgehauen? Erzähl mal.« Ich erzählte, was passiert war, und zeigte ihnen den Brief aus Lüneburg. Plötzlich hatte ich das Gefühl, alles würde sich regeln lassen. Inzwischen war auch Totti aufgetaucht. »Das hätte ich dir gar nicht zugetraut.« Ich spürte seine Bewunderung. »Wir sollten vermeiden, dass die Bullen hier einlaufen«, sagte Horst. Alle nickten. »Ich mach alles, was ihr wollt«, sagte ich rasch, »aber schickt mich nicht weg.« Mein Bruder wuselte mir durchs Haar. »Quatsch, wir schicken dich doch nicht weg.« Es wurden Vorschläge gesammelt, wie zu verfahren sei. Bei den Eltern anrufen wollte ich auf keinen Fall. Aber mir war klar, dass man sie informieren musste. Mein Bruder hatte auch keine Lust »auf ein stressiges Telefonat«. Schließlich fuhren wir zurück nach Uelzen und gaben dort ein Telegramm auf. Wir schrieben: *keine panik STOP bin gut angekommen STOP gruß monika.*

Ganz so unbeschwert fühlte ich mich diesmal jedoch nicht. Ich hatte nicht wirklich das Gefühl, im Recht zu sein, aber rückgängig machen konnte ich das Geschehene auch nicht mehr. Es gab nur eine Lösung: Ich musste dem Lebensmotto meiner Eltern Folge leisten und guten Willen zeigen. Am sinnvollsten erschien es mir, wenn ich zunächst für die Begleichung der Polizeirechnung sorgte. Aber Oma bekam auch noch Geld von mir, und dann war da noch das Vorderrad, das meine Eltern mir nur vorgestreckt hatten. 406 DM Polizei, 29 DM Blumenstrauß und Konfekt für die Schmitten und 14 DM das Vorderrad. Das waren zusammen 449 DM. In meiner Tasche hatte ich noch 29 DM. Blieben unter dem Strich 420 DM Schulden.

25

Selbst verdientes Geld

Bei der allwöchentlichen Diskussion um den Küchenplan brachte ich mein Problem zur Sprache. »Ist es möglich, dass ich hier in der Gegend irgendwo arbeiten kann und dabei innerhalb von einer Woche 420 DM verdiene?« Man sah mich erstaunt an. »Arbeiten? Aber du hast doch Ferien.«

»Schon, aber ich sollte nicht mit leeren Händen nach Hause kommen.«

»Was kannst du denn?«, fragte Bylle. Eine schwierige Frage, ich überlegte. Was konnte ich? Beidhändig Handball spielen, jonglieren mit vier Bällen, zehn Griffe auf der Gitarre, Knödel im Kochbeutel machen und Autos waschen. Außerdem konnte ich Otto-Witze erzählen, was alle immer sehr erheiterte. Aber wer würde dafür Geld zahlen? Es war sinnlos.

»Du könntest Brote ausfahren. Das hieße aber früh aufstehen.«

»Das ist mir egal, Hauptsache Geld verdienen.« Montag früh um sieben Uhr stand ich in der Kornkammer, einem Ökoladen, in dem nur biologisch dynamische Produkte verkauft wurden. Unter anderem Brote. Ich bekam ein altes Postfahrrad, auf das vorne und hinten Brote geladen wurden. Für jedes ausgelieferte Brot bekam ich 30 Pfennig. Um zehn Uhr hatte ich zehn Brote ausgeliefert, war 40 Kilometer gefahren und hatte drei D-Mark verdient. So rechnete sich das Ganze nicht. Dann hatte ich *die* Idee.

Ich fuhr alle mir bekannten Adressen ab und rührte die Werbetrommel für Sonnenblumenkern-, Schrot-, Dinkel- und Vollkornbrote. »Nur für kurze Zeit, ein Superangebot. Pro Brot zahlen Sie nur 30 Pfennig extra.« So hoffte ich, doppelt zu verdienen. 30 Pfennig von der Kornkammer und 30 Pfennig vom Empfänger des Brotes. Hier und da konnte ich die Bestellung für ein Brot entgegennehmen. Das war zu wenig. Günstiger war es, wenn ich an einer Adresse gleich eine ganze Fahrradladung Brote loswerden konnte. Ich überlegte, Verteilerstellen für ökologische Brote aufzubauen. Dann hatte ich noch eine zweite Idee.

Ich kaufte eines der Brote, fuhr zum Busbahnhof und verteilte kostenlose Häppchen an die Busfahrer. »Ich kann Ihnen jeden Tag ganz Frisches davon bringen. Egal wann Sie fahren. Sagen Sie mir Ihre Zeit und ich bin da. 30 Pfennig extra für den Lieferservice. Wenn Sie fünf Brote nehmen, 20 Pfennig pro Brot. Bei zehn Broten zehn Pfennig.«

Ich stieß auf eine kleine Goldader. Einer der Busfahrer fuhr täglich an einigen Hotels und Pensionen vorbei, von denen die Hälfte ökologische Brote wollte. Ein anderer fuhr an Bäckereien vorbei, von denen einige bereit waren, diese neumodischen Ökoprodukte probeweise für horrende Preise zu verkaufen. Mir war egal, ob probeweise oder bis ans Ende des Lebens. Für Mittwoch hatte ich Bestellungen für 120 Brote. Stolz präsentierte ich Bylle meinen Bestellzettel.

»120 Brote! Wer soll die alle backen?«, kreischte Bylle hysterisch auf.

»Na du natürlich«, sagte ich. Bylle setzte sich und schüttelte den Kopf. »Mensch, Bylle, das ist die Chance deines Lebens. Das sind bis Samstag 360 neue Brote plus die 40, die du sowieso für die Kornkammer machst. Du wirst reich«, sagte ich voller Enthusiasmus.

Ich wedelte mit dem Bestellzettel vor ihrer Nase umher. »Bylle, 400 Brote in vier Tagen, so viel verdienst du sonst nicht mal im Monat«, sagte ich, noch immer begeistert.

»Ich will aber gar nicht mehr verdienen. Außerdem müsste ich wie eine Bekloppte rund um die Uhr backen! Das ist nicht zu schaffen«, sagte sie mit Nachdruck. Ich hingegen hatte plötzlich eine Vision. »Aber Bylle, deine Brote werden berühmt. Die halbe Welt will deine Brote. Dann kannst du eine kleine Brotfabrik bauen, du lässt andere backen und du kassierst nur noch. Wir könnten das Ganze erst mal auf Niedersachsen beschränken. Wenn es gut geht, weiten wir uns nach Schleswig-Holstein aus. Wir machen kleine Visitenkarten und ...« Bylle unterbrach mich lautstark: »Ich habe keinen Bock auf diese kapitalistische Scheiße!«

Schlagartig war ich still. Offensichtlich hatte ich für einen klitzekleinen Moment den Geist des Hofes aus dem Auge verloren. Alle Bewohner hatten in ihrem früheren Leben gutes Geld verdient. Sie waren ausgestiegen aus dem üblichen bürgerlichen Alltag. Hamsterrad, hatte Horst dazu gesagt.

Bylle stellte ihre Knie vor die Brust, umfasste sie mit ihren Armen, als müsse sie sich irgendwo festhalten. Sie wippte hin und her und sagte, es sei besser, wenn ich sie jetzt mal fünf Minuten allein lassen würde. Sie schäumte vor Wut.

Ich schlich mich davon. Dann brach lautes Geschrei in Bylles Zimmer aus. Sie tobte los, schmiss mit Gegenständen um sich, schnaufte und schrie immer und immer: »So eine gottverdammte Scheiße!«

Dann gab es einen gewaltigen Knall. Ich war in großer Sorge um Bylles Wohlbefinden und stürmte in ihr Zimmer. Sie stand vor einem umgeworfenen Regal. Dann nahm sie mich in den Schwitzkasten. »Ich mache das jetzt, weil ich keine andere Wahl habe und du blöde genug gewesen bist, überall meinen Namen zu nennen. Aber du wirst mir helfen. Tag und Nacht, bis du nicht mehr weißt, wie du deine Hände gerade halten sollst, und deine Finger übersät sind mit Brandblasen. Ist das klar?« Ich nickte, soweit es mir unter Bylles kräftigem Griff möglich war.

»So, jetzt geht es mir besser«, sagte sie und ließ mich los. »Man darf seine Wut nicht anstauen, verstehst du. Man muss das gleich rauslassen, sonst setzt sich so ein Geschwür in dir fest«, erklärte sie mir sachlich. Wir bauten das Regal wieder auf, kehrten die Scherben zusammen und machten Ordnung.

Uwe besorgte Berge von Korn und dann begannen wir zu backen. Rund um die Uhr. Morgens fuhr ich los, belud das Rad und fuhr Fuhre um Fuhre aus. Am Nachmittag schlief ich vier Stunden, dann ging es weiter. Mehrfach kam ich mit dem völlig überladenen Rad ins Straucheln, aber ich fiel nicht. Freitag wurde mir übel vom Geruch des Korns und ich konnte meine Hände nicht mehr zur Faust ballen. Samstagvormittag brachte ich die letzte Ladung Brote unters Volk. Dann schlief ich ein. Ich hatte 180,30 DM verdient.

Am Abend weckte mich Bylle. »Na, du Arbeitstier? Komm runter, es gibt was zu essen.« Ich schreckte hoch. »Aber bitte kein Brot.« Sie lachte. Ich war mit meinen Händen kaum in der Lage, ein Glas zu halten. Alle starrten mich an, als sei ich von einem fremden Stern gelandet. »Du siehst ja scheiße aus«, brachte Horst mein Aussehen auf den Punkt. Ich war fix und fertig. Dann hielt Uwe eine kleine Rede. Ich war zu müde, um alles genau mitzubekommen. Er erzählte was von mutig sein, vom eigenen Weg gehen und von einer kleinen Sammlung, die sie innerhalb der Landkommune veranstaltet hätten. Dann reichte Bylle mir fröhlich einen Briefumschlag. Alle stießen auf mich an. »Auf unsere Brotfahrerin! Prost!«

Ich öffnete den Umschlag. Es war ein Einzahlungsbeleg über 406 DM bei der Stadt Lüneburg. »Behalt dein Geld, du hast es dir verdient.« Ich war sprachlos und so gerührt, dass ich heulen musste.

»Hier ist übrigens noch ein Brief von deinen Eltern.« Ich schob den Brief weg. »Willst du nicht wissen, was sie schreiben?«, fragte Bylle.

»Was soll da schon drinstehen. Vorwürfe über Vorwürfe.« Horst jubelte. »Bravo, Widerstand muss sein!« Uwe schüttelte den Kopf. »Was ist denn das für blöder Widerstand, einen Brief nicht zu öffnen?«

»Der Feind, das Kapital, lauert überall, auch in einem Brief«, sagte Horst unbeirrt. Ich verstand mal wieder überhaupt nichts und sah hilfesuchend zu meinem Bruder. »Ich habe die Alten heute Mittag mal angerufen. Sie sind froh, dass dir nichts passiert ist. Als unser Telegramm kam, waren sie gerade auf dem Weg zur Polizei. Die waren echt besorgt. Los, wir machen den Brief jetzt auf! Ist bestimmt keine Bombe drin.« Totti las den Brief vor.

Liebe Tochter, zunächst lass dir gesagt sein, dass wir erleichtert sind, dass es dir gut geht. Dein Verhalten können wir natürlich nicht gutheißen. Wir freuen uns dennoch, dich am Ende der Ferien wieder zu Hause begrüßen zu können. Erwarte aber nicht, dass wir dich abholen. Grüße, deine Eltern.

Alle lachten wie auf ein geheimes Zeichen los. »Jetzt holen sie aber den pädagogischen Hammer raus«, sagte Uwe. Horst schlug mir spielerisch auf die Finger und sagte scherzhaft, ich sei ein ungezogenes Kind und habe jetzt ganz große Angst.

»Ich habe aber keine Angst«, sagte ich. Mein Bruder gab mir einen zarten Schlag auf den Hinterkopf. »Doch, du hast jetzt Angst. Ganz große Angst, in ein Heim zu kommen.« Uwe ergänzte: »Und dir tut alles entsetzlich Leid.« Horst beendete das Ganze mit: »Und du würdest dich der Freiheitsberaubung immer und immer wieder entgegenstellen. Aber das behalte zu Hause vorerst für dich. Bei Eltern weiß man nie, wie sie drauf sind.« Jetzt musste auch ich lachen. Ich war zuversichtlich, dass meine Heimkehr gut verlaufen würde.

Mein Bruder fuhr mit mir nach Berlin. Am Bahnhof verabschiedete er sich. »Grüß die Alten von mir«, sagte er.

»Kommst du nicht mit nach Hause?« fragte ich.

»Mein Zuhause ist woanders.« Dann kam eine kleine rothaarige Frau auf ihn zu und küsste ihn, als bekäme sie Mengenrabatt. Sie war offensichtlich ein paar Jahre älter als er. Arm in Arm schlenderten sie davon. Ich wusste nicht, wer das war. Ich wusste nur, es war weder Beate noch war es Sabine.

Als ich vor unserer Haustür stand, wagte ich zunächst nicht, zu klingeln. Ich überlegte, ob es nicht besser wäre, erst mal Oma aufzusuchen. Andererseits wollte ich erwachsen sein und deshalb würde ich mich unserem Vater stellen. Ich klingelte dreimal. Das war unser Zeichen. Dreimal klingeln hieß: Hier kommt ein Familienmitglied, Tür auf. Als der Summer ging, war ich nicht mehr ganz so überzeugt davon, schon jetzt erwachsen werden zu wollen. Kurz vor unserer Wohnungstür tobte ein wilder Kampf in mir. War es wirklich Freiheitsberaubung gewesen? War ich schlecht behandelt worden? Gehörte ich in ein Heim?

Die Tür ging auf. Meine Mutter packte mich an der Schulter, zerrte mich in die Wohnung und sagte mit funkelnden Augen, ich solle so etwas nie wieder tun. »Hast du mich verstanden? Wenn ich nie wieder sage, dann meine ich auch nie wieder!«

Mein Vater nickte mir zu und bedeutete mir, Platz zu nehmen. Dann hörte ich einen Vortrag über Verantwortungsbewusstsein, über Rechte und Pflichten, über schlaflose Nächte, die ich ihnen bereitet habe, und über ihre Sorgen. Ich bemühte mich, einen aufmerksamen Eindruck zu erwecken. Ab und an nickte ich vorsichtig. Manchmal blickte ich betreten zu Boden. Dann packte ich die Tränen aus und sagte, wie Leid mir alles täte und dass ich Angst vor einem Heim hätte. Mein Vater machte sofort eine abwehrende Handbewegung. In ein Heim würde ich nicht kommen. Sie hätten sich jedoch überlegt, wie ich den entstandenen finanziellen Schaden begleichen könnte. Nun schlug meine große Stunde. »Das habe ich mir auch schon überlegt.« Ich kramte den Einzahlbeleg hervor.

»Wo hast du so viel Geld her?« fragte mein Vater voller Misstrauen.

»Ich habe gearbeitet. Jeden Tag. Und am Ende hatte ich 180 Mark und 30 Pfennig zusammen. Die Leute auf dem Hof haben die Rechnung bezahlt und gesagt, ich soll mein Geld behalten.«

»Warum sollten sie dir über 400 Mark schenken?«, fragte mein Vater.

»Vielleicht weil sie meinen guten Willen gesehen haben.« Mein Vater runzelte die Stirn. »Was sind denn das für Erziehungsmethoden? Über 400 Mark für guten Willen? Da wären deine Mutter und ich ja reich.« Er wandte sich an meine Mutter und hielt den Einzahlungsbeleg mit spitzen Fingern in die Luft. »Das können wir unmöglich annehmen von den Leuten dort. Womöglich ist das gewaschenes Geld.« Ich verdrehte die Augen. Mein Vater glaubte doch wohl nicht ernsthaft, dass auf dem Hof Geld gewaschen wurde. Es gab nicht mal eine Waschmaschine.

Meine Mutter, in finanziellen Dingen eher praktisch orientiert, nahm ihm den Einzahlungsbeleg aus der Hand und heftete ihn mit den Worten: »Was ich nicht weiß, macht mich nicht heiß« ab.

Nach dem ersten Schultag ging ich gleich zu

Oma und beglich bei ihr meine Schulden. Außerdem schenkte ich ihr eine kleine Flasche Tosca. Ich fand, dass Tosca entsetzlich roch. Aber alle alten Leute benutzten es, also musste was dran sein, dachte ich. »Das wäre doch nun wirklich nicht nötig gewesen.« Oma herzte und drückte mich. »Na, du mutiges Kind.« Das meinte sie ernst. Ich musste ihr alles ganz genau berichten. Mit dem Mann im Abteil machte ich es besonders spannend. »Und, hatte er ein Beil in der Tasche? Ein Mörder?«

»Kein Mörder, Oma. Aber einer, der schneidet, ein Handchirurg.« Meine Oma schlug die Hand vor den Mund. »Was es nicht alles gibt.« Ich erzählte weiter. Als ich von Horsts und meinem Gesang im Auto berichtete, fragte meine Oma: »*Born to be* was?«

»Um wild zu sein. Das haben wir die ganze Fahrt über gesungen.« Ich griff mir den Kugelschreiber wie ein Mikrophon, sprang auf die Couch und sang ihr *Born to be wild* vor. Meine Oma war entsetzt. »Und da haben sie euch nicht vom Fleck weg verhaftet? Erstaunlich. Was heißt das überhaupt alles?« Da musste ich passen. Ich konnte nur die Titelzeile übersetzen. »Du singst was und weißt nicht, was das heißt? Stell dir vor, du singst da: *Alle alten Leute müssen überfahren werden.*«

»Oma! So etwas würde ich doch niemals singen!«, sagte ich empört.

»Aber du kannst es doch nicht mal übersetzen.«

»So schlecht ist mein Englisch auch nicht«, sagte ich.

»Aber du kannst es nicht übersetzen«, beharrte meine Oma auf ihrer Meinung. Langsam wurde es mir zu bunt. »Die singen bestimmt nicht: *Alle alten*

Leute müssen überfahren werden. Dann müsste eine Zeile ja heißen: *All old people must be overdriven.* Außerdem weiß ich, worum es in dem Lied geht. Um Freiheit und darum, glücklich zu sein. Darauf kommt es doch nur an.« Meine Oma winkte kopfschüttelnd ab. »Auf einen guten Schulabschluss kommt es an und auf sonst gar nichts, und dafür wäre es gut, wenn dein Englisch besser würde.« Meine Oma durfte so etwas zu mir sagen. Bei ihr hatte ich nie das Gefühl, Grundsatzdiskussionen führen zu müssen.

26

Mit Vater allein zu Haus

Eines Abends herrschte zu Hause rege Betriebsamkeit. »Was ist los, kommt Jimmy Carter?«, fragte ich halb trotzig, halb im Scherz. Meine Eltern schüttelten nur den Kopf. Sie waren zu meiner Überraschung mit Koffern beschäftigt. »Also Dieter, wirklich nein, der ist zu klein. Ich brauche die beiden großen Koffer.«

»Aber Eva, wie lange willst du denn weg?« Mein Vater schlug die Hände vors Gesicht. »Du kannst nicht den halben Hausstand mitnehmen.«

»Warum nicht?«, sagte meine Mutter gereizt. Ich verstand kein Wort. Ließen sich meine Eltern doch scheiden? Ich wusste zwar nicht, warum, aber alles sah danach aus. Mutter wollte den halben Hausstand mitnehmen, das machten Ehepaare so, wenn sie sich trennten; jeder bekam die Hälfte. Für mich wäre eine Scheidung völlig überraschend gekommen. Ängstlich fragte ich, ob sie sich trennen würden. »Ja, für vier Wochen«, sagte meine Mutter. Wie sollte das denn gehen, Trennung für vier Wochen? »Und dann?«, fragte ich weiter.

»Dann ist die Kur deiner Mutter vorbei und sie kommt wieder zurück«, sagte Vater.

»Du fährst zur Kur? Warum denn das, du siehst doch ganz gesund aus«, fragte ich verständnislos.

»Ich muss mich mal von der Arbeit erholen.« Soso, meine Mutter musste sich von der Arbeit erholen. »Ich würde mich auch gerne mal von der Schule erholen«, gab ich zurück.

»So ein Unsinn«, sagte meine Mutter und verpasste mir einen kleinen Schlag auf den Hinterkopf.

»Schläge auf den Hinterkopf erhöhen das Denkvermögen«, kommentierte mein Vater und schickte sich an, noch einen Koffer aus dem Keller zu holen.

Ich hatte keine Vorstellung von dem, was in den nächsten vier Wochen auf mich zukommen sollte. Mit meinem Vater allein zu Haus, na und? Ich sah kein Problem darin. Das änderte sich schlagartig, kaum dass meine Mutter weg war. Zunächst musste ich Vater meinen Stundenplan zeigen. Ich musste jeden Tag zur ersten Stunde um acht Uhr in die Schule. Das hieß bislang, dass Mutter mich um halb sieben weckte, wenn sie das Haus verließ. Gegen sieben Uhr rief sie von der Arbeit aus an, um zu sehen, dass ich auch wirklich aufgestanden war. Danach vertraute sie darauf, dass ich pünktlich losgehen würde. Mein Vater war gewillt, diesen Ablauf empfindlich zu stören.

»Dann können wir ja morgens immer zusammen frühstücken«, sagte er froh gelaunt und klatschte in die Hände. Mir schwante nichts Gutes. Mutter fuhr an einem Freitag ab. Ein letztes Mal weckte sie mich um halb sieben, dann war sie nach Bad Salzuflen entschwunden. Es war im Nachhinein mein ganz persönlicher schwarzer Freitag. Für Freitag, Samstag und Sonntag hatte Mutter vorgekocht. Noch schwelgte ich zufrieden in ihren Mahlzeiten. Dann kam der Montag.

Es begann damit, dass ich von Vater um fünf Uhr geweckt wurde. An der Tür stehend, rief er: »Guten Morgen, Sonnenschein!«, und knipste den sechsarmigen Deckenfluter an. Zunächst glaubte ich zu träumen. Es war aber wahr. Ich hatte große Zweifel, ob der Morgen »gut« werden würde.

»Frühstück ist fertig!« Ich dachte, mich trifft der Schlag. Wortlos erhob ich mich, schlurfte in die Küche und starrte benommen auf zwei blasse Toastbrote, auf denen sich ein Klecks Marmelade verlor.

»Weißt du, wie spät es ist?«, fragte ich den Toast. Der Toast schwieg. Dafür fragte mein Vater, ob ich gut geschlafen hätte.

»Ein bisschen kurz«, sagte ich und biss vom Toast ab. – »Wer was erreichen will, muss früh aufstehen!« Um halb sechs Uhr war der Spuk vorbei. »So, meine Liebe, ich muss jetzt zur Arbeit. Wenn ich heute Abend komme, ist das hier alles picobello aufgeräumt. Haben wir uns verstanden?« Ich nickte. »Dann mach dich mal langsam fertig für die Schule.« Als mein Vater gegangen war, stellte ich den Wecker auf sieben Uhr und legte mich wieder ins Bett. Ich schlief sofort wieder ein. Um Viertel vor sechs Uhr ging der Deckenfluter erneut an. Vater stand in der Tür. »Habe ich es mir doch gedacht. Wo gibt es denn so etwas, sich einfach wieder hinlegen?!«

»Aber Papa, ich muss erst um sieben Uhr aufstehen.«

»Unsinn, die eine Stunde macht den Kohl auch nicht fett.«

»Was soll ich denn so früh machen?«, fragte ich verzweifelt.

»Aufräumen, für die Schule lernen, Gymnastik, Pausenbrote schmieren zum Beispiel.«

»Pausenbrote? Soll das heißen, du hast mir gestern keine Pausenbrote gemacht?«

»Nein, habe ich nicht. Weder für dich noch für mich. Aber siehst du, Monika, da haben wir gleich eine Aufgabe für dich. Ab heute wirst du unsere Brote vorbereiten.« Er drehte sich um und verließ mein Zimmer. Ich saß schlaftrunken auf meinem Bett. »Wage es nicht, dich wieder hinzulegen. Du weißt doch: Vertrauen ist gut, Kontrolle ist besser.« Er ging, zum zweiten Mal an diesem Morgen, zur Arbeit. So ging das vier Wochen lang. Ab und an kehrte mein Vater zurück, um zu sehen, ob ich auch wirklich aufgestanden war. Mein Lebensrhythmus verschob sich. Wenn ich abends vom Training nach Hause kam, fiel ich, allein schon bei der Vorstellung, am nächsten Morgen wieder um fünf Uhr aufstehen zu müssen, ins Bett.

Montagabend zog sich Vater in die Küche zurück. »Niemand kommt hier rein, bevor ich es sage. Ich werde uns jetzt was kochen.« Dann schloss er die Tür. Ich fühlte mich an Weihnachten erinnert und harrte der Dinge, die kommen würden. Nach einer halben Stunde durfte ich eintreten. »Und, wie findest du es?«, fragte Vater gespannt. Ich starrte auf ein Spiegelei, ein Butterbrot und eine Banane. Alles war ordentlich auf dem Teller angeordnet. »O mein Gott!« war alles, was mir einfiel. »Was heißt hier o mein Gott?«, fragte mein Vater irritiert.

»Das Weiße vom Ei ist noch ganz glibberig«, mäkelte ich los.

»Das ist so bei einem Spiegelei«, verteidigte sich mein Vater.

»Nicht bei Mama.« Ich fuhr mit einer Gabel durch den weißen Glibber. Es schauderte mich. »Mama brät das Spiegelei auf beiden Seiten, dann ist da kein Glibber mehr«, erklärte ich.

»Aber dann geht doch das Eigelb kaputt«, protestierte Vater.

»Nicht bei Mama.«

»Nicht bei Mama, nicht bei Mama«, äffte mein Vater mich nach. Jetzt wurde er langsam sauer. »Mama ist aber nicht da, und jetzt wird gegessen, was auf den Tisch kommt!«

Nach dem üppigen Mahl machte ich mich an die Pausenbrote. »Was willst du draufhaben?«, fragte ich ihn.

»Eins mit Käse, aber nicht zu dick, und einen Hauch von Senf auf die eine Brotseite, eins mit Salami, aber die Rinde abschneiden, eins mit Schinken, aber ohne Fettrand, und einen Apfel, geschält bitte. Die Brote bitte alle klappen und vierteln.«

Anfangs war ich etwas überfordert mit einer derartigen Bestellung. Ich wollte mir aber keine Blöße geben, tat so, als hätte ich alles verstanden, und legte los. »Monika! Der Senf auf das Käsebrot, nicht auf das Salamibrot.« Aber von Tag zu Tag wurde ich besser. Schließlich gab es keine Klagen mehr. Ich hatte mich zur allseits anerkannten Herrin über Brot und Belag gemausert.

Am Dienstagabend spielte sich die gleiche Szene wie Montag ab. »Niemand kommt hier rein, bevor ich es sage. Ich werde uns jetzt was kochen.« Als die Tür aufging, sah ich mich Rühreiern, einem Brot und einer Birne gegenüber. Ich verzog das Gesicht. »Was hast du denn jetzt schon wieder? Da ist doch nun wirklich kein Glibber dran!«

»Das nicht, aber es sind schon wieder Eier.«

»Schon, aber dafür gibt es heute ein anderes Obst.« Wir aßen schweigend.

In der Schule ging alles seinen gewohnten Gang. Herr Reichert verteilte seine Striche, und Herr Traum versuchte sich an Experimenten der Physik, die nie funktionierten. »Also wenn das jetzt geklappt hätte, dann wäre jetzt …«

Petra kam ganz aufgeregt zu mir. »Sieh mal, hat mir Rolf gerade geschenkt.« In der Hand hielt sie ein kleines Geschenk. Sie riss das Geschenkpapier auf. Ich war erstaunt. Eine Ringschatulle. Petra sah mich mit großen Augen an. »Nun mach schon auf«, sagte ich.

»Ich kann nicht.«

»Wie, du kannst nicht?! Los, mach es auf!« Petra zierte sich. Inzwischen war Schröderchen hinzugestoßen. »Was ist los?« Dann sah sie die Ringschatulle in Petras Hand. »Von Rolf?« Wir nickten. Irgendwie war ich ein bisschen neidisch. Grundsätzlich fand ich Ringe natürlich doof, sie hatten so was elementar Bürgerliches. Aber Tom hatte mir noch nie irgendetwas geschenkt, geschweige denn einen Ring. Je länger Petra sich zierte, umso wütender wurde ich. Auch Schröderchen wurde ungeduldig. »Mach die Kiste endlich auf, das hält ja keiner mehr aus.« Wir mussten raten. »Silber oder Gold, was meint ihr?« Schröderchen und ich einigten uns auf Silber. Dann endlich öffnete Petra das Schächtelchen. Silber. Aber es war kein Ring. Es war ein Blinker. »Hübsch«, sagte ich innerlich etwas erleichtert. »Was soll das sein?«, fragte Schröderchen. Ich hatte große Mühe, ein Lachen zu unterdrücken. »Das ist eine Art Köder für Fische.« Schröderchen versuchte zu retten, was zu retten war. »Als Ohrring ganz niedlich, oder?« Petra sagte keinen Ton. Sie stand unter Schock. In den nächsten Tagen begegneten sich Rolf und Petra wie Fremde. Wenn sie ihn sah, wechselte sie die Straßenseite, verließ den Flur oder tat so, als sei sie in ein Gespräch vertieft. Auf dem Weg zum Training mussten wir einmal aus dem Bus aussteigen, weil zufällig Rolf einstieg.

»Wie lange soll das noch so gehen?«, fragte ich sie.

»Du kannst Fragen stellen! Hast du schon mal von einem Jungen einen Fischköder geschenkt bekommen?!«

»Nein.«

»Na also, dann hör endlich auf, so doof zu grinsen.« Petra war bedient von den Jungs dieser Welt. Ich wollte sie trösten. »Vielleicht verstehen wir seine Botschaft nicht richtig.«

»Ach, wie soll die lauten? Beiß bei mir an?«, fragte Petra spöttisch.

»Vielleicht. Man weiß doch nicht, was in einem Jungen vorgeht. Was, wenn er sich mit dir zum Angeln treffen will, allein?« Sie überlegte. »Meinst du wirklich, er will sich mit mir treffen?«

»Warum nicht? Immerhin hat er dir ein Geschenk gemacht.« Von da an grüßte Petra wieder. Rolf nahm es mit Erleichterung auf.

Mittwochabend machte mein Vater kein Geheimnis mehr aus seinem Kochvorhaben. Ich durfte gleich in die Küche. Auf dem Herd stand eine kleine Büchse Ravioli. »Mach die schon mal warm«, sagte er zu mir.

»Und was isst du?«, fragte ich überrascht.

»Ravioli, so wie du«, sagte er seelenruhig.

»Aber Papa, das ist doch nur eine kleine Büchse.«

»Ist das zu wenig für uns?«, fragte er verstimmt.

»Für zwei Spatzen würde es reichen.«

»Jetzt habe ich aber genug von dieser dauernden Meckerei. Morgen kochst du. Koste es, was es wolle. Um 18 Uhr hat das Essen auf dem Tisch zu stehen!«, fuhr er mich an.

Am nächsten Abend traf mein Vater pünktlich um 18 Uhr in der Küche ein. Es duftete herrlich nach Hühnchen und Pommes. »So, dann lass es dir mal schmecken!« Mein Vater war baff. Die Sache musste einen Haken haben. Ich tat mein Geheimnis schnell kund. Mit fettigen Fingern reichte ich meinem Vater eine Rechnung. »Zwei halbe Hühner, einen Salat und zweimal Pommes rot-weiß, macht 11,60 DM plus 40 Pfennig Trinkgeld, macht glatt zwölf Mark – da. Du kannst es mir nachher wiedergeben.« Mein Vater war völlig verwirrt. »Zwölf Mark, hatten die Hühner ein Einzelzimmer? Und seit wann bekommen Kassiererinnen Trinkgeld?«, fragte er.

»Das war für den Kellner«, sagte ich schmatzend und zerrte genüsslich an meinem Vogel herum. »Für welchen Kellner?«

»Für den Kellner im Wienerwald.« Mein Vater starrte auf seinen Vogel, als würde der gleich losfliegen. »Sag mal, Monika, bist du wahnsinnig?! Zwölf Mark für ein Abendessen, sind wir Rockefeller?!« Ich schob die Pommes in den Mund, leckte mir genüsslich die Finger ab und sagte seelenruhig: »Du hast doch gesagt: Koste es, was es wolle.« Ich musste schmunzeln. Meinem Vater blieb das Lachen im Halse stecken. »Das ist jetzt hier aber eine absolute Ausnahme. Haben wir uns verstanden?«

»Klar, Chef.«

»Und nenn mich nicht immer Chef.«

»O. k., Käpt'n.«

Am Abend rief meine Mutter an. »Na, mein Sonnenschein, wie geht es euch?« Eine schwierige Frage, wie ich fand. Wie ging es uns? Heute war der erste Abend, an dem ich nicht mit hungrigem Magen ins Bett musste.

»Hallo, Sonnenschein, bist du noch dran?«, fragte Mutter.

»Ja, ich bin noch dran.«

»Wie geht es euch denn nun?« Die Stimme meiner Mutter klang hektisch. Es war ein Ferngespräch und da machten sich immer alle entsetzliche Sorgen um die Kosten. »Es geht uns ganz gut. Zum Essen hatten wir heute ...«, mein Vater unterbrach mich. »Nun mal nicht so lange, ich will auch noch mit deiner Mutter sprechen.« Er riss mir den Hörer aus der Hand.

»Hier ist alles bestens, alle Mann an Deck ... Mach dir keine Sorgen ... Ja, ich grüße Mutti von dir ... Nein, wir verhungern nicht ... Erhole dich gut und lach dir keinen Kurschatten an! Tschüs.«

Am nächsten Tag besuchte ich Oma. »Na, wie läuft es denn so zu Hause mit deinem Vater?«

»Geht so. Sag mal, Oma, was ist ein Kurschatten?« Meine Oma zog die Augenbrauen hoch. »Ein Kurschatten? Das ist das, was deine Mutter niemals haben wird, leider. Dabei würde es deinen Eltern bestimmt mal ganz gut tun.« Ich verstand nichts. »Was ist es denn nun?« Meine Oma sah mit verklärtem Blick aus dem Fenster und legte ihren

Arm um mich. »Ein Kurschatten, mein Kind, das ist gute Laune, schöne Momente, viel Glück und erlaubte Sünde.«

»Erlaubte Sünde? Säuft Mama?« Meine Oma lachte. »Nein, auch das macht deine Mutter nicht. Ich frage mich, was sie überhaupt so macht. Aber lassen wir das. Hast du Hunger?« Ich hatte diese Frage erhofft und vergaß alles um mich herum. »Und wie! Du machst dir keine Vorstellung, was wir gegessen haben in den letzten Tagen.«

»O doch, ich mache mir eine Vorstellung. Dein Vater hat mich nämlich gestern angerufen. Er hat erzählt, dass Eva angerufen hat, und gesagt, wenn ich mich einsam fühlen würde, könnte ich doch mal vorbeikommen.« Meine Oma war nicht einsam, das wussten alle. Oma war meistens unterwegs und zumindest am Tage selten zu Hause. »Er hätte auch sagen können: Mutti, rette uns, koche! Aber das kann er nicht. Also fragt er, ob ich einsam bin.« Ich verstand, was sie meinte. »Dann hol mal morgen deine einsame Oma ab.« Von da an waren wir gerettet. Oma kam zweimal in der Woche und kochte für uns vor. So überstanden wir Mutters Kur ohne Gewichtsverlust und Vitaminmangel.

Ich war froh, als Mutter wiederkam. Sie war bestens gelaunt und überredete meinen Vater, mich für eine Woche Herbstferien auf den Hof zu lassen. Nach einigem Hin und Her erklärte er sich einverstanden. Ich jubelte und schrieb sofort Totti einen Brief. Der antwortete mir postwendend, dass Tom auch käme, ohne Freundin. Nachdem ich den Brief zehnmal gelesen hatte, fragte ich mich, ob man auch bei Liebeskummer eine Kur bekam.

27

Sandige Liebe

Toms bevorstehende Ankunft versetzte mich in einen bis dato nicht gekannten Gefühlszustand. Ich war fahrig, wütend, ängstlich und glücklich zugleich. Ich würde ihm sagen, wie scheiße er sich verhalten hatte, und ihn fragen, was er sich einbilde, mich abzuservieren. So beendete man eine Beziehung nicht. Beziehung? Ich stutzte über meine Gedanken. War das eine Beziehung mit Tom? Ich hatte immerhin etwas schwarz auf weiß von ihm. *Wäre schön, wenn wir uns wiedersehen. So long, dein Tom.* Das hatte er geschrieben, ich wusste es genau, und Schröderchen hatte auch gesagt, er sei mein Freund. Inzwischen sah ich das genauso. Immerhin hatten wir uns geküsst, und ich wusste, wie sein Glied aussah. Da musste man doch wohl von einer Beziehung sprechen! Ich hatte also das Recht, ihn runterzumachen und ihm zu sagen, dass man so etwas mit einem Mädchen aus der Großstadt nicht machte. Wenn das seine Provinztussen zuließen, bitte, von mir aus. Aber nicht ein gestandenes Berliner Mädchen, das seit Jahren mutig den Russen die Stirn bot. Als ich Tom sah, ignorierte ich ihn, so gut ich konnte. Irgendwann stellte er sich mir direkt in den Weg.

»Ach, du bist es«, sagte ich betont gelangweilt.

»Was ist denn los mit dir«, fragte er und legte seine Stirn in Falten.

»Hat es deine Freundin nicht mehr ausgehalten mit dir? Kein Wunder!«

»Tut mir Leid, wie das letztes Mal gelaufen ist.« Er nahm meine Hand. »Ich bin so froh, dass du da bist.« Dann küsste er mich. Mein Widerstand löste sich in nichts auf. Wir zersausten einander die Haare und liefen Hand in Hand über den Hof. Die anderen waren mir egal. Ich kümmerte mich um nichts mehr. Der Küchendienst konnte mich mal gern haben.

Eines Nachmittags fuhren wir zum Kiesteich. Nachdem wir ewig rumgeknutscht hatten, legte sich Tom auf mich. »Spürst du was?«, fragte er mit leuchtenden Augen. Ich spürte nichts. Mein einziger Gedanke war, er könnte zu schwer für mich sein. Tom zerrte an meinem Parka herum. Schließlich berührte er meine Brüste. Es war ein umwerfendes Gefühl. »Spürst du jetzt was?« Ich nickte. Ich versuchte, seine Hose zu öffnen, schaffte es nicht und wurde immer hektischer. Er begann, sich auf mir zu bewegen. Jetzt bloß keinen Fehler machen, dachte ich und begann leise, vor mich hin zu stöhnen. Tom war zunächst irritiert. »Bin ich dir zu schwer?«

»Nein, nein, alles bestens.« Jens hatte gesagt, man muss stöhnen, damit der Junge merkt, dass das Mädchen ihn liebt. Vielleicht war ich nicht überzeugend genug. Tom bewegte sich weiter. Ich spürte sein Glied durch die Hosen hindurch und begann, laut aufzustöhnen. Tom bewegte sich immer schneller. Ich stöhnte, was das Zeug hielt, und ab und an schrie ich laut auf. Plötzlich hielt Tom inne. »Willst du, dass man mich verhaftet?« Die Frage irritierte mich in der Situation sehr. »Wieso verhaftet?«

»Weil ich achtzehn bin.« Achtzehn schien ein gefährliches Alter zu sein. Ich wusste zwar nicht, warum, aber man lief offenbar Gefahr, einfach so vom Bauch der Freundin weg verhaftet zu werden. Toms Verhaftung hätte mir jetzt gar nicht in den Kram gepasst.

»Ich will nicht, dass man dich verhaftet.«

»Dann sei doch bitte ein wenig leiser«, sagte Tom und küsste mich wieder. Dabei setzte er seine Bewegungen fort. Rasch verflüchtigte sich sein Glied, das war es. Wie sollte Tom nun wissen, dass ich ihn mochte? Ich hatte offensichtlich an der falschen Stelle gestöhnt. Andererseits fühlte ich mich nicht so richtig glücklich. Vielleicht liebte ich Tom überhaupt nicht. Mir schien die Liebe komplizierter denn je. Alles, was mir von dem Abend blieb, war eine Menge Sand in den Klamotten.

Als ich wenige Tage später wieder nach Hause kam, war ich verwirrt, unglücklich und nachdenklich zugleich. Was war das nun mit Tom? Eine Affäre? Liebe? Ich wusste es nicht und sah verträumt aus dem Fenster. Vielleicht würde mir Oma weiterhelfen können. »Der ist nichts für dich«, sagte sie, nachdem sie sich alles angehört hatte. »Aber ich wollte ihn heiraten«, sagte ich unglücklich.

»Lass mal, auch andere Mütter haben schöne Söhne.«

»Aber nicht so einen süßen wie Tom!«

Oma verdrehte die Augen und fragte, wie lange so eine Pubertät eigentlich dauern würde. »Keine Ahnung.«

»Wenn sie vorbei ist, wird das Leben leichter«, sagte Oma.

»Na hoffentlich«, sagte ich und machte mich wieder auf den Weg nach Hause.

Als ich ankam, feierte mein Vater gerade den Friedensschluss zwischen Israel und Ägypten. Er war richtig gerührt, und man hätte glauben können, er selbst habe die Unterschriften der Staatsmänner trockengepustet. Aber nicht mein Vater hatte den Deal eingefädelt. US-Präsident Carter hatte in Camp David dafür gesorgt, dass sich die beiden verfeindeten Länder nicht mehr bekämpfen wollten. Dafür bekam Ägypten ziemlich viel Ärger mit den anderen Arabern und wurde aus der OPEC ausgeschlossen. Die Nachrichtenkette über den Friedensvertrag riss nicht ab. Es schien nichts anderes mehr zu geben. Mein Vater war tagelang beglückt. »Na und?«, kommentierte ich die zwanzigste Nachricht über den Friedensvertrag. Da wurde mein Vater böse. »Was heißt hier na und. Es ist wieder ein Stück Frieden mehr in der Welt. Das ist ein historischer Moment und wir dürfen ihm beiwohnen. Es wird Geschichte geschrieben. Wir sind dabei, und mein Fräulein Tochter sagt: Na und?« Der Friedensvertrag zwischen Israel und Ägypten vermochte mir meine drängendste Frage nicht zu beantworten: Was ist Liebe?

Ich schrieb Tom einen Brief. *Lieber Tom, ich bin gut angekommen zu Hause. Bist du auch gut angekommen? Das Wetter ist ganz in Ordnung. Zum Radfahren reicht es jedenfalls noch. Hast du noch die Positron-Schaltung an deinem Rad? Ich fahre immer noch ein Kettler-Rad mit Dreigangnabenschaltung. Das ist natürlich nicht so toll wie deine*

14 Gänge, aber für die Stadt ist es ganz gut. Sag mal, wie findest du mich eigentlich? Ich finde dich ganz nett (glaube ich). Lass mal von dir hören! Viele Grüße, Monika.«

Aber der Briefeinwurf in das Fach »Andere Richtung« hatte seinen Reiz verloren. Es war banal geworden und das bedauerte ich sehr.

Am Nachmittag ging ich zum Training. Petra machte auch nicht gerade den glücklichsten Eindruck. »Wie läuft es mit Rolf?« Sie verzog nur das Gesicht und machte eine wegwerfende Handbewegung. »Frag lieber nicht.«

»Ich frag dich aber.« Wir begannen uns aufzuwärmen.

»Wir haben uns in den Ferien dreimal getroffen.«

»Aber hallo! Und?« Petra trat mit voller Wucht einen Ball aus dem Weg. »Nichts und. Beim ersten Mal war sein Kumpel Werner dabei. War das peinlich! Ich alleine und er mit Werner!«

»Und was habt ihr gemacht?«

»Wir waren angeln. Beim zweiten Mal habe ich Schröderchen mitgenommen, damit es nicht so aussieht, als ob ich was von ihm will«, sagte Petra.

»Und?«

»Diesmal war er allein.«

»O verdammt! Und was war beim dritten Mal?«

»Da haben wir uns auf dem Markt getroffen.«

»Auf dem Markt? Ist das nicht ein etwas seltsamer Ort, um sich mit einem Jungen zu treffen?« Wieder trat Petra gegen einen Ball. »Es war *seine* Idee. Ich dachte, er spendiert mir ein Ketchupbrötchen oder vielleicht sogar eine Tüte Pommes. Stattdessen hat Rolf mir Fische gezeigt und stundenlang erklärt, was es für welche sind. Hast du eigentlich eine Vorstellung, wie viele Fischstände es auf dem Markt gibt?« Ich schüttelte den Kopf. »Rolf war überhaupt nicht zu bremsen. Er erklärte mir, wie man den Fisch kocht oder brät, ob er Gräten hat oder nicht, wie er schwimmt, welchen Köder man brauchen kann und welchen nicht, bei welcher Temperatur man fischt oder auch nicht, was für Blinker es gibt, wo man den Schlag ansetzen muss, um den Fisch totzuhauen, und, und, und.«

»Das ist ja prickelnd«, sagte ich leicht angewidert. Inzwischen waren wir in der Aufwärmphase mit Ball angekommen. Petra warf mir die Bälle wie Geschosse zu. »Von wegen prickelnd. Ich habe mich selten so gelangweilt.«

»Und nun?«, fragte ich.

Wieder kam eines ihrer Geschosse auf mich zu. »Nichts und nun. Rolf ist für mich gestorben. Wie war es mit deinem Tom?«

Mir fiel nur ein, dass es eine sandige Angelegenheit gewesen war. Petra sah mich verdutzt an. Bevor sie nachfragen konnte, trennte uns der Trainer voneinander. »Das ist hier Training und kein Kaffeeklatsch.«

Kaffeeklatsch der besonderen Art sollte ich am nächsten Samstag bei Omas achtzigstem Geburtstag erleben. Mein Vater kaufte Getränke ein, unter anderem Sekt und Herva mit Mosel. Letzteres nannte er abfällig »Rentnerschnaps«. Meine Mutter stellte Berge von Kuchen und Kartoffelsalat her.

Am nächsten Tag schleppten wir alles zu Oma. Sie stand da, schlug vor Freude immer wieder die Hände vors Gesicht und fiel meinem Vater um den Hals. Oma küsste ihn mehrfach auf die Wange und sagte: »Ach Dieter, wenn ich vierzig Jahre jünger wäre, müsstest du dich vor mir in Acht nehmen.« Dann kicherte sie wieder, warf meinem irritierten Vater einen Handkuss zu und schlenderte zu ihren Freundinnen ins Wohnzimmer. An der Wohnzimmertür sagte sie kichernd, ihre große Enkeltochter sei auch da. Gemeint war Michael, der sich zur Feier des Tages einen Zopf geflochten hatte. »Oma ist aber ganz schön lustig«, stellte Michael amüsiert fest.

Es klingelte an der Tür. Niemand kannte den freundlichen Mittfünfziger, der sich als Bezirksbürgermeister vorstellte. Er wolle zur Jubilarin Frau Hammer. Meine Mutter führte ihn ins Wohnzimmer. »Liebe Frau Hammer, ich bin gekommen, um Ihnen im Namen des Bezirks alles Gute zu Ihrem heutigen Jahrestag und ein langes Leben zu wünschen.« Meine Oma rief: »Na, dann mal auf die nächsten 80 Jahre, junger Mann!« Er überreichte ihr den Blumenstrauß und ein Pfund Kaffee. Oma betrachtete ihre Präsente. Alles wartete gespannt auf ihre Dankesrede, schließlich kam der Bezirksbürgermeister nicht jeden Tag vorbei. Dann sagte Oma: »Gibt es kein Geld mehr?« Der Bezirksbürgermeister rang um Fassung, meine Mutter erstarrte und mein Bruder grölte los, nach einer halben Minute hatte er Tränen in den Augen. Ich wurde das Gefühl nicht los, dass er schon wieder einen dieser lustig machenden Kekse gegessen hatte. Dann setzte Oma noch einen drauf und fragte, wer den Herrn eigentlich eingeladen hätte. Meine Mutter schaltete zuerst und komplimentierte den Überraschungsgast aus der Wohnung, wobei sie sich vielmals für das Verhalten von Frau

Hammer entschuldigte. »Also wirklich, so kenne ich meine Mutter gar nicht. Sie ist sonst eine liebenswürdige alte Dame.« Man sah dem Bezirksbürgermeister an, dass er meiner Mutter kein Wort glaubte.

Mein Vater öffnete die Sektflaschen. Noch leicht angesäuert, kam meine Mutter mit dem Sekt ins Wohnzimmer. Als sie ankam, traf sie fast der Schlag. Oma saß, der Rock bis zu den Knien hochgerutscht, in ihrem Sessel. Sie schwenkte einen Unterrock wie ein Lasso über ihren Kopf und sang: »Achtzig Jahr, kaum noch Haar, so stand sie vor mir …«

»Mutti! Was ist denn in dich gefahren.« Die Schmitten sagte kichernd, es sei wohl ein bisschen viel Sekt gewesen. Erst jetzt begriff meine Mutter, dass die Damen bereits das ein oder andere Gläschen Sekt geleert hatten. Oma hatte mit jedem im Haus angestoßen. Bei zwölf Mietparteien erklärte das hinlänglich ihre ausgelassene Fröhlichkeit. »Jetzt guck nicht so verklemmt, Eva! Man wird schließlich nur einmal 80. Prost, Kindchen!!« Oma setzte sich eine Flasche Sekt an den Mund. Meine Mutter riss ihr die Flasche aus der Hand und fragte besorgt, wie viel sie schon getrunken habe.

»Ich glaube, eine Flasche Sekt«, sagte die Schmitten.

»Eine Flasche?!!! Das kann doch nicht wahr sein!« Da schaltete sich Oma wieder ein: »Ist auch nicht wahr. Es waren nämlich anderthalb Flaschen.« Auch die Schmitten hatte offensichtlich den Überblick verloren über die Trinkmenge. 20 Minuten später erhob sich Oma schwankend aus ihrem Sessel und schritt winkend von dannen.

Wir fanden sie wenig später, vollständig bekleidet, mit Schuhen, schnarchend auf ihrem Bett. So fand der Rest des Tages ohne das Geburtstagskind statt.

28

Weihnachten

Dieses Weihnachtsfest würde ein ganz besonderes werden. Zum ersten Mal seit seinem Auszug wollte mein Bruder uns am Heiligen Abend besuchen. Er wollte seine Freundin und die inzwischen achtjährige Nina mitbringen.

»Bei der Kälte wird die ja wohl diesmal einen BH tragen«, sagte meine Mutter im Hinblick auf ihre erste Begegnung mit Beate. Nina hatte sie noch nicht kennen gelernt. Aber ich war sicher, Nina würde innerhalb kürzester Zeit Freude der ganz besonderen Art in mein Elternhaus bringen. Nina hatte in Berlin einen Kinderladen besucht, was verdächtig war. Kinderläden waren eine Brutstätte des Terrors. Davon war mein Vater überzeugt. In der dritten Woche ihres Schulbesuches im Landkreis hatte Nina bereits zwei Tadel bekommen, weil sie reihenweise kleine Jungs verprügelt hatte. Besondere Freude würde meinem Vater bereiten, dass Nina ab und an, völlig unmotiviert, zu sagen pflegte: »Adenauer war ein alter Bauer.« Wenn sie ihren Willen nicht bekam, warf Nina sich auf den Boden, wälzte sich hin und her und schrie wie am Spieß. Während eines ihrer Wutanfälle hatte Nina ein Küchenmesser nach meinem Bruder geworfen. Das Messer verfehlte ihn um Zentimeter. Er scheuerte Nina ein paar, woraufhin Beate ihn anbrüllte: »Du Arsch, was fällt dir ein, mein Kind zu schlagen!«

»Die hat mit einem Messer nach mir geworfen!«, brüllte mein Bruder zurück. Das war für Beate kein Argument. »Na und? Hat sie dich getroffen?«

»Nein.«

»Na also!«

Ich war gespannt, wie meine Eltern mit Ninas Eskapaden umgehen würden, und erwartete, dass Nina spätestens nach dem Kirchgang gefesselt und geknebelt unterm Weihnachtsbaum liegen würde.

Als Erstes kam meine kleine Oma mit ihrer jüngsten Tochter, Tante Elsbeth, die auch die kleine Schwester meiner Mutter war, und ihrem Mann Hartmut. Hartmut hatte freiwillig bei der SS gedient und machte bei jeder sich bietenden Gelegenheit deutlich, dass er stolz darauf war. Die Bundeswehr war für ihn ein verwöhnter Haufen Waschlappen.

Dann kam Oma Hilde mit ihrem vierten Mann Willi. Hildes dritter Mann war ein geborener »Morgenstern« gewesen. Warum er nicht mehr lebte, wurde uns nie gesagt. Mir dämmerte aber langsam, dass es etwas mit Hitler zu tun gehabt haben musste.

Wir machten uns alle schick und gingen gemeinsam in die Kirche, außer meinem Vater. Der kümmerte sich wie immer um den Weihnachtsbaum und ließ, wie meine Oma zu sagen pflegte, den Weihnachtsmann rein. Der Gottesdienst war totsterbenslangweilig. Allein die Spannung auf meinen Bruder und seinen Anhang ließ mich das Ganze ertragen.

Meine Mutter schloss gerade die Haustür auf, als das knatternde Geräusch des VW-Busses uns innehalten ließ. Als Erste stieg Nina aus, dann mein Bruder und zum Schluss eine Frau, die Beate überhaupt nicht ähnlich sah. Meine Mutter zupfte nervös an meiner Jacke. »Das ist doch nicht die Beate. Wer ist das?« Ich zuckte mit den Schultern. Die Frau vom Bahnhof war es auch nicht. »Keine Ahnung. Das Kind ist jedenfalls Nina«, sagte ich. Als die drei näher kamen, erkannte ich Sabine. Kurz vor unserer Truppe angekommen, fragte Nina mit Blick auf Tante Elsbeth und Onkel Hartmut: »Sind das eure Alten?« Meiner Mutter versagte die Stimme, sie blieb mit offenem Mund stehen. Ich wusste sofort: Der Abend wird lustig.

»Nun lasst uns doch mal aus dem Schneematsch hier raus und hochgehen«, sagte meine kleine Oma. Auf dem Weg nach oben hakte sie sich bei meinem Bruder ein und beschwerte sich, dass er noch immer »diese langen Loden« hatte. »Gibt es bei euch keinen Friseur?« Mein Bruder lachte. Dann musterte Oma die Frau an seiner Seite. Zu meiner Mutter gewandt, sagte sie unüberhörbar: »Für die kleinen Dinger braucht sie doch gar keinen BH.« Meine Mutter wurde knallrot.

»Das ist Sabine«, stellte mein Bruder vor.

»Ach, Sie sind gar nicht Beate?«, fragte Oma überrascht nach.

»Nein, ich bin die Sabine.«

»Sissy ist ja auch ein schöner Name«, sagte Oma.

»Nicht Sissy. Sabine«, korrigierte Sabine leicht säuerlich.

»Sissy ist österreichisch und heißt übersetzt Sabine«, sagte Oma bestimmt und ging nach oben.

Als mein Vater die Tür öffnete, brach sein Ordnungssystem zusammen. Wir waren zu acht losgegangen und kehrten zu elft zurück. Er hatte aber nur acht gefaltete Zeitungsblätter hingelegt, auf die wir unsere nassen Schuhe abzustellen hatten. Als Nina es wagte, mitsamt Schuhen an ihm vorbei Richtung Wohnzimmer zu marschieren, rief er mit sich fast überschlagender Stimme: »Um Gottes willen, Eva, sag doch was!« Zu spät, mit wenigen Schritten stand Nina vor dem Baum, tippte an die Tanne und pfiff durch die Zähne. Gerade als sie wieder zurücklaufen wollte, rannte meine Mutter auf sie zu, stieß sie fast auf den Boden nieder und zog ihr die Schuhe aus.

»Die sind ganz schmutzig, damit kannst du hier nicht durch die Wohnung laufen.« Wir anderen entledigten uns weitgehend ordnungsgemäß der Schuhe.

»Ist das Ihr Kind?«, fragte Onkel Hartmut mit Blick auf Sissy.

»Nein, das ist die Tochter von Michaels anderer Freundin.« Es sollte eine geraume Zeit dauern, bis Onkel Hartmut begriff, dass er sich nicht verhört hatte.

Die Weihnachtsgesellschaft hatte sich führungslos in Flur, Küche und Wohnzimmer verteilt. Mein Vater räusperte sich mehrfach, um eine kleine Rede zu halten. Aber niemand beachtete ihn, alle waren beschäftigt. Schließlich wurde es ihm zu bunt. Er ging zum Sicherungskasten und drehte die Sicherungen raus. »Wenn ich jetzt mal kurz um eure Aufmerksamkeit bitten dürfte.« In der Dunkelheit blieb notgedrungen jeder an seinem Platz stehen, alle Gespräche waren verstummt. »Na also«, sagte mein Vater selbstzufrieden. »Es geht doch. Ich freue mich, dass alle da sind, und hoffe, dass wir gemeinsam ein schönes Weihnachtsfest haben werden. Wie es unsere Tradition ist, werden die Kinder zunächst ein Gedicht aufsagen.« Aus der Dunkelheit heraus hörte man Nina aufstöhnen. Mein Vater setzte unbeirrt seine Rede fort: »Wenn ich jetzt gleich wieder für Licht sorge, möchte ich, dass alle so stehen bleiben, wie sie gerade sind, nur die beiden Kinder kommen hier nach vorne zu mir.« Ich kannte das Spiel schon, und kaum dass das Licht anging, eilte ich nach vorne. Jetzt sahen wir, dass meine Mutter just in dem Moment dabei gewesen war, den Kartoffelsalat abzuschmecken. Sie harrte mit dem Löffel wenige Zentimeter vor ihrem Mund aus.

Ich sagte mein Gedicht auf.

»Sehr schön, Monika. – Und was ist mit dir?«, fragte mein Vater hoffnungsfroh in Richtung Nina. »Ich kann kein Weihnachtsgedicht«, sagte Nina. Ich hatte nichts anderes von ihr erwartet.

»Kannst du uns vielleicht ein Lied auf der Flöte vorspielen?«, fragte unser Vater. Nina nickte. Ich musste meine Blockflöte rausrücken. Alle warteten gespannt. Dann legte Nina los. Sie spielte *Alle meine Entchen*. »Das ist aber ein etwas ungewöhnliches Weihnachtslied«, sagte mein Vater, nachdem er seine Fassung wiedergefunden hatte. Nina sah meinen Vater mit großen Augen an. »Wieso, Weihnachten gibt es doch Ente, oder?«

Meine Mutter hatte Kartoffelsalat gemacht. Richtig selbstgemacht, für elf Leute. Aus einer riesengroßen Plastikschüssel schöpfte sie den Salat in drei tischgerechte Schüsseln. Es war meine Aufgabe, im Verlauf des Abends die Schüsseln immer wieder aufzufüllen. Ich allein hatte beim Naschen schon eine Schüssel Salat aufgegessen, was einfach daran lag, dass meine Mutter den besten Kartoffelsalat der Welt machte. Nina sah das anders. Akribisch sortierte sie alles aus, was nicht Gurke war. »Was macht das Kind da?«, fragte meine Mutter irritiert. »Sie isst nur Gurke«, sagte mein Bruder. Als meine Mutter ihr ein Würstchen auftun wollte, schrie Nina auf. »Igitt, Fleisch!« Meine Mutter zuckte zusammen. »Aber du kannst doch nicht nur Gurken essen«, sagte sie entgeistert.

»Siehst du doch, dass sie das kann«, sagte meine kleine Oma und schob nun ihrerseits Gurkenstücke auf Ninas Teller. Mein Bruder, Sissy und ich beteiligten uns am allgemeinen Gurkenschieben und so kam ein stattlicher Haufen von klein geschnittenen Gurken auf Ninas Teller zusammen. Als Nina die Gurkenstückchen immer wieder von der Gabel rutschten, griff sie beherzt mit der Hand zu. »Das hätte es früher nicht gegeben«, kommentierte Onkel Hartmut voller Ekel. »Früher, da hat es so manchen Menschen nicht gegeben«, sagte Oma Hilde. Urplötzlich war die Stimmung schlecht.

»Nun lass mal die alten Geschichten ruhen«, sagte Opa Willi.

»Was heißt hier alte Geschichten«, sagte Oma Hilde mit deutlicher Empörung in der Stimme. Mein dritter Mann hat es Menschen wie dir zu verdanken, dass er ...« Onkel Hartmut fiel ihr ins Wort. »Er hätte nur den Namen Morgenstern ablegen müssen und alles wäre geritzt gewesen. Aber dieser Sturkopf. Und dann wollte er auch noch bleiben. Hundertmal habe ich ihm erklärt, dass er nicht bleiben kann. Ich habe Kopf und Kragen für deinen Gatten riskiert, ist dir das eigentlich klar?!«

Die Stimmung unterm Weihnachtsbaum wurde immer schlechter. Meine kleine Oma war ungewohnt ruppig. »Hartmut, jetzt halt endlich deine Klappe, da kommt nur faschistischer Müll raus.« Gleichzeitig tätschelte sie Oma Hilde den Rücken. »Bei dem ist der Granatsplitter nicht im Bein, sondern im Hirn gelandet. Man gut, dass du deinen Willi getroffen hast, wer weiß, wo du sonst gelandet wärest.« Oma Hilde kämpfte mit den Tränen, Opa Willi reichte ihr ein Taschentuch. »Lass gut sein, mein Hildchen«, sagte er und nahm sie in den Arm.

»Trotzdem war nicht alles schlecht«, sagte Onkel Hartmut.

»Noch ein Wort und ich drehe dir den Hals um«, drohte nun Opa Willi. Dann herrschte betretenes Schweigen. Es dauerte eine Weile, bis jemand etwas zu sagen wagte. Es war Nina, die das Schweigen brach. »Gibt es hier auch Geschenke?«

Mein Vater, dankbar für die Ablenkung, klatschte in die Hände und bat zur Bescherung. Päckchen wurden hin und her gereicht und ausgepackt. Ich bekam eine große Luftpumpe, bunte Schutzfolien zum Schulhefteeinschlagen und einen Schokoladenweihnachtsmann. Ich war enttäuscht und beobachtete missmutig, wie Nina Geschenk um Geschenk auspackte. Plötzlich war sie nicht mehr die lustige Stieftochter meines Bruders, sondern ein Eindringling. Meine Oma sah, dass ich kochte. Sie zwinkerte mir aufmunternd zu. Sollte da noch was für mich kommen?

Als alle fertig waren mit ihren Geschenken,

musste ich die Augen schließen. »Wehe, wenn du die Augen vorher aufmachst, dann setzt es was«, sagte Mutter. Ich war gespannt wie ein Flitzebogen. Ich hatte keinen Wunschzettel geschrieben. Dafür fand ich mich einfach zu alt. Mir fiel absolut nicht ein, was es sein könnte. »Du darfst die Augen erst aufmachen, wenn du weißt, was es ist«, sagte mein Vater und drückte mir ein riesiges Geschenk in die Hand. Ich wusste sofort, was es war. Und gerade weil ich wusste, dass es meinen Eltern widerstrebte, einem Mädchen ein solches Geschenk zu machen, war ich besonders glücklich. Es war eine Gitarre.

Die Gitarre sprengte alles, was bisher an Geschenken dagewesen war. Wie meine Eltern später feststellen mussten, sprengte sie auch jedes bisher dagewesene Maß an Lärmbelästigung, da ich der Meinung war, unbedingt eine Band bilden zu müssen. Besonders schlimm wurde es für unsere Eltern, als ich begann zu singen. Ich gab andauernd im Wohnzimmer Konzerte. Wenn meine Eltern in der Küche saßen, verlegte ich meine Auftritte auf diese neun Quadratmeter. Wenn meine Mutter in der Küche war und mein Vater im Wohnzimmer, trat ich, sehr zur Freude unserer Nachbarn, im Flur auf. Zunächst zählte auch Oma zu meinen Zuhörern, aber sie zog sich schon bald dankend zurück. »Das ist nichts mehr für mich. Eher was für Jüngere. Spiel das mal den Eltern vor.« Unsere Eltern bemühten sich lange Zeit, es mit Humor zu sehen. Aber ich ahnte, wie sie litten.

Nina hatte unter anderem schwarze Klickklack-Kugeln bekommen. Für mich war das nichts mehr, immerhin war ich schon über fünfzehn Jahre alt. Mitleidig hatte ich die kleinen Siebtklässler auf dem Hof beobachtet, wie sie verzweifelt versuchten, den Überschlag zu schaffen. Das Tückische an den Klick-klack-Kugeln war, dass man es nach geschafftem Überschlag kaum vermeiden konnte, dass die Kugeln schmerzhaft auf das Handgelenk niederprasselten, sobald der Schwung nachließ. Nun versuchte Nina ihr Glück. Sie schaffte es nicht.

Dafür schaffte es Onkel Hartmut gleich im ersten Anlauf. Er ließ die Kugeln so schnell aneinander schlagen, dass meine Oma irgendwann sagte, er solle aufhören. »Das klingt ja wie ein Maschinengewehr.« Das schien Onkel Hartmut anzufeuern und immer schneller schlugen die Kugeln. Alle starrten die klickenden und klackenden Kugeln in Onkel Hartmuts Hand an, bis sich plötzlich eine löste, an die Decke flog und mit einem unguten Geräusch auf seinen Kopf fiel. »Das schadet gar nichts«, sagte Oma. Was war ich froh, dass mich mal keine Schuld traf! Alle starrten Onkel Hartmut an. Mit einiger Verzögerung griff er sich schließlich an den Kopf. »Es gibt Schlimmeres. Als wir damals in Stalingrad lagen …« Meine Oma fiel ihm ins Wort: »… da sind hier Kinder verhungert.« Plötzlich drohte die mühsam hergestellte gute Weihnachtsstimmung wieder umzukippen.

Ich machte mich auf die Suche nach der verloren gegangenen Klick-klack-Kugel. Ich fand sie unter dem Tisch und sah, wie Tante Elsbeth ihrem Mann einen mächtigen Tritt versetzte und gleichzeitig meine Mutter meinen Vater trat. Daraufhin fragte mein Vater, wer noch ein Schlückchen trinken wolle. »Mutti, für dich haben wir auch Herva mit Mosel da.« Ich blieb unter dem Tisch sitzen und musste mit ansehen, wie meine Mutter erneut nach meinem Vater trat. Als ob die Tritte meiner Mutter seine Stimmbänder anstießen, sagte mein Vater, er habe was ganz Besonderes zu bieten, und verschwand.

»Für dich ist der gute Tropfen viel zu schade«, sagte Oma Hilde. Ich vermutete, dass sich das gegen Onkel Hartmut richtete. Und richtig. Kaum ausgesprochen, meinte Tante Elsbeth, man solle nicht immer so auf ihrem Mann herumhacken.

»Dieser Holzkopf da neben dir soll ein Mann sein? Also ich weiß nicht«, sagte meine Oma. Woraufhin meine Mutter ihre Tritte wieder aufnahm. Diesmal in Richtung ihrer eigenen Mutter. Aber Oma ließ sich nicht beirren.

»Ist doch wahr. Der hat doch ein Ding an der Waffel.« Meine Mutter holte wieder aus zum Tritt. Zu schwungvoll und dadurch zu hoch. Ihre Fußspitze traf mich im Gesicht.

»Aua!«, schrie ich auf.

Als ich hochkam, wagte ich nicht, den Mund zu öffnen. Ich spürte, wie meine provisorischen Zähne nutzlos im Mund herumlagen. Inzwischen war mein Vater mit Maria Kron in der Hand zurückgekehrt. Ich durfte zur Feier des Weihnachtsfestes eine Büchse Cola trinken. Dann stießen alle an. Sie erhoben ihre Gläser auf alle Menschen, denen es nicht so gut ging wie uns. Ich mochte nicht trinken. »Nun trink schon«, sagte mein Vater. Ich grinste tapfer, nahm einen Schluck und ließ meine Kronen ein Cola-Bad nehmen. Schlucken oder nicht schlucken, das war hier die Frage. Ich schluckte, sprach aber an dem Abend mit stets gesenktem Kopf und nur noch das Nötigste. Ich fühlte mich wie eine Sechsjährige, der die Milchzähne ausfielen. So würde mich kein Junge nehmen, nicht mal der kleine Werner und schon gar nicht Tom.

Mein Bruder lud Oma zu sich auf den Hof ein, damit sie sich sein Landleben selber ansehen konnte. Erst zierte sie sich. »Ihr habt da bestimmt Ratten.«

»Keine Sorge, die rennen vor Ihnen schon weg«, sagte Sissy bitter. Vom ersten Augenblick an war klar, dass sie mit Oma nicht gut auskommen würde. »Besser, die Ratten rennen vor mir weg als die Männer«, konterte Oma. Michael konnte sie schließlich davon überzeugen, Ostern zu kommen. »Nimm Monika mit.« Meine Oma sah mich an. Ich nickte, sprechen konnte ich ja nicht. »Na gut, dann werde ich mir mal ansehen, wie der Junge so lebt.«

29
Mit Oma in Wonkel

Oma wollte die Mutter des Gurkenkindes kennen lernen und kurz vor Ostern war es so weit. Oma und ich fuhren zu meinem Bruder. Horst holte uns vom Bahnhof ab. »Was soll denn das sein?«, fragte Oma mit Blick auf den verdreckten VW-Bus.

»Ein Auto«, sagte Horst.

»Das sehe ich, junger Mann. Ich meinte auch mehr den Zustand des Gefährtes!« Oma stieg ein. Mit spitzem Finger begutachtete sie das Gerümpel im Bus. Kurz vor dem Hof hatte sie einen Entschluss gefasst. »Dieser ganze Dreck hier muss raus.« Horst sah mich irritiert an. Mit dem Dreck meinte sie für die Landkommune wichtige Dinge. Horst wollte nett sein und sagte, dass er sich bald daranmachen würde, den Bus auf Vordermann zu bringen. Als wir in der Hofeinfahrt standen, sagte Oma: »Was du heute kannst besorgen, das verschiebe nicht auf morgen!«

Horst verließ fluchtartig das Auto. »Michael!!! Deine Oma ist da!!!« Aus dem Garten hörte man vergnügliches Schreien. Dann tauchte mein Bruder auf. Notdürftig mit einem kleinen Handtuch bekleidet, das er um den Unterleib geschlungen hatte. »Hallo, Oma!« Hinter ihm tauchte Sissy auf. »Gib mir sofort das Handtuch wieder, du Schuft!«, rief sie lachend und nackt. »Sissy?«, fragte Oma, die sich ob der mangelnden Bekleidung nicht ganz sicher war, wessen Brüste da gerade auf der Schulter ihres Enkelsohnes lagen. »Sabine«, sagte die Brustbesitzerin. »Sie werden sich erkälten«, sagte Oma kühl.

Dann tauchten Beate, Micha, Totti, Bylle und die Besitzerin der Kornkammer auf. Alle nackt. Ich dachte sofort an Gruppensex und hoffte inständigst, dass sie meine Oma verschonen würden. Zum Glück war wenigstens Nina bekleidet, als sie um die Ecke bog. Sie riss meinem Bruder das Handtuch von den Hüften und starrte auf sein Glied. »Soso, du hast also auch einen.« Alles lachte auf. Oma strich ihr über die Haare und sagte: »Da ist ja unsere kleine Gurkensammlerin, was bist du groß geworden.«

»Willst du den Hof sehen?«, fragte Nina.

»Gerne«, sagte Oma. Ich hatte das Gefühl, Oma betrog mich mit diesem verzogenen kleinen Kind. Ich wollte mit ihnen gehen, quasi als Aufsicht, damit sich da kein engeres Verhältnis anbahnen konnte. Aber Bylle pfiff mich zurück. »Du kennst doch alles schon, hilf mir mal lieber beim Bettenbeziehen.« Mürrisch folgte ich ihren Anweisungen. Als Oma mit Nina zurückkehrte, hatten beide mit Schokolade verschmierte Münder. Ich wurde immer wütender.

Am Abend war Horst wieder aufgetaucht. »Deine Oma hat ja echt Power. Das mit dem Auto meinte sie doch nicht etwa ernst?«

»Und wie ich das ernst meinte«, sagte Oma, die unvermittelt in der Tür stand. »Kommt mal mit.« Horst und Nina trabten in Richtung Auto. Am

Abend erzählte Oma lang und breit, wie wunderschön Horst und Nina das Auto hergerichtet hätten. Oma hatte Putzanweisungen gegeben und anschließend war der Wagen kaum wiederzuerkennen. Nina hatte mit schwarzer Farbe den verblassten Schriftzug *Atomkraft, nein danke* wieder auf Vordermann gebracht, was alle in totale Begeisterung versetzte. »Super Idee«, sagte Uwe und klopfte ihr anerkennend auf die Schulter. Als ob das alles nicht reichte, sagte Nina noch, sie wolle bei uns im Zimmer schlafen. Oma sagte sofort ja, ohne mich zu fragen. Ich fand, das ging jetzt zu weit. Als ich Oma endlich unter vier Augen erwischte, versuchte ich das Blatt noch zu wenden. »Aber Oma, Nina ist doch ein wildfremdes Kind, wir kennen sie doch kaum.«

»Was hast du denn, sie ist doch so etwas wie meine Stiefenkeltochter.« Mir fiel fast die Kinnlade runter, Stiefenkeltochter, so etwas hatte ich ja noch nie gehört. »Aber Sissy ist doch gar nicht die Mutter von Nina.«

»Na und? An der Mutter von Nina, der Beate, nestelt der Junge doch auch dauernd herum.« Oma entging nichts. »Bist du etwa eifersüchtig?«, fragte sie. Ich fühlte mich erwischt. Erwischt mit einem Kindergefühl. Es war mir furchtbar peinlich, und so sagte ich: »Nein, wieso denn? Von mir aus kann sie ruhig bei uns schlafen, mir macht das gar nichts aus.«

»Na, dann ist doch alles klar«, sagte Oma. Ich nickte halbherzig.

Die halbe Nacht lag ich wach und überlegte, was zu tun wäre. Dann hatte ich die Idee. Stundenlang sammelte ich Spinnen und sperrte sie in ein Glas. Ich fiel von der Leiter, riss mir zahllose Holzsplitter ein und verrenkte mir den Hals. Aber das war es mir wert. Es wimmelte nur so von Spinnen. Selbst mir, die ich, was Spinnen anging, hart im Nehmen war, lief ein Schauer über den Rücken. Ich versteckte das Glas in unserem Zimmer und wartete geduldig auf meine Chance. Nach einigen Tagen war es so weit. Ich war zum ersten Mal vor Nina und Oma allein in unserem Zimmer. Nina schlief am Boden auf einer Luftmatratze, wohingegen ich als echte Enkeltochter wenigstens noch das Privileg hatte, im Bett am Fenster zu nächtigen.

»Ich komme gleich!«, rief Nina, nichts Böses ahnend. Ich zog das Spinnenglas aus dem Versteck und schlug, die Augen auf die Türklinke gerichtet, Ninas Bettdecke zurück. Hektisch drehte ich das Glas auf und schüttete den tierischen Inhalt in Ninas Bett. Ein bestialischer Gestank stieg auf, und alles, was aus dem Glas fiel, waren drei kleine dicke Spinnen, die schnell das Weite suchten, und jede Menge langer Spinnenbeine. Mir fielen Tausende von Fragezeichen aus den Augen. Ich verstand überhaupt nichts. Als Nina die Türklinke niederdrückte, schaffte ich es im letzten Moment, mich in ihr Bett zu werfen, unter der Decke noch das Glas in der Hand.

»Was machst du da?«, fragte sie misstrauisch.

»Ich dachte, vielleicht willst du heute mal am Fenster schlafen«, sagte ich schlagfertig.

»Au fein«, antwortete Nina und sprang in mein Bett. »Echt super, danke.« Sie drehte sich um und schlief sofort ein. Ich wollte gerade aufstehen, als Oma an der Tür erschien. »Bleib liegen, Monika, ich wollte nur sehen, ob ihr schon schlaft. Gute

Nacht, Große.« Sie warf eine Kusshand ins Zimmer und schloss die Tür. Immer wieder wachte ich aus diffusen Träumen auf über Spinnen, die lautstark ihre Beine zurückforderten.

Oma akklimatisierte sich schnell. Sie fand die Mitbewohner meines Bruders »ein bisschen irre«. Aber das waren wir ihrer Meinung alle irgendwie. Ansonsten fand sie alle nett, außer Sissy. »Wie die sich an den Jungen heranschmeißt, das ist ja schon Körperverletzung«, pflegte sie immer zu sagen. Begeistert war sie von Bylles Broten, dem Kräutergarten und den Speisen. Ich weigerte mich, Löwenzahnsalat zu essen, schließlich war ich kein Kaninchen. Auch Brennnesseltee zählte für mich nicht unbedingt zu den Getränken, auf die ich mein Leben lang ungeduldig gewartet hätte. Aber Oma fand das toll. Eines Tages überraschte sie alle mit einem Rübenauflauf. Horst war begeistert und kritzelte sich das Rezept irgendwohin.

»Was willst du eigentlich mal werden?«, fragte Oma ihren Enkelsohn.

»Ich will hier alt werden.«

»Aber Junge, irgendwann bekommst du Läuse. Du wirst so anders hier. Du siehst schon aus wie ein Mädchen.« Dann sah sie an meinem Bruder herunter und fügte hinzu: »Wenigstens von hinten.« Ich lachte auf.

»Wie soll denn deine Zukunft hier aussehen?«, fragte sie weiter.

»Meine Zukunft ist jetzt, Oma. Ich lebe im Hier und Jetzt. Was interessiert mich das Morgen?« Er lächelte sie an. Oma schwieg. Nach einer Weile bohrte sie weiter. »Wenn du hier bleibst, wirst du die Sissy heiraten?«

»Niemals«, entfuhr es meinem Bruder.

»Na, dann ist ja alles klar. Und was ist mit Beate?«

»Ich fühle mich frei und glücklich mit ihr.«

»Das ist die Hauptsache«, sagte Oma, gab meinem Bruder einen kleinen Kuss, verschwand in Richtung ihres Zimmers und rief von weitem: »Aber die langen Loden müssen ab!« Michael und ich lachten. Unsere Oma war schon scharf. Aber mein Verhältnis zu ihr war nicht mehr unbelastet, seit sie es zuließ, dass Nina sich ihr so an den Hals warf. Schmerzlich musste ich feststellen, dass meine Oma begann, sich von mir abzunabeln.

30

Vater, Pubertät und ich

Ich kehrte zurück in die Welt der Mitesser, der Gurkenmasken, des Henna, der Räucherstäbchen und der indischen Halstücher.

Während die anderen Mädchen sich immer mehr um Mode kümmerten, las ich Bücher über Atomkraftwerke und den Hunger in der Dritten Welt. Ich las alles, was ich in der Landkommune in die Finger bekam. Als ich eines Tages ein Bild von Karl Marx auf meinen Schreibtisch stellte, biss mein Vater beinahe in die Schreibtischplatte. »Aber Kind, du verstehst doch gar nicht, was der Mann schreibt!«

»Aber ich bemühe mich darum!«

Meine Lektüre führte dazu, dass ich unter anderem Nelson Mandela einen aufmunternden Brief schreiben und dem Papst sagen wollte, dass Abtreibung mitunter gar nicht so verkehrt sei. Ich wollte ein Volksbegehren gegen Atomkraftwerke initiieren und an die Ausbeutung des Schwarzen Kontinentes durch die Kolonialherren erinnern.

Mäuseschwänzchen begann, Hosen mit Schlag zu tragen. Unter dem Schlag konnte man ganze Schultaschen verstecken. Ich hingegen trug noch immer, zum Entsetzen meiner Mutter, selbst gefärbte Latzhosen und den Parka. Seit ich meine Mutter am Telefon hatte sagen hören, sie hoffe, dass ich mit meiner Kleidung bald zur Vernunft kommen werde, entschloss ich mich, die Latzhosen und den Parka bis zu meinem dreißigsten Geburtstag nicht mehr abzulegen.

Schröderchens größte Lebenssorge schien es zu sein, dass Thomas Klatt niemals etwas mit ihr anfangen würde, und Petra versteifte sich immer mehr auf den angelnden Rolf.

Ich zog Bilanz. Ich hatte keinen Freund, dafür aber einen Mathematiklehrer, der mich für geistig behindert hielt. Ich vegetierte in einem Sportunterricht vor mich hin, der mir die Tränen in die Augen trieb. Ich besaß ein Fahrrad mit uralter Dreigangnabenschaltung und hatte noch nie an einem Joint gezogen. Was war das nur für ein verkorkstes Leben? Ich litt an mir, der Welt und vor allem an meinen Eltern.

»Du musst dir jetzt aber langsam mal Gedanken um deine Zukunft machen«, sagte mein Vater.

»Wozu, ich bin die No-Future-Generation«, entgegnete ich.

»Was für eine Generation?«

»No future.«

»Geht das auch in Deutsch?« Meine Mutter konnte ihr Volkshochschulenglisch einbringen. »No hat im Englischen mehrere Bedeutungen. Es kann heißen: nein; aber auch: kein oder nicht. Man muss den Gesamtzusammenhang sehen. Kommen wir zum zweiten Wort: Future. Auch dieses Wort hat mehrere Bedeutungen …« Ich ertrug es nicht mehr länger und sagte zu meinem Vater: »Das heißt: keine Zukunft.«

»Das wollte ich doch gerade erklären«, sagte meine Mutter mit beleidigtem Unterton.

»Was ist denn das wieder für ein Unsinn, keine Zukunft. Wenn du in der Schule so weitermachst, hast du natürlich eine Zukunft! Also, was willst du in Zukunft machen?«, fragte mein Vater hartnäckig.

Ich überlegte lange. Ich wusste, meine Antwort würde ihn nicht zufrieden stellen. Aber ich sagte es trotzdem: »Ich möchte in Zukunft jeweils eine LP von Ludwig Hirsch, von Georg Danzer und von Konstantin Wecker haben. Außerdem möchte ich Satteltaschen, damit ich mit dem Rad nach Amsterdam fahren kann. Später will ich einen Führerschein machen und ich möchte frei sein von materiellen Zwängen.«

»An welchen materiellen Zwang dachte mein Fräulein Tochter da?«

»Zum Beispiel brauche ich keinen neuen Opel 17M, um glücklich zu sein.«

»Den wirst du auch nicht kriegen, der 17M ist nämlich von Ford«, triumphierte mein Vater. Seit ungefähr meinem zwölften Lebensjahr war es sinnlos geworden, mit ihm über irgendetwas zu reden. Am Ende würden wir uns wieder streiten, und meine Mutter würde sich fragen, ob andere Kinder auch so schwierig sind.

»Mein Gott, du weißt doch, was ich meine. Ich brauche kein teures Auto, später mal. Es kann auch eine alte Kiste sein, Hauptsache, sie fährt.«

»Und wenn die alte Kiste dann nicht mehr fährt, kann man sich ja mal beim alten Papa den spießigen Ford 17M ausleihen!«.

»Warum bist du immer gleich so eklig?«

Meine Mutter versuchte zu schlichten. »Jetzt hört auf, euch zu streiten.«

»Wir streiten uns nicht«, sagte mein Vater.

»Noch nicht«, sagte ich.

»Überhaupt, wovon willst du leben? Von Luft und Liebe? Lern erst mal was Vernünftiges und dann reden wir weiter.«

»Dir fehlt die Kraft, dich zu erheben aus deinem bürgerlichen Mief.«

»In diesem bürgerlichen Mief hast du 15 Jahre gut gelebt!«, sagte mein Vater lautstark.

»Es wundert mich, dass ich bisher nicht erstickt bin!« Jetzt stand auch mein Vater auf und zeigte mit dem Finger auf mich. »Raus! Bevor ich mich vergesse!«

»Du glaubst ja nicht, wie gerne ich gehe!« Ich machte mich auf den Weg in mein Zimmer. Im Rausgehen hörte ich noch, wie meine Mutter fragte, ob andere Kinder auch so schwierig seien.

Weihnachten 1979 starb Rudi Dutschke. Mein Vater erklärte mir, dass Dutschke ein gewalttätiger Spinner gewesen sei, der unseren Rechtsstaat an den Rand einer Katastrophe geführt habe. »Auf dem Hof habe ich das aber etwas anders erklärt bekommen.« Meine Mutter sah mich flehentlich an. Ihr Blick sagte: Es ist Weihnachten, bitte keinen Streit. Mein Vater verengte seine Sehschlitze und ließ die Augenbrauen ganz nah aneinander wandern. Das war kein gutes Zeichen. Alarmstufe Rot. Bei Horst hatte ich gelernt, dass die Idee erst dann zur Gewalt wird, wenn sie zu Waffen greift. Aber ich schwieg lieber. Dafür gab Onkel Hartmut seine Meinung zum Besten. »Dutschke? Da fällt mir nur Arbeitslager ein.«

»Es will aber niemand wissen, was dir zu Dutschke einfällt«, sagte Oma Hilde giftig.

»Du Feigling hast ja jeden ins Arbeitslager gesteckt«, ergänzte ihr Mann. Elsbeth verteidigte wie immer ihren Hartmut. »Ihr sollt nicht immer so mit meinem Mann reden.« Das war Omas Stichwort. »Mann? Das soll ein Mann sein? Dem ist doch vom Krieg ein Splitter im Hirn stecken geblieben.« Meine Mutter schüttelte den Kopf. Ich versuchte, die gereizte Stimmung zu entspannen.

»Also, Kinder«, sagte ich zu den um mich sitzenden Erwachsenen, »nun streitet euch mal nicht, ist schließlich Weihnachten.« Mein Bruder lachte und lachte. Er hörte überhaupt nicht mehr auf und schließlich lachten alle mit. Die Augenbrauen meines Vaters entspannten sich. Weihnachten war gerettet.

Als ich abends heimlich in meinem Zimmer kurz mal eine Kerze für Rudi Dutschke anzündete, fand ich mich irre wichtig. Ich würde Frieden schaffen in der Welt. Dafür war ich da.

31

Schule

Nicht nur, dass meine Klassenkameradinnen sich nicht für Politik interessierten, sie hassten auch den Sport. Ich war wieder mit Leib und Seele Handballerin. Wir trainierten zweimal in der Woche. Vor wichtigen Spielen dreimal. Mit anderen Worten: Ich war durchtrainiert. Im schulischen Sportunterricht aber wurde ich sportlich auf eine Stufe mit Mädchen wie Mäuseschwänzchen oder dem asthmatischen Schröderchen gestellt. Wenn ich im Duell mit ihnen die 100 Meter lief, konnte ich mir die Schuhe unterwegs zubinden und sie dann in Höhe der 75-Meter-Linie überholen. Während ich locker auslief, blieben die anderen kurz hinter oder sogar auf der Ziellinie stehen. Sie konnten nicht mehr.

Sehr zu meiner Freude verfiel unsere Sportlehrerin, Frau Geller, eines Tages auf die Idee, uns auch mal längere Strecken laufen zu lassen. Sofort hatten beim nächsten Sportunterricht ein Drittel aller Mädchen plötzlich und unerwartet ihre Tage bekommen. Manche hatten monatelang ihre Tage und drohten der ungläubigen Frau Geller mit einem Blutsturz, falls sie tatsächlich auf eine Teilnahme am Sportunterricht bestehen sollte.

Die Tausendmeterstrecke liefen wir nur noch zu

viert. Drei davon waren in Sportvereinen, die Vierte im Bunde war Mäuseschwänzchen. Sie dachte an ihre Note und erlief sich mit viel Schweiß eine glatte Fünf. Für mich war es eine große Tragik, nur mit Mädchen Sport zu haben. Sie verwahrten sich lautstark gegen die Idee, eine Stunde in der Woche mit den Jungen gemeinsam Sport zu treiben. Stattdessen hingen sie lieber an der Trennwand in der Sporthalle und versuchten, einen Blick auf das andere Geschlecht zu erhaschen.

Einmal ließ Frau Geller uns Handball spielen. Es war eine Katastrophe. Immer wenn ich den Ball hatte, schrien die gegnerischen Spielerinnen auf und hielten sich schützend die Hände über den Kopf. Die Torfrau warf sich mit einem Hilferuf flach auf den Boden, wenn ein Ball auch nur in ihre Nähe kam.

»Das geht so nicht«, sagte Frau Geller zu mir. »Die Bälle von dir kann kein Torwart fangen.« Darum ging es aus meiner Sicht auch nicht. Die Bälle sollten schließlich im Tor und nicht in den Armen eines Torwartes landen. »Da haben Sie aber was missverstanden bei den Regeln«, sagte ich. Frau Geller ließ sich nicht beirren.

»Wir wissen ja, dass du Handball spielen kannst. Aber ich glaube, es ist besser, wenn du die Mittellinie nicht mehr überschreitest.«

Die gegnerische Mannschaft war eigentlich dankbar für das Eingreifen von Frau Geller. Immerhin führten wir zu diesem Zeitpunkt 9:2. Alle Tore stammten von mir. Das Spiel lief ganz einfach. Meine Handballkameradin Petra fing den Ball am eigenen Kreis ab, warf ihn dann präzise zu mir nach vorne – Tor. Die Schülerehre verbot es aber der gegnerischen Mannschaft, dem Vorschlag einer Lehrerin zuzustimmen. Lehrer waren Feinde. Frau Geller ließ mir schließlich den rechten Arm am Körper festbinden. Ich durfte nur noch mit links werfen. Wir gewannen 17:3. 16 Tore hatte ich geworfen.

In Mathematik war der Zug für mich schon lange abgefahren. Der Lehrer, Herr Schmidt, machte keinen Hehl daraus. »Mensch, Monika, bei dir scheint ja nicht nur die Funktion beschränkt zu sein.« Nun, ich schloss mit Werner einen Deal ab. Er half mir bei den Mathematikarbeiten und ich schrieb ihm die Aufsätze vor. Herrn Schmidt waren die Ergebnisse meiner Lernkontrollen nicht geheuer. »Ich weiß nicht, wie du das schaffst. Die Sache muss einen Haken haben.«

In Deutsch war ich richtig gut. Aber nur, weil ich auf dem Hof meines Bruders an Literatur herankam, die den anderen fremd war. Ich las Hermann Hesse, Max Frisch und Hemingway. Sehr zur Freude von Frau Weber konnte ich aus Goethes *Faust* zitieren. Die Ursache war eine Wette zwischen mir und Uwe. Ich fand mich in den letzten Sommerferien alt genug, um endlich zu kiffen. Das sahen die Bewohner des Hofes anders. Ich sollte noch ein Jahr warten.

»Ihr seid wie meine Eltern!«, war es aus mir herausgeplatzt.

»Um Gottes willen«, hatte Uwe lachend gesagt, »nur das nicht!« Am Abend hatte er unter dem Jubel der anderen folgenden Vorschlag gemacht: »Du darfst an einem Joint ziehen, wenn du es schaffst, mehr auswendig zu lernen als ich.« Horst suchte den *Faust* aus, weil er die Wette »irgendwie mephistophelisch« fand. Uwe gewann die Wette und ich durfte nicht kiffen. Der *Faust* war trotzdem hängen geblieben.

Trotz allen Wissens und hochgelobten Aufsätzen hielt Frau Weber meine Idee, Schriftstellerin zu werden, für den größten Unsinn, den ihr je ein Schüler gesagt hatte. »Lerne etwas Vernünftiges!« Ich begann diesen Satz zu hassen. Was um Himmels willen war vernünftig? Die von mir herbeigesehnten Berufe wurden gar nicht erst angeboten. Demonstrantin, Fahrradreparierererin, Liedermachertexterin, Profihandballspielerin und Schafstallbauerin.

32

Berufswahl

Wir verbrachten Stunden im Berufsinformationszentrum, kurz BIZ genannt. Lehrstellen waren knapp, da konnte man nicht wählerisch sein. Meine Berufsberaterin war mir gleich nach der ersten Frage unsympathisch. Im Zeitalter der Emanzipation fragte sie mich allen Ernstes, ob ich gerne koche.

»Das wird mein späterer Mann für mich erledigen«, erwiderte ich gelangweilt.

»Bist du gut in Mathematik?«

»Eigentlich nicht.«

»So wie du aussiehst, hast du auch Probleme mit angemessener Kleidung.«

»Ich mag es eben lieber praktisch«, gab ich zurück.

Sie ließ nicht locker, für mich einen Beruf zu finden. »Bist du ein ordentlicher Mensch?«

»Gezwungenermaßen«, antwortete ich wahrheitsgemäß.

»Was soll das heißen, gezwungenermaßen?«

»Mein Vater ist sehr ordentlich und da muss ich es auch sein. Nicht dass Sie das jetzt falsch verstehen. Ich finde Ordnung an sich nicht schlecht, aber mein Vater übertreibt ganz gerne mal. Er würde niemals einen Schafstall einfach so aus dem

Gefühl heraus bauen, das wäre ihm viel zu chaotisch. Wenn ich so einen Stall baue, dann mache ich das ganz anders.« Ich setzte mich bequem hin, um ihr entspannt von meiner Arbeit auf dem Hof zu berichten. Aber die Berufsberaterin war ungeduldig. »Also was denn nun? Bist du ordentlich oder nicht?« Wenn sie mich nun schon so eindringlich fragte, wollte ich meine innere Wahrheit nicht verhehlen. »Im tiefsten Inneren sehne ich mich nach Ekstase und Chaos.« Die Berufsberaterin ließ sich nicht beirren und arbeitete ihren Fragenkatalog an mir ab.

»Stehst du gerne früh auf?«

»Nein!« Ich kannte niemanden in meinem Alter, der gerne früh aufstand. Wirklich niemanden.

»Also jemand wie du wird es schwer haben, eine Lehrstelle zu finden. Du kannst ja gar nichts«, sagte sie.

»Vielleicht stellen Sie nur die falschen Fragen«, entgegnete ich.

»Jetzt werd hier nicht noch frech!«, sagte die Berufsberaterin lautstark. Herr Traum tauchte hinter mir auf.

»Gibt es Probleme, Monika?«

»Die Berufsberaterin weiß nicht, zu welchem Beruf sie mir raten soll. Kann es sein, dass die Berufsberaterin ihren Beruf verfehlt hat?« Herr Traum lachte, was die Dame noch mehr erboste. Sie begann, in ihren Ordnern zu blättern. Dann zog sie triumphierend ein Blatt Papier hervor. »Hier, das ist was für dich. – Der Nächste bitte.«

Ich erhob mich und ging mit Herrn Traum zur Seite. Wir lasen gemeinsam. *Dieser Beruf ist besonders geeignet für Mädchen ab sechzehn Jahren.*

Du solltest Frühaufsteher sein, eine schnelle mathematische Auffassungsgabe im Kleinsummenbereich haben sowie Verständnis für Lebensmittel und ein nettes und sauberes Auftreten. Ausbildungsstätten, bei denen du dich bewerben kannst, sind: ... Der Beruf hieß Bäckereifachverkäuferin. Bylle und Uwe hätten sich totgelacht.

Bei den meisten meiner Klasse war die Berufsberatung ähnlich erfolgreich wie bei mir. Eine der wenigen, die mit ihrer Empfehlung nicht haderten, war Mäuseschwänzchen. »Ich soll Versicherungskauffrau werden. Ist das nicht toll?«

»Super«, erwiderte ich, nicht ohne Ironie in der Stimme. Petra sollte Abitur machen und dann irgendwas studieren. »Warum hat sie *dir* das nicht empfohlen?«

»Vermutlich weil es schon genug Ärger mit mir gibt«, meinte ich.

»Und wird Rolf zum Angler ausgebildet?«, fragte ich Schröderchen. Petra musste schmunzeln. »Nein, er soll was mit Autos machen.«

»Was soll er denn mit ihnen machen? Soll er sie klauen?« Petra gab mir einen leichten Schlag auf den Kopf. »Du bist doof, Monika.« Ich wandte mich an Herrn Traum. »Sehen Sie, noch eine, die mich für doof hält.«

»Ich glaube übrigens nicht, dass du doof bist. Wie wäre es mit Abitur?«, fragte Herr Traum. Ich fand den Gedanken faszinierend. Ich, Monika Kleewe, ein Kind aus der Arbeiterschaft, berufen zu Höherem, sollte das wahr sein? »Glauben Sie wirklich, dass ich das schaffen kann?«, fragte ich etwas unsicher.

»Ja, ich bin mir sogar ziemlich sicher«, sagte

Herr Traum. Mit einem giftgrünen *Beruf-aktuell*-Buch unter dem Arm und dem erfreulichen Gedanken, ich könnte das Abitur schaffen, ging ich nach Hause. In dem Buch standen alle möglichen Berufe. Am meisten faszinierte mich die Berufsbezeichnung der Gummistrumpfstrickerin.

»Na, was hat die Berufsberatung ergeben?«, fragte meine Mutter gespannt. »Ich soll Brötchen verkaufen«, sagte ich lachend.

»Jetzt mal im Ernst, Monika. Was hat sie dir empfohlen?«

»Bäckereifachverkäuferin«, sagte ich und hielt ihr den Zettel hin.

»Was hast du da nur wieder erzählt? Du kannst doch überhaupt nicht rechnen, und überhaupt, da musst du ganz früh aufstehen. Willst du das etwa?«

»Nein.« Meine Mutter zog sich kopfschüttelnd zurück. Das konnte sie gut, Kopf schütteln. Ich sah nach unter K. Kindergärtnerin, Kinderkrankenschwester, Konditor, Kosmetikerin, Krankenschwester. Kopfschüttlerin war kein Beruf. Sie musste es sich selbst beigebracht haben.

Ich hätte das leidige Berufsthema gerne vertagt, aber die Schule war gnadenlos. Das Berufspraktikum stand an. Jeder sollte, wenn möglich, ein Praktikum in dem von der Berufsberaterin empfohlenen Bereich absolvieren. Mäuseschwänzchen bewarb sich bei der Volksfürsorge und war völlig begeistert, als man ihr erlaubte, für 14 Tage einen Bürostuhl zu wärmen und Karteikartenreiter zu beschriften.

Für meine Mutter kam es auf keinen Fall in Frage, mich in eine Bäckerei zu schicken. Sie hielt das Ganze für eine »Schnapsidee«. Mein Vater wurde eingeschaltet. Er sollte die Sache systematisch angehen. »Schreib mal auf, was du gerne machst und was du nicht so gerne machst. Sagen wir mal: sechs Sachen auf jeder Seite.«

Auf der Was-ich-will-Seite stand: ausschlafen, Handball spielen, Gitarre spielen, mit der Laubsäge arbeiten, Stoffe färben und lesen. Damit mein Vater sich freute, schrieb ich noch dazu: sauber machen. Auf der Was-ich-nicht-will-Seite stand: früh aufstehen, rechnen, im Büro sitzen, bügeln, kochen und Müll runterbringen. Mit der Liste konnte mein Vater nichts anfangen. »Tja, Kind, dazu fällt mir auch nichts ein. Mach halt irgendwas.«

Ich wandte mich an Oma. »Das ist doch Blödsinn, dass du jetzt sagen sollst, was du mal machen willst. Das ist doch alles viel zu früh. Du musst dir was ganz Praktisches suchen.«

»Und wonach soll ich da suchen?«

»Ganz einfach: Wer bietet die kürzeste Arbeitszeit, wo liegt der Arbeitsbeginn nach acht Uhr, wo kommst du ein bisschen raus und kannst dich bewegen, wo hast du mit Menschen zu tun, wo kannst du Trinkgeld kriegen, damit sich der ganze Zinnober für dich auszahlt, und was ist in der Nähe von deiner Oma?« Jetzt hatte ich einen klaren Rahmen. Die Entscheidung fiel schnell.

Das Altenheim war zwei Querstraßen von Oma entfernt. Die Arbeitszeit ging von 8.30 bis 15.30 Uhr. Ich durfte die Alten durch den Park schieben oder sie zum Arzt begleiten. Ab und an steckten mir manche ein paar Mark zu. In der Mittagspause ging ich zu Oma und ließ mich verwöhnen. »Na, mein Arbeitsmäuschen? Setz dich mal hin und leg die

Füße hoch.« Es war herrlich. So ließ es sich arbeiten.

In dem Altenheim schloss ich schnell Freundschaft mit einer Bewohnerin. Anni Dornbusch. Anni war die älteste Frau, die ich bis dahin kennen gelernt hatte. Sie war 98 Jahre. Ein Alter, in dem ich menschliches Leben nicht mehr für möglich hielt. Aber Anni belehrte mich eines Besseren. Sie war noch sehr gut zu Fuß und hörte die Flöhe husten.

Das einzige Problem war, dass Anni kaum noch etwas sehen konnte. Deshalb teilte man mich ihr zum Vorlesen und Spazierengehen zu. Oma missbilligte meine Freundschaft mit Anni. »Was willst du von dieser alten Frau?«

»Ich finde sie einfach nett. Die meisten Bewohner sind irgendwie komisch. Andauernd meckern sie wegen irgendwas, beschimpfen die Schwestern und sabbern vor sich hin. Anni ist lieb.« Oma schüttelte den Kopf. »Lieb? Woher willst du das nach den paar Tagen wissen?« Sie war richtig grantig.

»Sag mal, Oma, kann es sein, dass du eifersüchtig bist?«, fragte ich betont sachlich. Sie schnappte nach Luft. »Ich eifersüchtig? Auf eine blinde, hilflose, uralte Frau? Niemals!«

Ich sah Oma lange an. Sie begann nervös ein Lied vor sich hin zu pfeifen und ich spürte, hier stimmte etwas nicht. Ich hatte gelernt, Dinge, die mir spanisch vorkamen, möglichst schnell anzusprechen. Oma war ein gutes Übungsobjekt.

»Du bist doch eifersüchtig.«

»Nein, bin ich nicht«, sagte Oma gereizt.

»Gut, dann komme ich morgen Mittag mit Anni vorbei.«

»Morgen Mittag passt mir leider gar nicht.«
»Übermorgen?«
»Da habe ich Seniorengruppe.«
»Donnerstag?«
»Da bin ich bei der Schmitten.«
»Den ganzen Tag?«
»Fast.«
»Was ist mit Freitag?«
»Ganz schlecht.«
Ich startete einen letzten Versuch. »Ostern?«
»Wenn deine Anni da noch lebt, bitte, von mir aus.«

Es war sinnlos. Oma wollte sie nicht kennen lernen.

Mein Kontakt zu Anni riss auch nach dem Berufspraktikum nicht ab. Anni ließ mich teilhaben an ihrem langen Leben. Sie erzählte von Pferdefuhrwerken, vom alten Kaiser, vom ersten Auto, von der Revolution 1918/19, von Scheidemann, den sie die Republik hatte ausrufen sehen, von der Weimarer Republik, von Adenauer, von Kennedy und von Willy Brandts Kniefall in Polen. Anni erklärte mir, dass es eine ganz wichtige Geste auf dem Weg zur Versöhnung mit den Polen gewesen sei. Die Ewiggestrigen hätten Brandt das damals sehr übel genommen. Anni schien meinen Onkel Hartmut zu kennen. Der hätte Brandt am liebsten erschossen.

Einmal im Monat machte ich mich auf den Weg zu Anni Dornbusch, bewaffnet mit einem Stück Kuchen und einer BZ, aus der ich ihr vorlas.

Außerdem brachte ich Anni jedes Mal eine Kassette mit, auf der ich ihr einen Dreigroschenroman vorgelesen hatte. Zu Weihnachten, Ostern und an ihrem Geburtstag bekam sie zwei gelesene Romane. Meine Mutter unterstützte mich in meinem Tun und kaufte mir die Kassetten. Endlich hatte ich das Gefühl, etwas Sinnvolles zu tun. Meine Produktionen wurden zunehmend aufwändiger. Wenn im Roman der Arzt durch die langen Gänge des Krankenhauses rannte, um einem sterbenden Kind wieder Leben einzuhauchen, klapperte ich mit zwei Holzlöffeln über den Schreibtisch. Als der Roman einen »infernalischen Knall« erforderlich machte, ließ ich, zur Überraschung Omas, einen Chinakracher in der Badewanne explodieren. »Willst du mich umbringen?«, fragte sie und legte sich die Hand auf die Brust. »Nein, ich bereite dich nur schon mal auf morgen vor.« Es war Silvester und ich musste zum ersten Mal nicht mit meinen Eltern feiern.

33

Silversterparty

Sandra, eine Handballkameradin, hatte unsere Handballmannschaft zur Party eingeladen und ihr Bruder seine Fußballmannschaft. Um 20 Uhr sollte die Fete beginnen. Ich, gewohnt, pünktlich zu sein, klingelte fünf vor acht an der Wohnungstür. Sandra war noch damit beschäftigt, unter lautem Geschrei ihre verbrannten Haare vom Lockenstab zu reißen. Ihr Bruder stand mit seinen Freunden im Hof und ließ einige Chinakracher los.

»Mein Gott, sind die alle süß! Wer von denen ist frei?«, fragte ich schmatzend.

»Alle. Bis auf den da«, sagte Sandra mit gekonntem Augenaufschlag und zeigte auf einen Jungen namens Harald. »Der ist für mich.« Für ihn war also die Fete organisiert worden. Damals machte man das so. Wenn Mädchen eine Fete ankündigten, dann nur, um den Angehimmelten unauffällig und unverbindlich in die eigene Hütte zu locken. Da die anderen Gäste auf sich warten ließen, konnte ich mir die Jungs in Ruhe betrachten.

Ich beschloss, an dem Abend meine ganze Energie Carsten zuteil werden zu lassen. Er trug ein Shirt von Hertha BSC, was ihn mir sympathisch machte. Außerdem war er etwas größer als ich, ein nicht zu unterschätzendes Auswahlkriterium.

Gegen halb neun kamen die anderen. In der Mitte von Sandras Zimmer drehte sich eine silberne Glitzerkugel, die bunte Lichter durch den ansonsten dunklen Raum schob. Musik spielte. Seit der Klassenfahrt verzichtete ich auf alkoholische Getränke und so begann ich mir mit Cola Mut anzutrinken. Gegen 22 Uhr war es so weit. Ich ging auf Carsten zu, nachdem wir uns vorher etwa zwanzigmal zugelächelt hatten. Der erste Satz musste sitzen. Ich hatte lange überlegt, wie ich das Gespräch anfangen sollte, und mich dann für folgende Variante entschieden: »Na, immer noch frustriert wegen dem 1:0?« Carsten sah mich fragend an. »Das Pokalendspiel ... 1:0 verloren gegen Fortuna Düsseldorf ... in der Verlängerung ... vier Minuten vor Schluss«, half ich ihm auf die Sprünge.

»Ach so, das 1:0 meinst du!« Carsten war offensichtlich erstaunt, dass ein Mädchen so etwas wusste. Eigentlich wusste ich es auch nur, weil Frank davon erzählt hatte. Frank war in der elften Klasse und alle Mädchen hätten alles getan, um einmal von ihm geküsst zu werden. Nur ich nicht. Denn ich hatte Frank schon aufgegeben, nachdem ich ihn das erste Mal gesehen hatte. Er sah einfach zu gut aus. Meine Preisklasse waren Jungs wie Tom. Oder Männer wie Ingo Berger, der es nötig gehabt hatte, sich mit Frau Haroczivic einzulassen. Dennoch saugte ich jede Silbe, die von Frank kam, auf. Seine Eltern waren geschieden und sein Vater hatte ihn zum Geburtstag ins Olympiastadion eingeladen. Davon hatte Frank erzählt. Und was er erzählte, war wichtig. Nun konnte ich es zum Besten geben. Hauptsache, das

Gespräch war angebahnt. Wir warfen uns die Bälle zu. »Bist du öfter im Olympiastadion?«

»Ab und an«, log ich. »Und du?«

»Bei jedem Heimspiel bin ich da. Ich stehe in der Kurve.« Er steht in der Kurve? Ich wusste nicht, was das bedeutete, und so nickte ich nur. »Du auch?«, fragte er. Ich nickte weiter. »Dann bist du ja auch ein richtiger Frosch.« Ich nickte noch immer und fragte mich, ob ich jetzt grün anlaufen würde. Ich versuchte, das Thema zu wechseln.

»Gut, dass Derwall jetzt Nationaltrainer ist.« Carsten pfiff durch die Zähne. »Was du alles weißt!« Ich spürte seine Bewunderung. »Willst du noch eine Mischung?« Mein Kopf kam aus dem Nicken nicht mehr heraus. Carsten sprang auf und brachte mir eine Cola mit Rum. Oder besser gesagt, er brachte mir Rum mit Cola. Ich nippte angewidert am Glas. »Schmeckt es dir nicht?« Ich erzählte ihm von meinem Erlebnis auf der Klassenfahrt. Er bog sich vor Lachen, nahm mir das Glas weg und holte mir eine Cola. »Hier, pur. Nur für dich.« Wir stießen an.

Das Gespräch kam ins Stocken. Noch sechzig Minuten bis Mitternacht, die Zeit rann mir davon. Endlich fragte er mich, ob ich tanzen wollte. Ich wollte. Es war die Zeit, da man sich auf die Tanzfläche kniete und durch schnelles Kopfschütteln versuchte, die Besinnung zu verlieren. Die mit den langen Haaren wischten dabei gleich den Boden. Die Jungs taten beim Tanzen so, als hätten sie eine E-Gitarre in den Händen und wären Mitglied bei *The Who*.

Um Mitternacht legte Carsten seine E-Gitarre weg und gab mir einen Kuss auf die Wange. Ich rief schnell meine Eltern an, wünschte ihnen ein gesundes neues Jahr und dann standen wir alle, zusammen mit Sandras Vater, vor der Haustür und sahen uns das Feuerwerk an. Während ich von einer Pfennigschwärmerkette die kleinen roten Schwärmer abpulte und sie einzeln mit einem Puff knallen ließ, waren die anderen mit dicken Chinakrachern beschäftigt.

»Haben die auch ein Siegel der Bundesanstalt für Materialprüfung?«, fragte ich in die Runde. Alle lachten. Sie dachten, ich mache einen Scherz.

Das Yetilein hielt einen riesigen Böller in der Hand. Damit nicht genug. Carsten verband ihn mit der Zündschnur eines weiteren riesigen Böllers. Dann zündeten sie die Lunten. »Schmeiß das Ding ganz weit weg!«, rief Petra etwas panisch von der Seite. Das Yetilein kicherte vor sich hin und verwechselte weit mit hoch. Wie gelähmt sahen wir die beiden Böller auf uns niedersausen. Sie fielen genau in die Kapuze meines Parkas. Sandras Vater schüttete mir geistesgegenwärtig sein Bier in die Kapuze. Das Yetilein kicherte noch immer. »Warum macht es denn nicht bum?«, fragte sie leicht beschwipst.

»Weil ich an meinem Kopf hänge«, sagte ich ganz ruhig. Alle lachten. Die Fete ging weiter. Wider Erwarten mit mir.

Gegen zwei Uhr kam mein Vater, um mich »sicher nach Hause zu geleiten«. Ich versank vor Pein fast im Boden. Was sollte Carsten nur von mir denken! Es beruhigte mich in keiner Weise, dass auch andere Eltern ihre Sprösslinge abholten. Jetzt, wo mein Vater da war, konnten wir uns nicht noch einmal küssen. »Sag mal, bist du in ein Bierfass gefallen?«, fragte mein Vater. Ich schüttelte den Kopf, verschwieg aber die Ursache meiner Ausdünstungen. Carsten schrieb mir rasch seine Trainingszeiten auf und dann gaben wir uns zum Abschied brav die Hand. »War das dein Freund?«, fragte mein Vater.

»Nein.«

»Was hat er dir denn da aufgeschrieben?«

»Seine Trainingszeiten.«

»Du sollst nicht immer so einen Unsinn erzählen, Monika.« Wortlos reichte ich meinem Vater den Zettel. Nach einer Weile des Schweigens fragte er, warum der junge Mann mir denn seine Trainingszeiten aufschriebe. Das wusste ich auch nicht. Das Jahr fing ja wieder gut an.

Ich erzählte Schröderchen von Carsten. »Kannst du mir mal erklären, was der Typ jetzt von mir will?«

»Er will dich sehen, ist doch ganz logisch«, sagte Schröderchen abgeklärt.

»Und warum sagt er mir dann nicht einfach, dass er mich wiedersehen will?«

Schröderchen verdrehte die Augen. »Weil das so einfach nicht geht. Der hat Angst, dass du denkst, er will was von dir.« Das war mir zu kompliziert. »Da werde einer aus den Jungs schlau«, sagte ich. Schröderchen startete einen erneuten Versuch, mir die Geheimnisse des männlichen Geschlechts zu offenbaren. »Sieh mal, Rolf hat Petra einen Angelhaken geschenkt. Warum?«

»Weil er mit ihr angeln will«, stellte ich fest.

»Falsch. Weil er eine Beziehung mit ihr führen will.« Ich schüttelte den Kopf. »Nein, nein, Schröderchen, da täuschst du dich. Petra war mit Rolf angeln und auf dem Markt hat er ihr stundenlang die Fische gezeigt.«

»Du bist ungeduldig. Warte noch ein paar Monate, dann sind die beiden ein Paar.« Von Tom war ich ein anderes Tempo gewöhnt. Der Pausengong riss mich aus meinen Gedanken. Ich trottete in den Kartenraum, um für Erdkunde eine Karte von Südamerika zu besorgen.

34

Frank

Das Amt des Kartenholers war recht beliebt, sparte man dadurch doch einige Minuten öden Unterrichts. Die Karten wurden von Herrn Meyer verwahrt, unserem Medienwart. In seinem Zimmer standen nicht nur Karten herum, sondern unter anderem auch Videorecorder, eine riesige Kamera, Plattenspieler, Overheadprojektoren und anderes. Der Schüler mit dem Kartenamt holte die Karte bei Meyer ab und quittierte den Empfang, doppelt. Eine Quittung war für Meyer, eine für den Klassenlehrer. Nach dem Unterricht brachte man die Karte wieder zurück, woraufhin Meyer die Rückgabe erneut quittierte, wieder doppelt, versteht sich, einmal für sich und einmal für den Schüler. Deshalb nannten wir ihn Quittungsmeyer.

Ich trat ein. Niemand war zu sehen. »Hallo?!«

»Selber hallo«, antwortete eine Stimme aus dem Hintergrund. Dann trat Frank nach vorne. Zunächst dachte ich, ich hätte eine Erscheinung. Frank war total nett, total süß, total gut aussehend und genau deswegen für mich total unerreichbar. Wer so groß war wie ich und so kleine Brüste hatte, kam bei Jungs dieser Güteklasse nicht an.

Deswegen konnte ich ungezwungen mit ihm plaudern. »Frank, was machst du denn hier?«

»Quittungsmeyer ist krank. Ich habe eine Freistunde und soll die Karten rausgeben.« Zum ersten Mal war ich mit Frank allein in einem Raum. Von nahem war er noch süßer, noch toller und noch gutaussehender, als man es von ferne erahnen konnte. »Einmal Südafrika, ohne Apartheid bitte.« Frank lachte, dieses Lächeln ... Ich war hin und weg. Er wühlte sich durch die Karten. Nach einer Weile kam er keuchend wieder vor. »Südafrika haben wir nicht einzeln, nur Afrika.«

»Von mir aus auch das«, sagte ich, leicht benebelt von der unerwarteten Situation. Frank wühlte und wühlte. »Hilf mir mal.« Dicht an dicht zerrten wir an dem Kartenhaufen herum. Frank roch total angenehm. Alles an ihm war einfach total gut.

Der kleine Raum war völlig überheizt und wir begannen zu schwitzen. »Normalerweise bringen mich Mädchen nicht so ins Schwitzen«, sagte Frank und lächelte mich an. – »Ich habe noch jeden Mann ins Schwitzen gebracht.« Frank lachte und stupste mir seinen Finger auf die Nase, dann trennte uns der Schwarze Kontinent. »Hier, du Frechdachs.« Ich wankte hinaus und torkelte benommen zum Klassenraum.

Herr Lange klemmte die Karte an, und beim Ausrollen sagte er: »Voilà Südamerika.« Alles lachte. Irritiert drehte sich Herr Lange um. »Mensch Monika, das ist ja Afrika!«

»Ja und?«

»Süd- AMERIKA hatte ich bestellt.«

»Seien Sie mal nicht so kleinlich, in Südafrika kommt auch Süd drin vor.« Wieder lachte alles. Ich stand auf, rollte die Karte zusammen und machte mich erneut auf den Weg zum Kartenraum.

Ich überraschte Frank beim Drehen einer Zigarette. Ich schwebte zehn Zentimeter über dem Boden und hörte meine Stimme sagen: »Keine Sorge, ich will nicht wirklich was von dir.«

»Ah ja. Und welche Karte darf es diesmal sein?«

»Südamerika.« Wie zwei alte Freunde wühlten wir uns wieder durch die Welt. »Gehst du auch zum Ostermarsch?« Was für eine Frage! Wenn er beim Ostermarsch war, würde ich natürlich auch beim Ostermarsch sein. »Klar«, sagte ich.

»Wollen wir zusammen hingehen?«

»Gerne«, sagte ich.

»Wir treffen uns zehn Uhr U-Bahnhof Fehrbelliner Platz, an dem Ausgang, wo die BfA ist und die ganzen Busse halten, da ist so ein kleiner Mauervorsprung an der U-Bahn.«

»O. k.«, sagte ich möglichst cool und schlenderte aus dem Raum. In den Schulgängen tanzte ich vor Freude. Ich sprang hin und her, rannte die Treppe runter, rauf, runter und wieder rauf. Schweißgebadet kam ich im Klassenraum an. »Ist dir nicht gut, Monika?«, fragte Herr Lange besorgt.

»Doch, alles bestens.« Was interessierten mich ein Hertha-Fan oder ein Göttinger Dorfjunge? Nichts.

35

Ostermarsch

Ein paar Tage später machte ich mich auf den Weg zum Fehrbelliner Platz. Ich wollte schon mal nachsehen, wo der Treffpunkt war. Nichts sollte dem Zufall überlassen sein. Als ich die Stelle gefunden hatte, stellte ich mein Fahrrad ab und setzte mich zufrieden auf den Mauervorsprung. Hier würde ich also mein erstes richtiges Rendezvous haben.

Außerdem übte ich Zigaretten drehen. Ich kaufte mir eine Packung Tabak und jede Menge Blättchen. Es dauerte nicht lange und ich konnte es einhändig. Meine Mitschülerinnen wandten sich oft an mich, damit ich ihnen die perfekte Zigarette drehte. Gleichmäßig rund, mit gutem Zug. Made bei Kleewe.

Ab Karfreitag litt ich unter Schlafstörungen. Ich lag nachts wach und stellte mir vor, Frank würde mit einer Freundin zur Demo gehen, weil er mich vergessen hatte. Schließlich waren Ferien, und ich hatte keine Gelegenheit mehr, ihn noch einmal zu sprechen. Ich wurde unsicher. Vielleicht war ein Göttinger Dorfjunge doch nicht so schlecht. Sozusagen der Spatz in der Hand. Die Taube Frank schien mir von Stunde zu Stunde unerreichbarer.

In den Medien wurde vorab viel von den Ostermärschen berichtet. Die Berichterstattung war gut, denn sie regte meinen Vater auf. Die Demonstranten sollten seiner Meinung nach »alle rübergehen«. Der Amerikaner wird doch durch die Russen zu solchen Schritten gezwungen.« Mein Vater erklärte mir, dass die Russen ganz böse Waffen in die DDR stellten, die SS-20-Raketen. Damit würde unsere freiheitlich-demokratische Grundordnung bedroht und nur deswegen hätten Schmidt und Genscher dem NATO-Doppelbeschluss zugestimmt. Die Folge sei, dass Pershing II und Cruisemissiles auf deutschem Boden stationiert werden müssten. »Und das sind dann ganz doll liebe Waffen«, ergänzte ich spöttisch die Ausführungen meines Vaters. Der schwieg.

Er hatte es schon lange aufgegeben, mir die politische Welt zu erklären. Es war nicht einfach mit mir. Zum Beispiel glaubte ich ihm nicht, dass Franz Josef Strauß ein guter Kanzler geworden wäre. Das nahm mein Vater mir persönlich übel. »Was verstehst du denn schon von Politik? Lern erst mal was Vernünftiges.«

Ich fühlte, jetzt zu schweigen wäre Verrat an der Friedensbewegung. Und so sagte ich, dass es viel besser sei, wenn die Großmächte miteinander über Abrüstung verhandeln würden, anstatt immer mehr aufzurüsten. Ich erklärte ihm, wie oft man inzwischen die Welt in die Luft sprengen könnte mit dieser scheiß Abschreckung, dass Menschen noch heute an den Folgen der ersten Atombombe in Hiroshima litten; dass es keinen Schutz gegen Atomwaffen gebe und dass man das ganze Rüstungsgeld besser in Krankenhäuser, Handballvereinen und Altenheimen anlegen sollte.

»Die Sowjetunion hat schon mal versucht, uns

zu annektieren. Dank der Amerikaner sind wir ein eigenständiges und demokratisches Land geworden. Wenn die uns damals gegen Hitler nicht geholfen hätten, dann würden Mädchen wie du Röcke tragen und das Deutschlandlied singen. Die da Ostern marschieren, werden doch alle von drüben gesteuert und bezahlt.«

»Ach, bekomme ich auch Geld dafür?«

»Wofür?«

»Fürs Demonstrieren.« Mein Vater sah mich eine Weile verständnislos an. Dann dämmerte es ihm.

»Du willst doch da nicht etwa hingehen?«, fragte er drohend. Diesen Unterton in seiner Stimme mochte ich besonders.

»Natürlich gehe ich dahin. Ich bin schließlich für Frieden und nicht für Raketen.«

»Wer hat denn 1948/49 die Blockade um Berlin errichtet? Die Amerikaner etwa? Nein, das waren die Russen. Wer hat denn um uns eine Mauer gezogen? Die Amerikaner etwa? Nein, das waren auch deine friedliebenden Russen. Im Übrigen gehst du nicht auf diese Demonstration.«

»Willst du mich einsperren und mich meiner Grundrechte berauben?«, tobte ich los. Ich lief gerade zur Höchstform auf, als meine Mutter mit dem Essen ins Zimmer kam.

»Was ist hier schon wieder los?«, fragte sie streng.

»Deine Tochter will zum Ostermarsch.« Meine Mutter sah mich stirnrunzelnd an. »Muss das sein, Kind? Es ist doch noch so kalt, du holst dir da nur was an der Blase.« Meine Mutter hatte offensichtlich ganz andere Sorgen als mein Vater. »Aber

Mama, ich ziehe mich auch ganz warm an und werde mich nicht auf die kalten Steine setzen.«

Ich schlüpfte in meine lila gefärbte Latzhose, wickelte mir ein schwarz-weißes Arabertuch um den Hals und zog den Parka an. Ich klemmte mir den »Atomkraft-nein-danke«-Button ans Revers, wuselte mir durchs Haar, um möglichst ungekämmt auszusehen, und machte mich auf den Weg.

Trotz eines wahnsinnigen Gewühls traf ich Frank. Zu meiner großen Enttäuschung war ich nicht allein mit ihm. An seiner Seite standen Herr Volkerts, ein Lehrer der elften Klasse, eine Heerschar von gut aussehenden Mädels und Franks Bruder, Stefan. Stefan war im Gegensatz zu Frank ein echtes Ekel. Zu allem wusste er etwas zu sagen, es gab kein Thema, zu dem er nicht den einen oder anderen Satz glaubte beisteuern zu müssen. Außerdem ließ er dauernd Bemerkungen über Frauen fallen, meistens abfällige. Frank schüttelte dann immer nur den Kopf und sagte, er wisse nicht, was Stefan habe, er komme sehr gut mit den Mädels aus. Woraufhin Stefan nur das Gesicht verzog.

Wir marschierten los. Ich hielt mich ein wenig im Hintergrund. Ich mochte nicht mit den anderen um die Gunst von Frank buhlen. Als einige begannen, sich Zigaretten zu drehen, klinkte ich mich ein. Dann sah Frank mich überrascht an. »Seit wann rauchst du?«

»Ich rauche nicht, ich drehe nur. Soll ich dir auch eine drehen?« Wortlos hielt er mir sein Tabakpäckchen hin. Ich nahm das Päckchen und drehte, ohne ihn aus den Augen zu lassen, eine Zigarette, einhändig. »Bitte schön, made bei Kleewe.« Frank betrachtete die makellos gedrehte Zigarette. »Super.« Der Punkt ging an mich. »Woher kannst du das?« Ich erzählte ihm von der Landkommune meines Bruders und dass ich es beim Jointdrehen gelernt hätte. »Du kiffst?«, fragte er überrascht. Um nicht lügen zu müssen, schwieg ich und sah Frank nur lächelnd an.

Der Demonstrationszug kam ins Stocken. Frank setzte sich auf die kalten Steine, die anderen Mädels setzten sich fast auf ihn. Ich hatte meiner Mutter versprochen, mir keine Blasenentzündung zu holen, und so blieb ich gemeinsam mit Herrn Volkerts stehen. Ich bemerkte sehr genau, wie Frank mich immer wieder ansah.

Betont lässig begann ich, mich mit Herrn Volkerts zu unterhalten. Er unterrichtete PW, Politische Wissenschaften, bei den Elftklässlern und schien mir ganz passabel zu sein. Er hatte schon von mir gehört. Das heißt, eigentlich hatte er nur von einer Schülerin gehört, die bei »Jugend trainiert für Olympia« fast alle Tore für unsere Schule geworfen hatte. »Das warst du, oder?« Ich nickte.

»Kann man auch Sport als Leistungskurs wählen?«, fragte ich.

»Ja.« Ich überlegte. Wenn ich PW und Sport als Leistungskurse wählen könnte, würde ich vielleicht tatsächlich das Abitur schaffen. Dann könnte ich Frank noch mindestens zwei Jahre sehen. Während der Demonstrationszug sich wieder in Gang setzte, begann ich, meine Zukunftspläne zu schmieden. Mit Abitur und Frank in die Landkommune ziehen und Schafswolle spinnen, ob das ginge?

Als die Demo zu Ende war, winkten wir uns alle lässig zu. Im Weggehen kramte Frank in seinem Parka herum. Dann fragt er mich, ob ich ihm zwei

Mark leihen könnte. Ich hätte ihm jede Summe geliehen. Als ich mein Portemonnaie aufklappte, sah er das Bild der Navratilova. »Warum hast du ein Foto von ihr?« Jetzt durfte ich nichts Falsches sagen. Ich trug es eigentlich, um meine Eltern zu ärgern. Aber das wäre zu pubertär gewesen, irgendwie Kinderunsinn. Also musste ich mir etwas anderes einfallen lassen, etwas Reifes, Erwachsenes.

»Sie ist mein Vorbild. Ich finde es cool, wie sie ihren Weg geht, ich mag ihre Kraft, ihr Spiel, und ich finde, sie ist eine klasse Frau.« Frank lächelte mich an. Eine Idee zu lange, wie ich fand. Mein Herz raste. Noch immer lächelte er mich an. »Ich finde die Navratilova auch irgendwie Klasse«, sagte er und sah mir tief in die Augen. Glücklich grinsend lehnte ich mich an eine Straßenlaterne. Noch ein Punkt für mich. In den folgenden Nächten gingen meine Schlafstörungen weiter. Es waren die schönsten Schlafstörungen, die ich bis dahin erlebt hatte.

Ich konnte den Beginn der Schule kaum erwarten. Plötzlich hasste ich die Osterferien und wollte so schnell wie möglich wieder zur Schule gehen. Selbst meine Eltern waren verwundert. »Was ist los, hast wohl ein schlechtes Gewissen? Na ja, wir werden sehen, ob aus dir überhaupt noch was wird.« Und dann folgte die Frage, die ich in den letzten Monaten immer häufiger zu hören bekam. »Was gedenkt denn unser Fräulein Tochter nach der Schule zu machen?« Wenn ich das nur gewusst hätte. Bei Anni im Altenheim hatte mir eine Pflegerin gesagt, ich wäre bestimmt eine gute Krankenschwester. Ich hatte mich auch erkundigt, und was mich am meisten reizte, war, dass man im ersten Lehrjahr schon 723 Mark verdiente. Davon hätte ich ins Schwesternwohnheim ziehen können. Dumm war nur, dass ich noch etwas zu jung war. Die Ausbildung durfte man erst mit 17 Jahren beginnen und ich würde im Sommer gerade mal 16 werden. Das hätte bedeutet, ein Jahr lang nichts zu tun zu haben. Für meine Eltern natürlich undenkbar.

Ich wollte dem normalen Leben, bestehend aus Arbeit, Fernsehen und einem Wohnzimmer aus Furnierholzmöbeln, etwas entgegensetzen. Ich wusste nur nicht, was.

Nach dem Ostermarsch wollte ich mich für den Frieden engagieren und auch dem Umweltschutz Gehör verschaffen. Die Welt war bedroht. Wenn es so weiterginge, würden in Sibirien Südfrüchte wachsen und das Freiburger Münster bald am Meer liegen. So ähnlich hatte es mir Herr Volkerts auf der Demonstration erklärt. Er meinte, das vorhandene Geld müsste nur vernünftig eingesetzt werden und nicht immer den Bonzen in den Rachen geworfen werden.

Ich las weiter Karl Marx, verstand nach wie vor kein Wort und erklärte es trotzdem meinem Vater. »Umweltschutz und Frieden ist doch den Fabrikbesitzern egal. Anstatt dass sie Rußfilter in ihre Anlagen einbauen, geht es nur um die Rentabilität des Kapitals, Papa, begreif das doch endlich mal.«

»Es geht um was?«

»Du als Arbeiter wirst nur ausgenutzt. Du könntest weniger arbeiten und mehr Zeit für Bücher haben. Du könntest in Theatergruppen gehen und dort deine schwierige Lebenssituation auf die

Bühne bringen, wenn man deine Arbeit nur fair entlohnen würde.«

»Ich habe zu Hause genug Theater, vor allem mit dir. Außerdem bin ich mit meiner Arbeitssituation zufrieden. Auch wenn das deine Hottentotten nicht glauben wollen: Ich, Dieter Kleewe, arbeite gerne für die Kapitalisten. Ich danke Gott, dass ich nicht in der SBZ leben muss.«

»Aber dort geht es den Leuten besser als uns hier, weil sie sich keine materialistischen Gedanken machen müssen.«

Mein Vater wurde rot vor Zorn. Wieder lief das Gespräch in eine ganz falsche Richtung. Meine Mutter hatte dafür im Laufe der Zeit sensibelste Antennen entwickelt. Sie versuchte das Ganze zu stoppen.

»Monika, Liebes, war es auch nicht zu kalt beim Demonstrieren?«

»Ich gehe davon aus, dass die Temperaturen in Wilmersdorf nicht wesentlich von denen in Reinickendorf abgewichen sind!«, polterte mein Vater los.

»Das ist auch so was Gemeines von dir. Du behandelst Mama immer wie doof. Mann und Frau sollen aber gleichberechtigt sein. Frauen können schließlich genauso viel leisten wie Männer, wenn man sie nur lässt.«

Meine Mutter fiel mir sofort in den Rücken. »Aber Monika, das ist doch Unsinn. Ich könnte nie im Leben Steine schleppen.«

»Wieso denn nicht, Mama?!«

»Da reißen mir die vorderen Gebärmutterbänder.«

Vater und ich sahen meine Mutter erstaunt an. »Dir reißt was?«, fragten wir wie aus einem Mund.

»Die vorderen Gebärmutterbänder«, wiederholte meine Mutter klar und deutlich.

Ich hatte plötzlich den Faden verloren. Dafür erinnerte sich mein Vater umso besser. Er war wütend. »Wenn es dir hier nicht passt, dann zieh doch in die SBZ. Ich halte dieses dumme Geschwätz nicht mehr aus. Um es ganz deutlich zu sagen, Monika: Dein Geseiere geht mir auf den Wecker!«

Meine Mutter mischte sich erneut ein. »Aber Dieter, das kannst du doch so auch nicht sagen.«

»Wieso nicht?«

»Entweder *fällt* dir was auf den *Wecker* oder es *geht* dir was auf die *Nerven*. Dass einem was auf den Wecker geht, habe ich noch nie gehört.«

Ich musste schmunzeln. »Eva, was ist los?«

»Schon gut, Dieter.«

Dann wandte sich Dieter wieder mir zu. »Die Besuche bei deinem Bruder machen dein Gehirn weich. Du redest schon wie seine Genossen.«

»Die machen mein Gehirn weich?«

»Plemplem, wenn du verstehst, was ich meine. Man muss schon ein ziemliches Ding an der Waffel haben, um sich dem Ostermarsch anzuschließen. Friedensbewegung, Emanzipation und Rentabilität des Kapitals – wenn ich das nur höre, wird mir schon schlecht.«

»Aber ich habe doch nur gesagt, dass es den Fabrikbesitzern um die Rentabilität des Kapitals und nicht um Umweltschutz geht.«

»Die Rentabilität meines Kapitals sorgt bei dir aber für eine warme Stube!«

Ich stand auf und ging wortlos in mein Zimmer. Mein Vater rief noch hinterher, dass mir wohl jetzt die Argumente ausgingen. Das stimmte. Auf eine warme Stube und reißende vordere Gebärmutterbänder war ich argumentativ nicht eingestellt.

Wahrscheinlich passten mein Vater und ich einfach nicht zusammen, und vielleicht sollte ich mich mehr meinem Privatleben widmen, anstatt mich dauernd um die politische Erziehung meines Vaters zu kümmern.

Es gab in der Tat Wichtigeres. In den Ferien würde ich 16 werden. Bis dahin wollte ich unbedingt einen festen Freund vorweisen.

36

Lieber Herr Gott, lass das Liebe sein!

Als die Ferien endlich vorbei waren, freute ich mich auf Frank. Er kam auch gleich auf mich zu. »Hallo, Moni!« Moni, wie er das aussprach, mit so viel Zärtlichkeit in der Stimme … ich war wie benebelt und dachte nur, Frank wird mich entjungfern.

»Wie geht's, wie steht's?«, fragte ich völlig verwirrt.

»Ganz gut. Hier sind noch deine zwei Mark von der Demo.«

»Wann ist die nächste Demo?«

»Wieso?«

»Weil ich dich dann wiedersehen kann.« Frank lachte, fand mich »süß« und umarmte mich mitten auf dem Schulhof. Hunderte von Schülern sahen mich, Monika Kleewe, in fester Umarmung mit dem Schwarm aller Mädchen. In dem Moment hätte er mir auch gleich die Hose aufknöpfen können. Mein erstes Mal musste nicht bei Kerzenschein und Musik von Bob Seeger passieren.

»Wir können uns doch auch so treffen«, sagte Frank in meine nahende Ohnmacht hinein. »Sonntag zum Beispiel.«

»Sonntag zum Vorspiel«, stammelte ich.

»Was?« Frank umarmte mich noch immer. So

langsam machte ich es mir gemütlich in seinem Arm. »Ich meine, Sonntag vor dem Spiel ... von mir aus auch nach dem Spiel ... nur währenddessen ist schlecht ... ich meine, ich spiele Sonntag und habe Handball ein Spiel.«

Er hielt das Ganze für einen gelungenen Gag und fragte: »Du wo denn spielst?«

Ich sagte ihm wann und wo. »Da hole ich dich ab, o. k.?« Ich nickte, er ließ mich los, winkte mir im Weggehen noch einmal zu und ich schwebte in meinen Unterricht.

Schröderchen klopfte mir anerkennend auf die Schulter. »Glückwunsch, Kleewe! Wer hätte das gedacht, du und Frank!«

»Aber er hat mich doch gar nicht gefragt, ob ich mit ihm gehen will«, versuchte ich ihre Schmeicheleien abzuwehren.

»Na und? Ein richtiger Mann fragt nicht lange, der nimmt sich, was er will.« Bei Schröderchen schien das mit der Emanzipation noch gar nicht angekommen zu sein. Aber das war mir jetzt egal.

Ich tat fast nichts anderes, als auf den Sonntag zu warten. Ich stritt mich nicht mit meinem Vater, lobte meine Mutter für ihre hübschen Platzdeckchen und war unaufgefordert zur Tagesschau mucksmäuschenstill.

Oma bemerkte sofort, dass etwas nicht stimmte. »Na, meine kleine Revolutionärin? Bist ja so still. Ist was nicht in Ordnung?«

»Es ist nichts, Oma. Alles bestens.«

»Deine Mutter hat gesagt, du seist so umgänglich in den letzten Tagen. Da stimmt doch was nicht. Bist du verliebt?«

Ich nickte.

»Wenn du mir alles erzählst, erzähle ich auch nichts weiter, Kindchen.« Ich fand das Geschäft irgendwie faul, erzählte aber brav, was bisher geschehen war. »Ach so, na ja … ach so.«

Dieses zweite »ach so« machte mich misstrauisch. Oma schien kein gutes Gefühl zu haben bei der Sache. Aber ich wollte jetzt keine Zweifel hören und so behielt ich meine unmittelbar bevorstehende Entjungferung für mich.

Der Sonntag kam, und als ich endlich mit Frank allein war, wusste ich vor Aufregung nichts zu sagen. Dafür redete Frank umso mehr. Glücklich lauschte ich dem Klang seiner Stimme, es war wie Musik für mich, und harrte geduldig aus. Er war der Mann, und gleich würde er mich fragen, ob ich mit ihm schlafen wolle. Und ich würde ja sagen. Dann war es endlich so weit. Jetzt bloß nicht ohnmächtig werden, sagte ich mir. Frank sah mir tief in die Augen. Ich starrte ihn an, öffnete bereits den Mund, um mein Ja hauchen zu können, als Frank mich fragte: »Hattest du schon mal eine richtige Freundin?« Ich hatte die Frage gehört, aber es brauchte einige Zeit, bis ich sie verstand. Dass das Gerücht umging, Martina Navratilova sei lesbisch, hatte ich bis zu jenem Sonntag nicht gewusst. Frank hatte das Bild in meinem Portemonnaie als Zeichen gewertet und in mir eine verwandte Seele vermutet.

»Du stehst gar nicht auf Frauen«, stotterte er sichtlich überrascht.

»Nein. Ich stehe auf dich.«

»Scheiße!«

»Das kannst du wohl laut sagen.«

Nun schwieg auch Frank. Nach einer Weile

fragte ich, ob das endgültig bei ihm war mit dem Schwulsein. »Hast du vielleicht nur Probleme mit deiner Mutter und deswegen die Nase voll von Mädchen?«, hakte ich nach.

Frank lächelte und fragte mich, ob ich Probleme mit meinem Vater hätte.

»Ja, jede Menge«, sagte ich.

»Und hast du deswegen die Nase voll von Jungs?«

»Nö.«

»Siehst du.«

So kamen wir nicht weiter. Ich bekam einen unglaublichen Hass auf Frau Navratilova. Wie hatte meine Mutter gesagt: Dieses Mannweib. Plötzlich fand ich den Kommunismus total blöde und Chris Evert furchtbar nett.

»Machst du dich nicht strafbar mit dem Schwulsein?«, fragte ich in der Hoffnung, Frank vielleicht so auf den heterosexuellen Pfad zurückzubringen. »Nein, den Paragraphen gibt es so nicht mehr.« Schade, dachte ich.

Ich wollte nach Hause. Frank brachte mich zum Bus. »Kannst du das für dich behalten?«, fragte er sorgenvoll. – »Na klar.«

Er brauchte sich wirklich keine Sorgen machen, denn dieses Debakel würde ich gewiss niemandem erzählen. Ich wusste, dass es Schwule gab, wenn ich sie auch nicht unbedingt in Reinickendorf vermutet hätte.

Als das mit Ingo Berger den Bach runterging, hätte ich gewarnt sein müssen. Ich hatte das Gefühl, das Leben habe mir in Sachen Liebe bisher nur Unglück gebracht. Nach dem Abitur wollte ich nur noch eins: auswandern … und dann heiraten.

Aber auch mit mir hatte das Leben anderes vor.

37

Was sonst noch geschah

Monika Kleewe studierte Soziologie und eröffnete anschließend sehr erfolgreich einen Kopierladen in Uninähe. Im Übrigen ist sie noch immer auf der Suche nach adäquatem Ersatz für Ingo Berger. Michael Kleewe ist Farmer geworden. Er lebt gemeinsam mit seiner Frau und vier Kindern in Virginia (USA). Dieter und Eva Kleewe sind Rentner. Dieter ist zweiter Vorsitzender des Berliner Philatelisten-Verbandes, Abteilung Reinickendorf-Nord, und Eva leitet einen Handarbeitskreis für Senioren.

Marina Kern, alias Mäuseschwänzchen, wurde Sachbearbeiterin bei der Bundesversicherungsanstalt für Angestellte. Sie ist verheiratet und hat drei Kinder. Horst ist nach seiner Asienreise nicht wieder aufgetaucht. Bylle trat bei den Grünen ein und wurde zwischenzeitlich Bundestagsabgeordnete. Nebenbei studierte sie Biologie. Heute ist sie Mitglied einer Expertenkommission zu Fragen des Anbaus von genmanipulierten Nahrungsmitteln. Tom wurde Bankkaufmann. Er ist verheiratet und hat eine Geliebte in Berlin.

Und die kleine Oma Emmy sitzt auf einer Wolke und freut sich, dass der Junge die langen Loden abgeschnitten hat.

Ohne Birgit Krickau
wäre dieses Buch nie entstanden.
Vielen, vielen Dank für alle Anregungen,
für dein Durchhaltevermögen und
jede Art der Anfeuerung!

Schwarzer Humor im Münsterland: Privatdetektiv Dieter Nannens erster Fall

Dieter Nannen, Prokurist aus Essen, erbt überraschend einen Bauernhof im tiefsten Münsterland. Leider sind keine agrarökonomischen Erlöse zu erwarten, da sich der Viehbestand auf ein Schwein und mehrere Kaninchen beschränkt. Womit Geld verdienen? Warum nicht als Privatdetektiv? Nannen wird wider Erwarten auch gleich ein Fall übertragen: Er soll die Tochter des Arztes überwachen, die der Schule fernbleibt und auch dem Drogenkonsum nicht abgeneigt zu sein scheint. Als das Mädchen noch am selben Tag tot aufgefunden wird, ahnt Nannen, daß er besser die Finger von dem Auftrag gelassen hätte …

Schwein gehabt
Ein Münsterland-Krimi
ISBN-13: 978-3-548-26256-7
ISBN-10: 3-548-26256-2

ULLSTEIN

UB287

GROOVY